SÉRIE NOIRE

Collection créée par Marcel Duhamel

JACQUES MOULINS

RETOUR À BERLIN

nrf

GALLIMARD

1

L'Inconnue du lac

Il faut qu'elle lui écrive la violence de Gert. La violence totale de Gert, une façon de vivre qui franchit toutes les lignes, bouscule les hésitants et fait joyeusement sauter ce monde inutile où les humains n'imaginent pas le grotesque de leurs prétentions. Elle aime ça, elle aime cette violence. La violence politique qu'il théorise face à des démocraties européennes à bout de souffle, molles, embourgeoisées, qui ne sauront que se coucher lorsque la brutalité frappera à leur porte, faisant de leur premier soldat mort un traumatisme national alors que l'ennemi enfoncera leurs lignes sans compter les siens. La violence sociale dont les peuples colériques, qui rabâchent leurs droits ancestraux, leurs acquis sociaux et leur dignité, perdront le contrôle lorsque de plus agressifs qu'eux entreront dans la danse. La violence physique que Gert impose par sa vitalité brutale à la moindre scène de la vie quotidienne, l'altercation avec un quidam, la dispute avec un râleur et, parfois, l'agression sans mobile. Et sa violence sexuelle. Celle-là, elle ne pourra pas l'écrire comme elle la ressent à sa chère Ottie, trop sensible. Gert est beau, puissant, énergique, stratège, mais pour elle il dégage surtout cette attirance sexuelle confondante. Le premier soir où elle l'a vu, traversant la salle de restaurant de son allure sûre et aristocratique, elle a eu envie de lui. Une de ces envies qui la prennent parfois, même lorsqu'elle n'a rien absorbé auparavant, d'être saisie brusquement, sans être déshabillée. Avec Gert, ce fut merveilleux, il avait tout de suite compris. Dans l'escalier de l'hôtel, rapide, brutal. Et dans la chambre à nouveau, avec vigueur, absence de pudeur, exigences assumées et plaisir assuré. Rien que de la jouissance.

Par la fenêtre de la chambre, elle a vue sur le lac gelé où nul ne patine. Dommage, elle aurait aimé voir glisser le vieil homme vêtu d'un drôle d'habit noir comme au Noël de son enfance. Alentour, les villas s'avancent en appontements givrés et petites plages blanches qu'aucune présence n'agresse. Au loin, cette immensité un peu perturbante des Alpes autrichiennes enneigées dont les à-pic jouent avec les derniers rayons du soleil. Et le grand silence de ces jours sans vacanciers. L'air est frais, le soleil prêt à se cacher jusqu'au lendemain. En d'autres temps, elle aurait trouvé romantique ce paysage d'exception.

Des palaces, elle en a fréquenté de nombreux dans sa vie de mannequin, un tourbillon incessant auquel elle s'est adonnée avec de moins en moins de folies, de plus en plus de comédies. Des hommes séduisants aussi, à qui elle a cédé pour souvent la même déception, leur incapacité d'aimer, fût-ce pour une nuit, comme s'ils étaient pris dans l'urgence de consommer la belle femme que les autres désiraient. Les nuits à court d'argent aussi, qu'importe. Mais les gros porcs, jamais. Raisonnement stupide d'ailleurs, la belle plasticité des premiers n'étant pas meilleur gage de plaisir que l'avidité des seconds. Peut-être n'a-t-elle pas eu de chance, mais aujourd'hui tout cela forme un grand rien, un vide, comme si cette vie ne lui laissait aucun souvenir, juste une incandescence maintenant consumée. Reste Gert. Inutilement beau, inutilement intelligent, assurément destructeur. Comme un vice en plus. Dès les premiers moments, elle s'est demandé si avec lui ça durerait un peu plus qu'avec les autres. Elle le savait intéressé, c'était déjà une bonne raison.

Ça dure et, cette fois, la folie et les excès n'ont pas ce goût amer de la fin déjà prévue, l'avion à prendre, le conseil d'administration, l'épouse légitime à retrouver, le contrat qui finalement est annulé, les euros humiliants laissés en pourboire sur le chevet. Il faut qu'elle écrive à Ottie n'avoir jamais cru à une telle longévité, elle ne pensait ni en avoir envie ni la supporter. Mais elle adore ce road-movie de palace en palace. Elle pourrait vivre moins dispendieusement, mais pas lui. Il a goûté à l'argent facile et ne saurait plus s'en passer. Il parcourt au petit déjeuner le menu du dîner pour indiquer au sommelier les vins à carafer et, chaque soir, il lui faut sa demi-heure de natation, son sauna, son massage. Il va bientôt en revenir vêtu d'un peignoir blanc qu'il ne mettra qu'une fois, ne supportant plus le linge qui a perdu son moelleux et son parfum. Et finira sa soirée à jouer des fortunes au casino local entre deux lignes sniffées.

Elle sait cela, mais pas grand-chose d'autre, et ça non plus elle ne peut l'écrire à Ottie. Elle n'a pas posé de questions, lorsqu'il est venu la retrouver, après les habituelles semaines sans donner de nouvelles, pour ce périple hivernal dans les stations huppées. Jusqu'alors, elle n'avait droit qu'à quelques jours mais, depuis un mois, ils ne se quittent plus, abusant de ce luxe comme d'une évidence dont elle n'a pas à se préoccuper. Il y a longtemps que ça fait partie de sa vie, et ça ne l'empêcherait pas de tenter une ascension dans l'Himalaya avec Gert, une tente pour tout abri. Elle rit à cette idée. Gert en pantalon de velours côtelé, pull irlandais blanc cassé, assis sur un rocher, sa fiole de cognac à la main, lançant un tonitruant « Allez, on grimpe ». Elle ne prétend pas le connaître, mais elle est presque certaine que le challenge ne l'effraierait nullement. Rien ne l'effraie. Il n'avouera jamais que quelque chose peut l'effrayer. Ou plus exactement, il aime le frisson du risque. Elle a bien senti cette peur qui soudain peut l'assaillir. Une affaire politique ? Une dette de jeu ? Une vendetta mafieuse ? Elle n'en a aucune idée, ce n'est pas son affaire. Elle ne connaît pas sa vie, mais elle sent cette tension. Elle n'a rien à foutre de ses fantasmes politiques. Peut-être a-t-il raison, peut-être est-il emporté par une idéologie périmée comme elle l'est, elle, par ses drogues. Elle n'a pas non plus le moteur des affaires pour la faire vibrer, alors que lui semble y prendre plaisir ou colère selon qu'il gagne ou perd.

Encore quelque chose qu'elle ne peut écrire à Ottie, et c'est pourtant ça qu'elle voudrait lui dire. Il faudrait trouver les mots pour lui faire comprendre sans la paniquer, pour lui faire accepter que tout ne peut pas s'arranger, que chaque situation n'a pas forcément de solution, qu'une vie peut se cramer très vite. Mission impossible. Elle ne peut pas lui taire que cela aura forcément une fin. Une fin qu'elle n'imagine pas autre que violente, et qu'elle sent maintenant approcher au rythme des mauvaises humeurs de Gert, de sa perte d'assurance en un monde créé pour ses plaisirs et son arrogance. Le destin qui emporte sitôt qu'on s'y laisse aller. Il a beau se déguiser en Siegfried, prétendre combattre les dragons, bousculer les dieux, il sent qu'il est en train de perdre pied. Elle ne sait pas ce qu'il attendait de son père, mais elle connaît assez la funeste intransigeance de son géniteur pour deviner combien Gert a été déçu. Il n'avait pas lésiné sur les moyens, alternant délicatesse et violence, pour la convaincre de renouer avec lui, mais le vieux ayant refusé de recevoir sa propre fille, Gert a dû aller plaider seul une cause à laquelle elle n'entend rien. Elle ne serait pas étonnée qu'il ait osé la demander en mariage à un père qui l'a reniée depuis tant d'années, sans même poser auparavant un genou à terre pour obtenir son consentement à elle. Cela n'a pas d'importance. Gert lui a apporté des sensations qu'elle n'osait plus espérer. La vie morne s'est animée, a pris de la vitesse et file aujourd'hui si impétueusement qu'elle ne peut écarter l'accident. Ils sont montés tous les deux très haut, il n'y a pas de retour en arrière possible et elle n'envisage pas l'autre versant comme une descente en pente douce. Une descente ennuyeuse, mesquine, avec des rides autour des yeux, un ventre flasque, des seins maintes fois siliconés, les mêmes conversations et l'ennui qui s'installe entre eux. Ou pire encore, des enfants. « Non, ma tendre Ottie, je veux la falaise, le précipice, la limousine qui bondit dans le flot furieux », voilà ce qu'il faudrait lui écrire. Elle ne le peut pas.

Singulières pensées face à l'un des plus beaux lacs d'Autriche, calme, réputé, recherché, où des stars d'Hollywood ont fait bâtir leur villa. Et lui, serait-il prêt ? Elle en doute. Il envisage encore de révolutionner le monde et, sans guerriers pour l'acclamer, s'imagine pourtant sur le balcon dominant la place principale d'une ville quelconque, haranguant les foules pour les entraîner dans ses folies. Elle sait que la mort lui tourne autour, qu'il l'a sans doute récemment frôlée, une ligne de frayeur s'est incrustée dans le plissement de ses yeux. Mais, bravache, il joue et provoque encore. Elle le voit cependant chassé comme la proie qu'il se refuse à être. La première fois qu'elle s'est doutée de quelque chose, il a fait le fier. Mais lorsqu'il s'est mis à accélérer déraisonnablement sur cette route de crête, qu'il a heurté par deux fois le rail de sécurité, rayant sa sacro-sainte BMW, qu'il s'est réfugié dans un chemin annexe avant de repartir en sens inverse, c'était bien lui qu'on chassait. Durant quelques heures, sa peau a gardé l'odeur de la bête traquée.

Sans le lui dire franchement, il prend trop de précautions pour qu'elle soit dupe, l'usage d'un faux nom, les voyages en voiture pour ne pas être repéré, l'absence d'ordinateur personnel… Ça devrait l'inquiéter, mais non, ça l'excite. Car ses sens sont à fleur de peau, son instinct de survie férocement sollicité. La peur de Thanatos décuple Éros. Voilà encore un sentiment qu'elle ne peut écrire à Ottie. En fait, elle ne peut pas lui dire grand-chose. Il faut pourtant qu'elle commence à accepter qu'elles ne se reverront certainement plus, qu'elle ne souhaite pas revenir en arrière, qu'elle ira cette fois jusqu'au bout. Un simple mail n'est pas digne de transmettre de telles informations. Elle décapuchonne son stylo et trace sur le papier à en-tête de l'hôtel ces mots en français :

« Ma coccinelle,

Tu sais combien j'aime te choquer. Je m'en excuse à l'avance, mais je dois recommencer. Ceci est sans doute ma dernière lettre. »

2

HDS

Tom s'ennuyait. Son nez ne coulait plus, mais sa mère lui avait interdit de sortir rejoindre les copains et copines pour une partie de foot. Il ouvrit la fenêtre de sa chambre et s'accouda au rebord. Il faisait si bon dehors. Les arbres avaient mis leurs feuilles vertes, lumineuses et lui qui, si souvent, se tenait à ce poste d'observation, ne voyait plus le trottoir devant son immeuble, caché par l'opulence des feuillages. Sa mère n'allait pas tarder à revenir du marché, mais il ne lui ferait pas la tête. Tom n'était pas rancunier. Il rêvait trop pour ça, perché là-haut à son neuvième étage. Deux mois de vie restreinte durant cette épuisante crise sanitaire l'avaient bien rodé, un rien le distrayait. Comme cette auto s'engageant dans l'allée d'habitude déserte. Le parking de son immeuble donnait sur la façade opposée et l'allée devant chez lui finissait en cul-de-sac. Où allait-elle ? Il reconnut tout de suite le modèle, une Polo blanche. Elle ne datait pas d'hier. Peut-être même plus âgée que lui. Ce n'est pas que Tom s'intéressait particulièrement aux voitures. Sebastian si. Chaque fois qu'ils se baladaient dans la rue, Sebastian égrenait la marque et le modèle des véhicules stationnés, sans hésitation. Du coup, évidemment, Tom les connaissait aussi.

La Polo avança lentement, tourna à droite et s'engagea sur le parking vide où elle se gara, juste devant l'immense ensemble, objet de tous leurs fantasmes à ses amis et à lui. Le « Vaisseau amiral », l'appelait Sebastian, « coulé avec la RDA ! ». Il n'avait toujours pas bien compris ce qu'était la Deutsche Demokratische Republik, mais on en parlait beaucoup, à l'école, les parents, la télé... Ce qui était sûr, c'est qu'il habitait dans la partie de Berlin correspondant à l'ancienne RDA, dans le même immeuble où, deux étages plus bas, vivaient et avaient toujours vécu ses grands-parents. Le Vaisseau amiral était gigantesque. C'était un ensemble démesuré des années 70 qui n'avait rien pour plaire, sauf que Tom et ses copains s'imaginaient devenir les maîtres de ses coursives désertes courant sur tous les étages. L'aile face à lui ne présentait que deux niveaux, mais deux autres côtés du rectangle qu'il formait, sur l'Otto-Braun-Strasse et la Karl-Marx-Allee, s'élevaient sur douze étages. Un de plus et, de la fenêtre de sa chambre, il n'aurait pas pu voir le « ballon » de la Fernsehturm. Allez savoir pourquoi, il l'adorait. Surtout la nuit, lorsque deux lignes de lumière éclairaient les fenêtres des étages inférieurs du ballon et que sa flèche montait dans le ciel en anneaux métalliques et lumineux comme des soucoupes volantes à bord desquelles il s'envolait. D'en bas, sur l'Alexanderplatz, la Fernsehturm ne l'intéressait pas. Un gros volume de béton gris. Mais de sa fenêtre, cette épingle plantée dans le sol avec sa pelote au sommet, c'était magique. Il s'imaginait les gens qui de là-haut le regardaient. Souvent il leur faisait un signe timide de la main au cas où l'un d'eux l'observerait avec une des jumelles installées dans le ballon. Il l'avait déjà visitée, bien sûr. Plusieurs fois avec sa grand-mère. Son père se moquait : « Un truc des communistes qui voulaient péter plus haut que leur cul. Ils se sont réunis en congrès, ont pété en chœur, mais ce jour-là, la pression atmosphérique était basse, ça a formé une boule qui, avec le froid, a gelé. » Toujours à dire des conneries, son père. Pour les faire rire, sa sœur et lui. Chaque fois, sa mère secouait la tête en signe de réprobation, mais elle ne pouvait s'empêcher de sourire.

La porte s'ouvrit côté conducteur. Il avait mis le temps. S'extirper du véhicule ne lui fut pas facile, pas plus que de redresser son dos au bas duquel appuyaient ses deux mains. C'était un vieux papy, les cheveux blancs comme neige. Il verrouilla la portière, mit à nouveau du temps à mouvoir son grand corps sec, et enfin s'en alla en boitant. Tom ne l'avait jamais vu. Ce n'était pas un habitant de l'immeuble. Où allait-il ? À l'école maternelle ? Mais ce n'était pas l'heure d'aller chercher les enfants. Il allait… Non, non, pas possible ! Ce vieux type avait la clef de leur château.

Le Vaisseau amiral était pourtant inoccupé depuis plus de vingt ans, sa grand-mère le lui avait cent fois répété. Tom était tout excité. C'était leur rêve à tous, pénétrer dans l'immense édifice abandonné, traversé par les courants d'air que ne retenaient plus les vitres brisées. Ils s'imaginaient parcourant les centaines de bureaux, effrayés par un rideau déchiré claquant comme une voile de bateau, se courbant sur les coursives pour qu'on ne les repère pas, choisissant un hall ou une vaste salle pour en faire leur repaire. Sous la direction de Lina, qui n'avait jamais peur de rien, ils avaient tenté d'entrer dans les couloirs qu'ils imaginaient comme des voies sans fin pour les courses en rollers. Mais ils n'y étaient jamais arrivés, les nombreuses ouvertures du rez-de-chaussée, les entrées et même les interstices entre les différents bâtiments avaient été soigneusement murés. Et la police faisait souvent des rondes. « Sinon tous les squatteurs du monde s'y donneraient rendez-vous, lui avait expliqué sa grand-mère. Tu imagines quarante mille mètres carrés de surface, de quoi loger tous les SDF de la ville ! » Lina avait un jour dégoté une échelle assez haute pour tenter un passage par les fenêtres surplombant l'auvent de l'entrée. L'hiver dernier, à l'heure où le soleil se couche tôt, profitant qu'un bus, garé devant la porte principale, les cachait à la vue des passants, ils avaient réussi à grimper sur le porche pour passer par une fenêtre, la peur au ventre. Les immondices jonchant le sol du bureau où ils avaient atterri leur avaient fait comprendre qu'ils n'étaient pas les premiers à avoir eu l'idée mais, là encore, la porte du bureau avait été murée, interdisant toute entrée dans le fabuleux royaume.

Et le vieil homme avait sans doute la clef d'une petite porte qui donnait dans son allée, au pied du bâtiment de deux étages, face à son immeuble. Tom n'en revenait pas.

~

Paula Bokova n'était pas du genre à s'effrayer pour un rien. Depuis maintenant une semaine, elle savait qu'elle prendrait l'avion jusqu'à Tegel, qu'un homme l'attendrait dans le hall de l'aéroport et l'interpellerait par son prénom, point barre. Où la mènerait-il ? Pour quoi faire, pour rencontrer qui ? Il fallait qu'elle se l'avoue, avoir dans son sac à main le billet retour la tranquillisait. Car Paula était plus que « pas rassurée ». Elle avait carrément peur. En dix ans, depuis son adhésion au parti alors qu'elle venait de se spécialiser en droit international à la faculté de Bratislava, elle avait eu de multiples occasions d'en entrevoir les lumières et les ombres. Les adhérents étaient à l'époque assez peu nombreux pour qu'une doctorante en droit se trouve rapidement propulsée au sommet. Jusqu'à se faire élire conseillère de district, puis députée européenne. Elle avait vite saisi que les capacités logistiques et financières du parti dépassaient largement les cotisations de ses membres. Mais aucun militant ne posait de questions, se contentant de savoir que de discrets donateurs pourvoyaient aux besoins. Souvent, elle s'était demandé ce qu'elle faisait là, entre les petits notables conservateurs d'une part et les grandes gueules de comptoir populaires de l'autre, les deux hémisphères minables du parti. Certes, il y avait Anton Slezeck, le président, le seul à avoir une vision de l'avenir du pays et de l'Europe, le seul à comprendre que la démocratie libérale était dépassée à l'heure de la démondialisation, le seul à pouvoir canaliser la colère des masses. Mais, tout respecté qu'il fût, il était isolé. Les cadres autour de lui faisaient plutôt penser à des chefs de bande abattant la besogne sans réfléchir et passant prendre chaque semaine leur part du butin. Jouant du grand flou que le corpus législatif réservait à l'action politique slovaque, malgré les admonestations de Bruxelles, le parti naviguait sans complexe dans un épais brouillard. Elle n'entendait pas jouer les vierges effarouchées, mais ne voulait pas non plus voir ses ambitions s'écraser dans une cellule miteuse de la brigade financière. Comme dans un film de série B, elle était allée loin pour découvrir les combines qu'Anton avait la pudeur de lui cacher, jusqu'à séduire l'obsédé Mattheus qui ensuite, sûr de son affaire, l'avait harcelée sans rien obtenir d'elle avant de disparaître complètement. Quelque temps après qu'une autre disparition l'avait alertée, celle de son ancien garde du corps, Milosz, parti travailler en Allemagne et soudain effacé de la surface de la terre. C'était avant la crise sanitaire et le confinement.

Ce qui l'inquiétait, c'étaient les détournements de fonds opérés par Mattheus, les malversations ayant permis l'achat d'un quartier entier de logements sociaux ne représentant qu'une faible proportion des activités illicites. Elle n'avait pas mis longtemps à découvrir l'ampleur du réseau et la présence encombrante d'un homme d'affaires qui influait sur les décisions gouvernementales, mais aussi sur celles du parti, pourtant dans l'opposition. Ça n'avait pas été difficile, il n'y avait qu'un oligarque dans le pays, et il se vantait sans cesse de son pouvoir. Le président l'avait toujours assurée qu'en cas de problème, ils étaient prêts à couper les ponts avec Ondrej Janov. Mais elle en doutait. Les violences et menaces physiques montraient chaque jour un peu plus la puissance et l'impunité dont il jouissait. Sans dépasser ce que l'oligarque pouvait supporter d'attaques frontales, elle avait habilement et publiquement plaidé son indifférence envers ce monsieur et, parfois, sa réprobation contre la place qu'il occupait dans le pays. Positionnement qui n'était pas étranger à son élection ni, sans doute, à son invitation à Berlin. Elle s'était fait une image d'élue anti-corruption et anti-Bruxelles. Et elle y tenait. Elle savait pourfendre sans relâche tous ces édiles et hauts fonctionnaires européens capables en prenant leur petit déjeuner de rayer d'un trait de plume dix mille emplois dans les mines ou les aciéries. Elle ne supportait pas plus les mafias, qui vendaient la mort au bout des seringues ou enlevaient les jeunes filles slaves pour les mettre sous les lumières rouges d'Amsterdam ou dans les chambres secrètes de pervers américains.

L'arrestation d'Ondrej Janov avait été un séisme. Bien que ne l'ayant jamais rencontré, elle savait qu'interpeller un tel homme constituait un tournant dans l'histoire du pays. Celui dont il ne fallait pas prononcer le nom, qui faisait et défaisait les rois et les reines et possédait les médias, était derrière les barreaux ! Elle avait évité que ce scandale l'éclabousse juste au moment où elle prenait son envol et, avec l'aide du président, avait profité de l'occasion pour faire le ménage dans le parti.

Le président Slezeck lui avait présenté l'invitation à Berlin comme une belle opportunité de renforcer ses nouvelles responsabilités européennes. Mais elle ne voulait pas d'un autre parrain encombrant, et cette façon de procéder le laissait présager. Elle ne savait pas qui elle allait rencontrer, ni en quoi ça concernait le parti. Anton lui avait seulement parlé d'un club discret, en charge de la constitution d'un groupe d'influence européenne, de ses moyens, de sa logistique. Mais pourquoi Berlin ? Pourquoi ce rendez-vous secret alors qu'elle était désormais une femme publique ? Et où étaient passés Milosz et Mattheus ?

~

Gerhardt n'avait pas pris la peine d'emporter sa photo. Paula Bokova ne le connaissait pas, mais lui suivait point par point sa carrière depuis plus de deux ans. Il avait lu ses écrits, visionné ses discours et les extraits télévisés, puis examiné, étudié, disséqué tout ce qui concernait cette Slovaque de trente-neuf ans qu'il allait maintenant chercher à l'aéroport. Anton Slezeck, bien que peu versé dans les technologies de la communication, avait pris la peine de faire filmer Paula depuis ses débuts. Et Gerhardt lui avait tout de suite trouvé quelque chose. Cette façon d'affirmer ses convictions sans détour, cette capacité à s'adresser au plus grand nombre en termes simples. Ce pouvoir de séduction agrémenté d'yeux bleu clair, froids et attirants. Et surtout, trait que recherchait en priorité Gerhardt dans les matériaux innombrables dont il était abreuvé par tous ses correspondants nationaux, une ambition plus large que de réhabiliter ce fasciste de Tiso, une volonté de ne pas laisser les oligarques régner sur la politique. Paula Bokova savait conjuguer la nation et l'Europe, les traditions locales et la vieille identité chrétienne, la nécessité d'un État fort et la capacité individuelle à entreprendre. Elle comprenait l'obligation d'un nouvel ordre mondial où les cartes seraient redistribuées au profit de puissances régionales protectrices et capables d'imposer aux autres un rapport de force avantageux. Elle possédait une réelle *Weltanschauung*, une conception originale du monde et de ses enjeux, qui lui permettait d'analyser rapidement et d'exploiter à son profit tout événement inattendu. Pas comme tous ces benêts qui commençaient à vomir les émigrés arabes, puis les Juifs, puis les Écossais s'ils étaient anglais, puis les Dresdois s'ils étaient de Leipzig, puis les autres quartiers que le leur, puis les autres familles, puis les cousins… Il en connaissait tellement de ces racistes impulsifs, de ces râleurs de *Stube* que quelques verres suffisaient à convaincre de partir en bande fracasser les gars de la rue d'à côté.

En Paula, il avait pressenti une perle et voulait maintenant s'assurer qu'elle n'avait pas froid aux yeux, comme son intuition, on pouvait même dire sa science de la politique des cadres, le lui suggérait. Depuis un an, il travaillait le chef et ça n'avait pas été facile. Avec son obsession du secret, de la séparation stricte des différents groupes, sa « politique du conteneur » comme il disait, le Colonel ne voyait pas l'intérêt de se découvrir, de se faire connaître d'une élue locale qui risquerait de fragiliser l'édifice très compartimenté de l'organisation. Après le meurtre de Maryam Binebine à Paris, il était devenu méfiant envers les Slovaques et avait prononcé un non catégorique. L'élection de Paula au Parlement européen, son apparente absence d'implication dans l'assassinat ne l'avaient pas fait changer d'avis. Il avait seulement accepté qu'on invite la jeune Slovaque à Berlin.

~

Tom avait eu le temps de déjeuner, de répondre aux messages des copains qui avaient suspendu la partie de foot pour se tenir prêts à intervenir sur le Vaisseau. Puis de convaincre Lina, folle d'impatience, de rester à distance de son allée. Finalement, il avait accepté qu'elle monte chez lui pour se représenter par elle-même ce qu'il avait vu : la Volkswagen

Polo et cette porte, qu'aucun d'entre eux n'avait jamais repérée, donnant accès à leur château.

— Tom, qu'est-ce qu'on peut faire pour toi ? lui demanda-t-elle avec une gentillesse qui le mit sur ses gardes. On demande à ta mère de t'emmener chez l'ophtalmo ? On cherche un truc pour remplacer le neurone qui manque entre tes yeux et ton cerveau ? Ou bien je te donne ton premier baiser avec la langue pour faire descendre le jeune rêveur de sa lune ?

Comme souvent, Tom fut choqué par cette façon crue et cruelle qu'avait Lina de s'exprimer. Passer pour un imbécile, voire un rêveur, il avait l'habitude. Mais il n'aimait pas ces allusions sexuelles dont Lina ne pouvait s'empêcher de parsemer ses discours. Il haussa les épaules, qu'elle prit entre ses mains pour le conduire à la fenêtre.

— Où vois-tu une porte ?

Bêtement, il se pencha pour regarder, sachant pourtant pertinemment qu'il n'avait jamais vu de porte et que, de toute façon, l'immeuble situé à la perpendiculaire du sien, avec ses avancées, ne pouvait rien laisser voir. Il se redressa et peina à regarder Lina dans les yeux.

— J'ai pas dit ça, lâcha-t-il, déjà résigné à la leçon de morale qu'il prévoyait.

— Tu veux bien me relire le message que tu nous as envoyé ?

— « Y a un vieux qui vient d'entrer dans le Vaisseau par une porte juste en face de chez moi ». Ben, c'est vrai, il est entré. Je vois pas la porte, mais s'il est entré c'est par une porte, il a pas fait de l'escalade, il arrivait à peine à marcher.

Lina ne s'embarrassa pas de casuistique. Elle prit Tom

par la main, lui fit mettre un pull pour prévenir les objections de sa mère et l'entraîna dehors avec la permission amusée de celle-ci. Dans l'ascenseur, elle l'embrassa avec la langue.

— Des fois que tu aurais encore envie de rêver, commenta-t-elle en sortant.

Sebastian, qui les avait rejoints, se saisit d'un bout de bois et commença à taper sur le mur sous le regard de Tom qui s'attendait à tout moment à l'ouverture d'une entrée secrète, indiscernable. Lina partit elle aussi à la recherche de l'issue improbable. Avant de rentrer chez elle, accusant Tom de tous les vices imaginables à leur début d'adolescence.

~

Paula aurait aimé interroger l'homme répondant au nom de Gerhardt venu l'accueillir à l'aéroport de Tegel, mais il ne cessait de parler de Berlin depuis qu'il avait appris d'elle que c'était sa première visite dans la capitale allemande. Elle écoutait et lui répondait poliment, elle devinait qu'il s'agissait là d'une attitude préméditée. Âgé d'une soixantaine d'années, l'homme n'avait rien d'un chauffeur de bus touristique, ni dans son langage, ni dans ses vêtements. Son visage trahissait une intelligence qu'elle ne parvenait pas à circonscrire. Les yeux vifs avaient plongé dans les siens dès leur premier contact à l'aéroport, un regard perçant qui l'avait mise mal à l'aise. Le cartilage osseux, comme une protubérance d'où tomberait une peau sèche et fine, donnait au dit Gerhardt un visage de rapace que démentait aimablement un sourire permanent exercé par deux lèvres fines et étonnamment mobiles. Mais c'était surtout le nombre incroyable d'expressions qui traversaient ce visage pourtant en train de débiter les paroles les plus banales. Paula avait l'impression qu'il pensait ou lui disait des dizaines de choses à la fois tout en déblatérant sur l'historique du carrefour qu'ils venaient de traverser. Bien qu'attentive, elle n'entendait rien. Elle se mit à douter de son allemand, supposant que son interlocuteur pouvait enchaîner les phrases à double sens à seule fin de la tester. Cela finit par l'irriter, mais elle ne détacha pas ses yeux du visage de Gerhardt, souriant et sympathique, inconsistant dans le verbe et si puissant dans l'expression. Elle se décida alors à l'interrompre sans vergogne.

— Où allons-nous ? demanda-t-elle avec assurance.

Il sourit comme s'il attendait cette interruption depuis un moment.

— À la morgue, répondit-il avant de reprendre son babil de conférencier.

Paula tenta de masquer sa surprise et, pour garder contenance, fit un geste d'assentiment comme s'il était naturel d'accorder à ce lieu sans vie sa première visite berlinoise. Lorsque le conducteur mit le clignotant, elle constata qu'il la menait dans un hôpital. Elle n'avait pas cru à son histoire de morgue, mais elle commença à avoir des doutes. Puisque son guide ne voulait rien lui préciser, elle ne demanda rien, descendit de l'automobile et le suivit, contournant le vaste ensemble contemporain en direction de bâtiments bien plus anciens aux murs recouverts d'un vieux crépi gris abîmé. Ils portaient encore la trace d'impacts de balles qui pouvaient tout aussi bien dater de la Seconde Guerre mondiale.

Gerhardt ignora la porte principale, encombrée de soignants masqués, et se dirigea vers une large entrée réservée aux ambulances et aux brancards. Ils attendirent dans le couloir comme s'ils étaient venus rencontrer un ami sur son lieu de travail, lequel ami, vêtu d'une blouse blanche et le visage fermé, les salua à peine et veilla à ce que personne ne passe dans le couloir avant de les introduire rapidement dans une salle fraîche aux murs couverts de casiers d'où il extirpa un corps recouvert d'un drap blanc. Paula comprit enfin de quoi il retournait lorsque, le drap relevé, apparut sous ses yeux un visage que, malgré la maigreur, les taches bleuâtres sur la peau et un léger enfoncement à hauteur de la pommette, elle eut peu de mal à reconnaître. Elle fit un pas en arrière, surprise, mais s'abstint de prononcer le moindre nom et se tourna vers Gerhardt.

— Vous le reconnaissez ?

— Oui.

Elle ne s'attendait vraiment pas à ça et, malgré sa maîtrise de soi notoire, elle se sentit pâlir, de plus en plus contrariée par la tournure que prenait ce voyage. Elle avait maintenant réponse à une de ses questions, et la réponse n'était pas pour calmer ses inquiétudes. La vue du corps fut un véritable choc, qui ralentit les interrogations assaillant tout à coup son esprit. Était-ce pour cela qu'on l'avait fait venir à Berlin ? L'état du corps indiquait-il bien une mort peu naturelle ? Comment pouvait-on si facilement pénétrer dans la morgue d'un hôpital ? Était-ce légal ? Pourquoi d'ailleurs lui montrer ce corps ?

Gerhardt la fit sortir au grand air, qu'elle absorba à respiration contrôlée. Elle était déstabilisée et c'était certainement l'effet recherché par son guide qui s'était fait nettement moins bavard. Avec douceur, et un semblant de compassion humaine, il la prit par le bras, fit avec elle quelques pas au milieu d'une cour à peine éclairée par la lumière provenant des fenêtres du bâtiment, dont elle pensa soudain, allez savoir pourquoi, qu'il avait dû abriter bien des horreurs au siècle précédent. Il lui demanda enfin :

— Vous l'avez reconnu, mais permettez-moi de m'assurer qu'il n'y a aucune méprise. Son nom ?

— Milosz, Milosz Svoboda. Il assurait ma sécurité avant de partir travailler à Dresde. Que lui est-il arrivé ?

— Nous pensions que vous aviez peut-être la réponse, lui retourna-t-il en fouillant durement son regard comme le faisait sa mère lorsque, adolescente, elle rentrait de boîte de nuit.

Paula fit un effort pour ne pas laisser cet homme, qui avait toutes les cartes de son côté, prendre l'ascendant sur elle. La cour était déserte, le lieu aussi froid que la température basse de cette fin de journée, le décor aussi décati qu'un film d'après-guerre. Elle sentit qu'il ne fallait pas laisser passer ce moment sous peine d'être à la remorque les jours à venir. Posément, distinctement, mais à voix basse, elle se lança.

— Qui êtes-vous ? Le président Slezeck a insisté pour que je vienne vous voir, sans me donner aucun nom. Vous ne vous présentez pas, vous m'emmenez à la morgue, vous me montrez le corps de Milosz… Que signifie tout cela ? Que voulez-vous ?

Dire que Gerhardt avait souri serait exagéré. Ce visage sec et si mobile, qui la dépassait de quelques centimètres, lui sembla néanmoins exprimer comme une satisfaction. Il ne répondit pas, mais l'invita d'un geste à regagner le véhicule. Avec une galanterie non feinte, il lui ouvrit la portière côté passager, contourna le capot de la Mercedes grise alors qu'elle cherchait à déceler dans son allure la moindre résolution. Puis il s'installa au volant et introduisit la clef de contact pendant que le regard de Paula, comme aimanté, tentait de discerner encore le bâtiment d'un autre temps derrière l'unité hospitalière. Mais il ne démarra pas, la fixa à travers le rétroviseur, puis tourna brusquement son visage vers elle.

— Que voulons-nous ? répéta-t-il, ignorant sans doute volontairement la première question. J'espère la même chose que vous, en finir avec cette démocratie impuissante qui nous conduit rapidement vers la fin de notre civilisation, de notre culture européenne et fera bientôt de nous les esclaves de la Chine et des États-Unis si ce n'est des monarchies pétrolières, des mafias colombiennes ou des armées du Grand Califat. Pourquoi êtes-vous ici ? D'une part pour être protégée, d'autre part pour vous voir proposer un rôle plus à la mesure de vos capacités si nous ne faisons pas erreur sur celles-ci. J'espère vous avoir répondu. Je vous conduis à votre hôtel, dînez et reposez-vous, tout votre séjour est à nos frais. Nous nous retrouverons demain matin à 10 heures dans le hall du Martin-Gropius-Bau. C'est un musée, nous le visiterons tranquillement.

Il tourna la clef pour démarrer, mais Paula n'entendait pas se contenter de réponses aussi sibyllines. Avant de décider si elle acceptait ou non l'invitation, elle renouvela sa question.

— Pourquoi m'avoir amenée à cette morgue ? De quoi Milosz est-il mort ?

Il enclencha la première et démarra la Mercedes dont les essuie-glaces effaçaient les premières gouttes préludant à une pluie abondante. Le regard droit sur la circulation dense du début de soirée, il lâcha simplement :

— Si vraiment vous ne savez pas ce qui lui est arrivé, c'est un bon point pour vous. Car nous n'avons pas du tout apprécié. Et ceux qui ont pris cette initiative l'ont fait sans notre avis. Maintenant, profitez de notre belle capitale et, si je puis me permettre un conseil, oubliez le restaurant de votre hôtel et traversez la rue pour la taverne qui lui fait face. Ils ont un des meilleurs *Schlachtplatten* de Berlin. Si vous aimez le porc, bien entendu.

3

Deniz

À travers la cloison vitrée qui séparait son bureau de la salle centrale, Deniz Salvère observait Elsa Minetti faire encore la tête. La capitaine ne lui pardonnait toujours pas d'avoir été oubliée dans la nouvelle structure dédiée à la lutte contre le terrorisme d'extrême droite. Auréolée de son succès dans l'enquête sur l'assassinat de Maryam Binebine, elle était convaincue, comme son patron, que, derrière le meurtre, les détournements de fonds et l'usine de pirates informatiques, se cachait une organisation bien structurée. Une organisation dont le commandant Salvère n'avait pas réussi à prouver l'existence, ignorant son nom et son organigramme. Mais il avait su convaincre le tout nouveau parquet européen d'ouvrir une instruction pour association de malfaiteurs à caractère terroriste visant particulièrement Gert Schumacher, sa cheffe Barbara von Haselbohm, et les affidés de ce que les policiers appelaient maintenant la Fabrique de Dresde – avec le « F » majuscule propre à toute institution. La direction d'Europol lui ayant donné satisfaction sur les moyens en agents et en finances nécessaires à l'enquête, il avait formé son équipe à l'intérieur même du département de lutte contre le terrorisme qu'il dirigeait depuis le siège de La Haye. Tous les éléments dont il disposait le ramenaient sans cesse à Dresde et à Berlin où la traque de Gert avait déjà commencé. En Allemagne donc, pas en France, en Italie ou en Grande-Bretagne. Or Elsa Minetti n'était pas germanophone, pas plus que ses collègues, le Belge Max de Saint-Pierre et la Portugaise Inès da Paz. Parmi ses adjoints, seul Dragan Stankovic pratiquait la langue de Goethe et, bien sûr, Adrijana Hruby qui était allemande. Dans ces conditions, difficile de confier la direction du pôle à Elsa. D'autant que la capitaine Hruby avait assuré, dans une planque à Berlin, la protection et le débriefing de Lenka Krausberg, leur précieuse informatrice victime des violences des nervis de l'organisation, battue comme son ami Milosz et sexuellement agressée dans la vieille menuiserie désaffectée de Dresde où travaillaient auparavant les hackers de la Fabrique.

Dragan Stankovic l'avait assistée dans ce débriefing, mais le capitaine était bien trop utile, indispensable même, sur la partie informatique du travail du département pour en être déchargé. Et puis il n'avait pas les qualités suffisantes pour diriger autant de policiers chevronnés sur le terrain. Il excellait devant un écran, c'était déjà beaucoup. Seule Adrijana pouvait prendre la tête du pôle, même si c'était un challenge pour elle qui n'avait jamais occupé un poste à un degré aussi élevé de la hiérarchie d'Europol. De plus, si Minetti présentait toutes les qualités requises aux enquêtes de terrain, sa collègue Adrijana, issue des services de renseignement de la Bundesrepublik, possédait une meilleure expérience et de meilleurs relais sur place pour cette mission. Elsa savait tout cela, pourtant elle se voyait mal consacrer tout son temps à la lutte contre le terrorisme islamiste qui restait le point principal de l'action du département mais consistait surtout en recueil de données depuis la chute du Califat au Moyen-Orient. Elle ne lui avait pas caché son peu d'attrait pour un travail qui l'obligeait à rester assise à son bureau de La Haye, engrangeant les renseignements numériques, les demandes des polices des États membres, et la rédaction des rapports, pendant que ses collègues arpentaient l'Europe à la recherche d'un ennemi si habile. Deniz lui avait promis que, lorsqu'il y aurait besoin d'aide, il ferait appel à elle en priorité. Mais voilà, elle boudait.

Le commandant lui avait fait valoir les réussites de ces six derniers mois avec de belles prises, particulièrement de djihadistes évaporés d'Irak et de Syrie. Le département avait mis au jour six cellules terroristes qui se reconfiguraient en Europe, observant les liens et les réseaux sur place avant de passer aux arrestations menées par les polices nationales, bien renseignées par le travail d'Elsa et de ses collègues. Beaucoup plus valorisant que la lutte contre une organisation dont on ne parvenait toujours pas à identifier le centre, les dirigeants, et le nom même.

— Arrête avec ta brosse à reluire, lui avait rétorqué la capitaine. Tu crois que je n'ai pas compris ? La direction générale attend prioritairement des résultats contre le terrorisme islamique. Alors tu me laisses m'en charger ici, parce que tu as confiance en moi. Mais toi, tu files à Berlin.

— Tu vois bien que je suis ici, à La Haye, avait bêtement répondu Deniz, satisfait malgré tout de la sagacité de son adjointe.

— S'il n'y avait pas eu des retards pour l'installation du pôle, tu serais déjà parti.

Elle avait raison. Comme toujours dans l'administration, le pôle avait été long à se former, le temps d'obtenir le déblocage des fonds, l'embauche de nouveaux profils, la mise en place de bureaux locaux. La période de confinement due à l'épidémie de Covid-19 n'avait pas arrangé les choses. Tout était plus lent, les esprits voguaient ailleurs. Une partie non négligeable des effectifs d'Europol étaient en congé maladie, en congé parental, et le reste était surchargé car les trois missions de l'organisme européen, la lutte contre le terrorisme, la cybercriminalité et le grand banditisme, couvraient de plus en plus d'enquêtes.

Le pôle berlinois était maintenant fin prêt, dûment chargé par la juge Manon Dufresne de démanteler l'organisation qui développait ses réseaux clandestins dans toute l'Europe. Le commandant avait conscience de la double difficulté de la mission. D'une part, les policiers n'avaient pour point de départ que les identités de Gert Schumacher et de Barbara von Haselbohm pour remonter jusqu'aux dirigeants, or ils restaient introuvables. D'autre part, il savait le climat politique peu favorable à une telle enquête. Tous les élus ne parlaient que de la crise sanitaire, économique et sociale et de « l'après ». Les partis nationalistes étaient désormais présents dans presque tous les parlements et avaient passé des accords de gouvernement avec des partis conservateurs. Rien n'indiquait que la tendance était passagère, bien au contraire. Ces partis populistes gagnaient en influence, jusque dans les plus anciennes démocraties du continent et, lorsqu'ils ne faisaient pas partie de l'exécutif, ils représentaient souvent la principale force d'opposition. Ceux-là mêmes que son grand-père traitait jadis de « pétainistes » ou de « collabos », insultes suprêmes de l'échiquier politique en France, reprenaient maintenant du lustre, « décomplexés », selon le mot à la mode mais disant bien ce qu'il signifiait : dire tout haut et médiatiquement ce que l'opinion publique contraignait jadis à murmurer en cercle retreint. Dans certains pays, ces extrémistes ne se gênaient pas pour tenir publiquement des propos antisémites, ce que son pôle alors naissant avait réussi à démontrer en Grèce où les chefs d'une organisation forte de nombreux députés préparaient des attentats, placardaient chez eux des portraits d'Hitler et écrivaient des tracts ouvertement racistes. Le Péloponnèse avait été le cadre du premier succès du pôle, permettant la préparation d'un procès où des députés siégeraient au banc des accusés. Procès retardé là encore pour cause de confinement.

Le pôle avait fait mieux que ça, comme Deniz venait de le rapporter le matin même à la réunion du comité de direction d'Europol, obligeant la directrice générale Maria Kaltbrunner, toujours sceptique, à le féliciter publiquement. Maryam Binebine avait attiré l'attention de ses agents au sujet d'importants transferts d'euros entre une entreprise de bâtiment construisant des complexes dans les stations balnéaires roumaines de la mer Noire et un club de foot de la région de Bratislava. Ce club de foot où travaillait Milosz Svoboda, le compagnon de Lenka Krausberg, qui avait pu fournir quelques renseignements exploitables, trônait à proximité d'une immense cité de logements appartenant tous au même propriétaire. Le transfert étant régulier, le parquet de Bratislava n'avait d'abord pas voulu donner suite.

Mais son département, conduit en la circonstance par Dragan Stankovic, avait réussi à décrypter une application de messagerie par laquelle le chef de la bande admonestait, crûment et régulièrement, des policiers, des magistrats, des élus. Cet oligarque, Ondrej Janov, déjà propriétaire de nombreux terrains et immeubles, de complexes industriels et d'un groupe de médias, soudoyait et régentait ce monde de notables corrompus. Comme souvent, il avait fini par se croire intouchable et, lorsqu'une journaliste indépendante s'était mise à s'intéresser à cet empire monté si rapidement, il ne s'était pas retenu. La jeune femme avait payé de sa vie sa curiosité, ainsi que sa fille âgée de cinq ans, présente au moment de l'exécution. L'émotion provoquée par ce crime avait suscité en Slovaquie des manifestations monstres contre la corruption du pouvoir en place, ébranlant les juges de Bratislava qui ne pouvaient plus ignorer les pièces fournies par Europol impliquant Janov. L'oligarque croupissait maintenant en prison et la justice progressait sur la complicité de populistes qu'il avait soutenus, achetant des voix pour leurs élections et intimidant leurs adversaires. Des dizaines de magistrats et de policiers avaient été relevés de leurs fonctions, et certains inculpés.

— Voilà une affaire d'importance et rondement menée, s'était exclamé à la réunion de direction Wolfgang Brenner, qui dirigeait le département de lutte contre la cybercriminalité. L'affaire Binebine est ainsi complètement résolue, le commanditaire arrêté, le service de Salvère a démantelé cette organisation qui nous narguait. Bravo.

— Je transmettrai tes félicitations aux agents, avait répondu Deniz. Le commanditaire de l'assassinat de Maryam Binebine est effectivement démasqué. Les messages de Janov confirment l'ordre donné à un de ses lieutenants, un certain Mattheus Goulavski, de recruter un tueur, Lilian Petrovitch – ce dernier a été extradé par les services polonais vers la France où il sera jugé. Les magistrats français demandent également la comparution de l'oligarque. Ça prendra du temps, et les obstacles de la part de Bratislava ne manqueront pas. L'intermédiaire entre le commanditaire et le tueur ne sera en revanche jamais jugé. Goulavski, qui a également recruté et formé Milosz avant de l'envoyer dans le groupe de hackers de la Fabrique de Dresde, a été victime d'un accident de la route. C'était en décembre dernier, mais les autorités n'ont retrouvé la voiture que plusieurs semaines après, et n'ont identifié que récemment le corps entièrement brûlé. Un chauffard l'aurait percuté et propulsé dans un ravin avant de prendre la fuite. Cela s'est passé sur une petite route de Transylvanie où Mattheus Goulavski n'avait pas vraiment de raison de se balader.

— Un nouveau meurtre commandité par l'oligarque ? demanda la directrice générale.

— Aucune trace sur sa messagerie pourtant prolixe. Il s'inquiète même de la disparition de Goulavski à trois reprises. Il y a en outre une grande différence entre les modes opératoires. Les assassins de la journaliste et de sa fille étaient des pieds nickelés. L'oligarque n'avait jamais demandé que l'enfant soit exécutée, mais les tueurs, un entraîneur sportif et un ancien militaire, avaient si mal effectué leurs repérages qu'ils ignoraient sa présence à cette heure-là aux côtés de sa mère. Ils ont paniqué. Pour ne pas laisser de témoin, ils l'ont tuée également, ce qui leur a valu une avalanche d'insultes de la part de Janov. Dans le cas de l'accident de Mattheus

Goulavski, pas un message, pas une erreur. Pas de trace. Un crime de professionnel, si crime il y a.

— Et donc, qu'en déduis-tu ? demanda Brenner.

— L'organisation capable de monter une fabrique de pirates informatiques qui rançonnent les entreprises, et renseignent une base de données sur des citoyens européens, a certes un lien avec notre oligarque, mais elle n'en dépend pas. Elle est sans doute bien plus puissante et organisée que l'équipe des mafieux slovaques. Sur ces messages à l'adresse de son bras droit, Ondrej Janov s'irrite de la disparition de Mattheus, demande qui est derrière tout ça, puis envoie, je vous le lis : « Ils sont très mécontents de l'histoire parisienne. J'ai peur qu'ils nous lâchent. Je ne parviens plus à établir le contact. » Ce « ils », c'est l'organisation que nous traquons.

La cordialité est aussi indispensable aux membres d'une équipe de direction que la rivalité leur est nécessaire pour se dépasser. C'était une maxime réservée aux intimes du commandant Salvère qui craignait par-dessus tout, et particulièrement en matière policière, que les responsables s'engouffrent comme un seul homme dans la même direction, laissant de fait des pistes inexploitées et, pire, désertant des espaces que d'autres, les ennemis, les envieux ou les carriéristes, n'hésiteraient pas à investir. Plus largement, dans la vie en général, Deniz détestait le dogme, la certitude, la consigne et adorait la mixité, la diversité, l'adversité, la contradiction qu'on pouvait lui opposer et la confrontation qui souvent en résultait, pourvu qu'elle ne soit pas stérile. C'était bien sûr des principes, la réalité s'ingéniant à demeurer imparfaite, irrationnelle. L'opposition feutrée qu'avait menée Brenner contre la constitution du pôle consacré au terrorisme ultranationaliste l'avait certes irrité, pour ne pas dire plus. Mais pas fondamentalement gêné, d'autant que Brenner n'avait pas publiquement fait état de sa position, ce qui aurait eu des résultats plus fâcheux. Son collègue ne partageait pas ses vues, mais il le savait du même bord que lui pour la défense des constitutions démocratiques de l'Union européenne et de ses États membres, une des missions d'Europol. Il n'en fut pas moins étonné lorsque Wolfgang Brenner, à la sortie de la réunion de direction du lundi matin, l'invita à déjeuner. Pour des responsables de leur niveau, au calendrier si chargé, l'impromptu avait de quoi surprendre. Deniz en déduisit que l'invitation résultait de propos échangés pendant la réunion. Il n'hésita pas, envoya un message à son assistante pour qu'elle décommande le déjeuner prévu avec le nouveau chef de la police de Malte qu'il tenait pourtant à rencontrer. L'étonna également le moment que choisit Brenner pour formuler son invitation, dans l'ascenseur, en présence de Theos Stefanakis, le directeur du secteur opérationnel, véritable numéro deux d'Europol, qui couvrait son département, celui de Brenner et le département de lutte contre le grand banditisme d'Elzbieta Moscowicz. Theos avait encouragé Deniz, avec qui il entretenait par ailleurs des relations amicales, lors de la création du pôle, se gardant cependant de jamais froisser Brenner, pilier et doyen de la maison, homme aux multiples soutiens dont en premier lieu celui de l'influente chancelière de son pays, l'Allemagne. Malgré son intervention ambiguë lors de la réunion, Wolfgang voulait-il signifier qu'il était temps de faire la paix ? Brenner poussa la prévention jusqu'à proposer à Deniz un restaurant français pour décor à ce déjeuner inattendu. Mais le commandant restait sur ses gardes. Dans leur monde, la reddition n'avait pas cours, le compromis réciproquement avantageux restait la meilleure option.

Le printemps boudant encore La Haye plongée dans une monotone et triste pluie, les deux hommes s'engouffrèrent à l'arrière d'une des grosses Mercedes de fonction, polluantes à souhait, qu'affectionnait Brenner. Il était vêtu de son loden gris et de son éternel costume trois pièces, les lunettes aux montures noires et sévères que Deniz lui avait toujours connues – il était bien du genre à en posséder trois paires identiques – rigoureusement calées sur son nez fin. Lissant de sa main son crâne chauve, Brenner entama la conversation sur le championnat de football, autre de ses passions, entraînant son chauffeur dans une discussion que Deniz aurait eu du mal à soutenir, vu son incompétence notoire en la matière.

Ce n'est qu'une fois la commande passée au maître d'hôtel, après un temps de silence réglementaire, que la conversation s'engagea réellement.

— Si mes informations ne sont pas erronées (« Qui peut en douter ? » songea Deniz), tu portes un intérêt grandissant à mon pays. J'en suis flatté. Mais je crains que ce ne soit pas à son avantage. Trois lieutenants, deux analystes, quatre techniciens et la capitaine dirigeant le pôle installée sur place, ce n'est pas rien...

C'était donc ça. À la Willy-Brandt-Strasse, siège de la Chancellerie berlinoise, on s'inquiétait de l'arrivée de policiers d'Europol un peu trop autonomes vis-à-vis de l'État fédéral.

— Il faut bien une base de rattachement administratif à nos agents. Berlin n'est pas la plus détestable, non ?

— C'est certain. J'oubliais que tu es un germanophile convaincu. On m'a dit que tu avais fait un mémoire de sciences politiques sur l'Allemagne au XXe siècle.

Avec tout autre interlocuteur, Deniz aurait interrompu ce badinage en imposant d'en venir aux faits. Mais il connaissait et respectait Brenner. Les phrases lentes et bien découpées qu'il prononçait maintenant sur l'Allemagne et la passion de Deniz étaient une introduction. Il ne savait pas à quoi, mais il prit le temps de déguster ses ravioles aux cèpes, certain que brusquer les choses constituerait une décevante maladresse.

— Dans mon beau pays, il y a eu et il y a de beaux salauds, lâcha tout à coup Wolfgang. Le monde entier est au courant. Mais étant donné la mission dans laquelle tu te lances, il me faut t'informer que ces salauds-là, je ne les ai jamais aimés. C'est de famille. Nous sommes conservateurs depuis la nuit des temps, nous aimons l'ordre, la discipline, le respect dû aux autorités et à la famille allemande. Mais nous sommes aussi juristes de père en fils, et fille avec la génération de mes nièces. Nous aimons la loi. *Über alles*. Et nous sommes aussi chrétiens-démocrates, nous n'aimons pas écraser les plus faibles. Tu sais combien Bismarck tenait à sa politique sociale et combien il a œuvré pour la solidarité entre Allemands.

Deniz ne réagit pas. Il sentait venir la suite, Wolfgang n'allait pas exiger des garanties pour la Chancellerie, mais plutôt lui proposer son aide, ce qui lui permettrait de se tenir informé de l'enquête.

— Le devoir d'Europol est de porter à la connaissance du

juge tous les délits dont des organisations à caractère politique se rendraient coupables sur le territoire européen.

— … Et? demanda Deniz après avoir attendu un moment une suite qui ne venait pas.

— S'il te plaît, Deniz. Tu m'as très bien compris.

Bien sûr, Deniz avait compris. Il savait fort bien que Brenner lui reprochait d'avoir utilisé l'enquête sur l'assassinat de Maryam Binebine pour obtenir la création du pôle berlinois. Et que, d'une manière plus générale, Brenner entendait que l'on cantonne l'action d'Europol à la répression des délits, voire en certains cas comme le terrorisme, à leur prévention, mais certainement pas que l'on transforme l'institution de La Haye en une agence de renseignement. Sur cette position, le juriste avait su faire preuve de fermeté. Il rappela d'ailleurs au commandant que la police allemande n'avait pas eu besoin d'eux pour arrêter les extrémistes qui s'étaient récemment rendus coupables de l'assassinat d'un préfet, du mitraillage d'une synagogue et d'un bar à chicha.

— Je t'entends, l'assura Deniz. Mais je ne suis pas responsable de l'évolution de nos sociétés, ce n'est pas moi qui ai changé la nature des délits. J'ai seulement insisté pour obtenir des moyens adéquats.

Brenner continua à déguster sa terrine de sanglier aux pistaches, impassible. Seule une légère expression des yeux disait « tu ne vas pas me la faire à moi ».

— Oui, je comprends bien, finit-il par dire. C'est seulement pour une question de pratique de la langue que tu as nommé responsable de ton pôle une jeune capitaine formée au renseignement plutôt qu'un cadre expérimenté issu des services de police. Je connais Hruby. Assez bien même. Nous venons tous deux de la même ville, Cologne, dont le maire, comme tu sais, fut longtemps Konrad Adenauer, démis de son poste par les nazis.

Là, Deniz fut un brin décontenancé. De quoi parlait-on ? Où voulait-il en venir ?

— Exact. Nous ne faisons que commencer et la première phase passe par une activité intense de renseignement.

— Sois-en assuré Deniz, reprit Brenner qui le nommait rarement par son prénom, c'est dans un monde de discipline, de travail bien fait et de civilités que je voudrais partir en retraite. C'est dans ce monde que je voudrais mourir. Mais je sais bien que les voyous sont devenus plus brutaux, plus arrogants, et que l'échelle à laquelle ils interviennent maintenant est à l'image du monde économique, ignorant les frontières et manipulant des masses de capitaux inimaginables. Il y a peut-être entre nous une différence de génération, comme tu dois le penser, et c'est toi qui, au final, auras forcément raison puisque je ne vais pas tarder à prendre ma retraite et que tu resteras. Mais fais attention à ne pas te brûler les ailes. Nous agissons sur instruction des parquets et nous ne pouvons pas, nous ne devons pas, sortir de ce cadre légal. Tu ne serais suivi ni par la directrice générale, dont tu connais les réserves, ni par ton ami Stefanakis. Toute bataille politique, même face à des individus ou des groupes peu respectueux de la loi, est et restera étrangère à Europol.

Un peu agacé par ce ton paternaliste, Deniz allait lui répondre par l'exemple du terrorisme de l'organisation grecque récemment mise hors d'état de nuire, de l'arrestation de l'oligarque slovaque pour complicité de meurtre, de l'agression contre Milosz et Lenka bien que la police allemande, et non Europol, soit chargée de l'enquête. Mais Brenner l'arrêta d'une main levée.

— Je me permets seulement un conseil, ici, en terrain neutre et agréablement calme. Attache-toi à être chaque fois couvert par une instruction du parquet contre un délit clairement identifié. Les gens auxquels tu t'attaques ont parfois des réseaux profonds. Ils savent pénétrer les institutions, un peu comme la mafia sicilienne a infiltré les syndicats de dockers, la direction des ports et les instances politiques. Ils savent aussi pénétrer la vie privée des hommes de loi qui les combattent.

— Que veux-tu dire ? Tu as des informations ?

— Tu vois ? Ta fougue naturelle. Lorsque j'aurai des informations, il sera déjà trop tard. Reste en permanence sur tes gardes, à l'extérieur comme à l'intérieur de la maison.

— Si tu t'inquiètes d'un manquement dans l'action du département contre tous les terrorismes, sois rassuré. Nous apporterons bientôt des éléments de grande importance dans le combat des démocraties contre ce qu'il reste de l'État islamique.

— Je m'en réjouis, assura Brenner. Je voulais seulement te prévenir amicalement. Fais attention à ne pas commanditer toi-même ta propre chute.

Le déjeuner faillit lui rester sur l'estomac. C'eût été dommage. Dans l'avion qui volait vers Tegel, ce vieil aéroport berlinois qui vivait ses dernières semaines, il n'ouvrit pas ses dossiers, ne jeta pas même un œil aux journaux. L'échange avec Brenner l'occupait totalement. Surtout parce que, justement, ce n'était pas un échange. Pas le moindre marché.

Cela ressemblait à une mise en garde non pas amicale, ils n'avaient pas ce genre de relation, mais professionnelle. Dans l'intérêt de la maison. Et hors micro. Wolfgang Brenner avait trop d'expérience pour que Deniz néglige son avis. Sauf qu'il ne le comprenait pas. Pourquoi lui parler en ces termes d'Adrijana ? Pourquoi insister sur les instructions des parquets comme si Deniz agissait en franc-tireur ? Il y avait quelque chose qu'il ne saisissait pas, et cela l'agaçait. Contrairement à ses habitudes de voyageur du ciel, il ne put se laisser aller aux vingt minutes de sommeil réparateur, lui qui n'avait dormi que quatre heures pour prendre son train vers La Haye à 5 heures du matin à la gare du Nord. Il n'avait pas réveillé Isabella. Aucun risque, elle n'était pas rentrée.

Depuis quelque temps la jalousie de sa compagne s'exprimait sans retenue, par allusions moqueuses, par questions insidieuses, par contrôle de ses mouvements. Et, comme toujours en ces moments de crise, Isabella tentait de retourner le miroir, de le rendre lui-même jaloux, sentiment qui lui était étranger et qu'il détestait comme toute manifestation de possession de l'autre. Hormis dans un lit, et en réciprocité. Malgré ses résistances, elle manœuvrait à merveille et Deniz avait du mal à maintenir son indifférence devant les provocations de plus en plus poussées de sa compagne. Comme sa nouvelle passion pour les nus masculins. Elle qui avait percé dans la photographie par ses reportages dramatisés d'un noir profond humanisant son hyperréalisme, engageait maintenant des modèles masculins pour des nus d'atelier saisis dans la même veine créatrice. Une belle réussite esthétique, mais qu'elle accompagnait, à la seule attention de Deniz, de commentaires inutiles portant toujours sur la douceur, la rigidité ou la dimension du sexe du modèle.

— C'est idiot, mais ça réussit à me faire fantasmer, gloussait-elle. J'ai passé la moitié de mon après-midi à imaginer Stefano en érection. Pas facile de travailler dans ces conditions !

Cette jalousie avait commencé avec Salima, l'amie de Maryam Binebine. Elle avait été enlevée par Lilian Petrovitch, que Deniz croyait être un soldat de cette organisation qu'il traquait depuis plus d'un an. Les éléments révélés par son adjoint Dragan sur Ondrej Janov, l'oligarque slovaque, le faisaient aujourd'hui douter que Petrovitch appartienne à l'organisation. Ce dernier continuait à se taire au fond de sa prison. C'est pourquoi Deniz se démenait pour obtenir du parquet slovaque l'autorisation d'interroger Janov. Était-ce cela qu'avait voulu lui dire Brenner, occupe-toi de l'implication des mafias, pas d'une hypothétique organisation contre laquelle nous n'avons rien, aucun délit ? Mais ce serait regarder le doigt quand on nous montre la lune.

Isabella s'obstinait parfois à ne voir que le doigt. Pour la première fois, ils s'étaient vraiment disputés, le ton était monté, elle l'accusant de trahison, de lâcheté, d'être incapable de lui dire les choses en face, de l'humilier, lui, lui reprochant sa tendance malsaine à une relation fusionnelle, à une exclusivité à laquelle il ne s'était jamais engagé. La charge avait été brutale, Deniz se refusant à jurer qu'il n'avait d'yeux que pour elle.

— Tu baises une autre femme, et ça ne devrait pas me concerner ? Tu te fous de moi ?

Il avait réussi à ne pas entrer dans ce cercle infernal où

elle voulait l'entraîner. Il s'estimait pourtant entier. Un être entier, qui risquait d'être emporté par sa fougue, c'était la mise en garde surprenante de Brenner, à lui Deniz, qui connaissait les chausse-trappes et les faux amis politiques, qui ne cessait d'assurer ses arrières, de blinder ses positions à Bruxelles, qui passait à l'offensive sitôt qu'on tentait de l'acculer à la défensive !

Il atterrit contrarié à Tegel, et apercevoir Adrijana Hruby parmi les gens qui attendaient n'y changea rien. Il ne savait pas encore qu'elle était porteuse d'une bien mauvaise nouvelle.

— On a retrouvé le corps de Gert Schumacher dans un hôtel à Zell-am-See, une station chic d'Autriche. Apparemment un double suicide avec la femme qui l'accompagnait.

— Une scène de crime pour m'accueillir, vous n'avez pas mieux ? pesta Deniz qui voyait s'effondrer brutalement leur principale piste.

— Si. Et ça ne va pas vous plaire. Il n'y a pas de scène de crime, pas même de scène de suicide.

— Comment ça ?

— Le double suicide date d'avant le confinement.

— Quoi ? hurla Deniz, qu'est-ce que c'est, cette connerie ?

— Schumacher repose en paix depuis plusieurs semaines. Thomas vient juste de le découvrir. Gert avait effectué la réservation sous un faux nom, la police autrichienne n'a pas fait le rapprochement avec l'avis de recherche de la police allemande. Et la période de confinement justifie tous les manquements.

— Comment Wintersee a-t-il découvert ça ?

— Par hasard. La jeune femme qui s'est « suicidée » avec

lui ne portait sur elle aucune pièce d'identité, rien qui permette de l'identifier, et son visage a été emporté par la balle tirée dans la nuque à bout portant. La police a donc émis un avis de recherche avec la description du corps, la photo de Schumacher y était jointe. Thomas a vu l'avis placardé dans un commissariat.

— On a identifié la femme ?

— Non, toujours pas.

4

Lenka

Voilà. C'était arrivé. Presque sans surprise. Après des mois de coma, la vie avait quitté Milosz sans le réveiller. De longues semaines pendant lesquelles Lenka n'avait eu que rarement l'autorisation d'aller le voir. Chaque fois de nuit, chaque fois accompagnée par Adrijana et Dragan ou Thomas, ces officiers d'Europol qui l'extrayaient de sa planque à Prenzlauer Berg pour la conduire jusqu'au parking souterrain de l'hôpital militaire, puis à la chambre de Milosz où se tenait encore un policier en faction. Et chaque fois couverte jusqu'aux pieds, coiffée d'un chapeau à large bord, obligée de garder la tête baissée pour échapper aux caméras. La première visite, Lenka l'avait exigée. Oui, exigée. Il était pour elle impensable de passer le nouvel an sans aller souhaiter une bonne année à son fiancé, même s'il n'entendait pas, même s'il ne pouvait pas répondre. Rien d'intime : en plus des trois flics, un médecin, une infirmière, et même sa psychologue qui avait tenu à faire le déplacement. Elle obtint tout de même qu'ils la laissent un moment seule dans la chambre avec lui. Il gisait là, le mot était fort mais elle n'en trouvait pas d'autres, il gisait dans son lit, absolument absent, une cicatrice sur la pommette, une autre à la base du cou, là sans doute où l'on avait pratiqué l'opération. Le visage blanc, gris plutôt, qu'elle avait caressé tendrement, doucement, comme elle lui avait parlé à l'oreille pour que les autres n'entendent pas.

— T'as vu ça, mon amour ? Tous les deux, on coûte cher au contribuable, avait-elle plaisanté après lui avoir présenté des vœux de rétablissement.

Elle s'était excusée, pour l'avoir incité à quitter Bratislava, pour l'avoir laissé travailler clandestinement à la Fabrique sous les ordres de ces néonazis qui les avaient torturés, pour n'avoir vu que le confort de leur nouvelle situation et pas le danger. Elle voulait s'excuser aussi pour avoir plu à Gert, pour avoir éveillé ses instincts de prédateur sexuel et sadique. Mais elle avait oublié, les anxiolytiques étaient à cette époque trop puissants pour qu'elle garde conscience toute une heure durant. La psychologue, en termes feutrés, Adrijana, de façon plus rude, avaient beau lui répéter qu'elle était victime, et non coupable, elle se sentait toujours responsable de ce gâchis. Coupable, oui, coupable, même si elle n'exonérait en rien les agresseurs. À sa seconde visite, deux mois après, la dose d'anxiolytiques avait diminué, elle n'avait pas oublié mais la haine avait pris le dessus sur la culpabilité. À la dernière visite, la veille, elle n'avait plus qu'elle-même à qui parler. Milosz gisait pour l'éternité.

Milosz était mort. On respectait sa douleur. On essayait de lui suggérer, habilement, que c'était mieux comme ça parce que, même s'il avait repris connaissance, les lésions dans son cerveau étaient telles qu'il serait resté toute sa vie un légume. Milosz était mort, les journaux l'avaient brièvement annoncé le lendemain, reprenant la thèse officielle des tortures et agression sexuelle commises par une bande de voyous sur un jeune couple qui se promenait dans la forêt près de Dresde. Milosz était mort et Lenka vit son passé comme des marches d'escalier qui s'effondraient dans un vide sans fond aussitôt qu'elle les gravissait. Elle n'avait plus de passé. À peine une identité qui n'était pas vraiment la sienne. Curieusement, l'horreur du crime commis par Gert et ses nervis parce qu'ils soupçonnaient Milosz d'être un indic des flics déserta ses pensées. Elles étaient entièrement tournées vers Bratislava et les moments heureux de Dresde, l'arrivée dans un appartement enfin décent, son premier boulot à l'agence de voyages où il venait la chercher pour une balade au bord de l'Elbe, l'invitation à l'Opéra pour ses vingt-cinq ans… Dans l'état d'assoupissement permanent où la plongeaient les opiacés, elle ne se remémorait pas que les bons moments de leur vie, d'ailleurs trop rares, les mauvais jours défilaient aussi mais comme un film extérieur à elle-même qu'elle regardait sans vraiment en être affectée. Son seul regret était de n'avoir jamais osé présenter Milosz à ses parents. Il ne se tenait pas bien, s'exprimait par onomatopées, avait mauvaise réputation dans le quartier. Lenka ne voulait pas les peiner, eux si gentils, si soumis à tout. Et elle ne serait jamais arrivée à leur faire comprendre que cette brute inexpressive, connue pour corriger les locataires mauvais payeurs, avait un cœur pur, un cœur fidèle et que, peut-être parce qu'il était étranger à la cité, il était le seul qu'elle pensait capable de l'en sortir. À ce point de sa réflexion, dans le calme confus régnant sur son esprit, assise dans le fauteuil de « sa » planque, se forma une étrange question, une question qu'en fait elle ne s'était jamais posée. Avait-elle aimé

Milosz? Elle regarda autour d'elle, les meubles de prix, le plancher de chêne ciré, les luminaires. Il fallait au moins ce confort pour se poser semblable question. Milosz était bien le seul, dans la cité, avec qui elle avait rêvé de s'enfuir. Le seul avec qui elle aimait autant et si souvent baiser. Ça devait bien être ça l'amour. Mais elle n'avait jamais interrompu sa contraception. Parce que leur situation était trop précaire. Parce qu'à ce moment de leur vie commune, elle n'avait pas eu envie d'avoir un enfant. Parce qu'elle n'était pas sûre de faire sa vie avec lui, ni même de rêver d'une famille. En fait, la question ne s'était jamais vraiment posée. Ils étaient amants, mais le lien le plus fort, le plus rare, qui les unissait, c'était la confiance. Une confiance totale comme elle supposait que seuls peuvent avoir entre eux un frère et une sœur. Peut-être qu'elle n'aurait pas fait sa vie avec lui, mais toute leur vie ils seraient restés proches, comme deux amis qui ont préparé pendant des mois leur évasion de la prison de haute sécurité et l'ont réussie. Voilà. Ils étaient comme deux évadés, l'autre était la seule personne au monde à qui faire confiance. Milosz avait finalement été rattrapé, il avait payé pour deux leur évasion. Il était mort. Elle était maintenant seule.

Est-ce que c'était en lien avec la mort de Milosz? Adrijana qui, comme Dragan, avait quitté l'appartement depuis la période de confinement, l'abandonnant à la protection d'un ou d'une policière anonyme qui changeait sans cesse, revint s'installer dans la chambre voisine. Elle lui annonça la venue du big boss, qui souhaitait s'entretenir avec elle. Le patron de l'antiterrorisme pour Europol, le commandant Deniz Salvère. Il serait là dans l'après-midi.

— Ça tombe bien, tous mes rendez-vous sont décommandés.

L'austère Adrijana ébaucha un sourire.

— Lenka, en six mois c'est la première vanne que tu sors.

Lenka ne comprit pas. Elle faisait toujours des vannes. Elle était connue pour ses vannes. Pour saouler les gens avec ses vannes. Pour ne jamais répondre nettement, préférant exprimer ses doutes et l'immense ambivalence de ce monde par des vannes. Elle regarda Adrijana dont le sourire s'estompa, virant à l'interrogation puis à l'inquiétude. Elle comprit que son propre visage ne respirait pas la sérénité et sentit brusquement le tsunami s'annoncer au loin, au fond de ses entrailles et, de sa vitesse folle, l'envahir violemment avant qu'elle n'ait eu le temps de se protéger. Elle vomit sur ses pieds, sur le tapis de sisal et, à quatre pattes, sentit le déluge s'échapper de ses yeux. Elle s'effondra littéralement et ne résista pas quand Adrijana introduisit le médicament dans sa bouche.

Lorsqu'elle se réveilla, elle entendit des gens parler dans le salon. Elle était trop groggy pour saisir les mots mais décela une voix inconnue qui répondait à celle d'Adrijana. Elle ferma les yeux pour se reposer encore, puis les rouvrit brusquement, songeant que cette voix devait être celle du big boss. Elle n'était pas dans la meilleure forme pour cette rencontre qui risquait d'être décisive pour son avenir. Car elle n'en doutait pas, si le chef était là, ce n'était certainement pas pour elle, mais il allait profiter de sa présence à Berlin pour lui signifier la fin de la protection et donc, en quelque sorte, sa remise sur le pavé dont elle avait eu tant de mal à s'extraire. Oui, Milosz, tu avais peut-être raison, on ne se sort pas de la fange.

Elle se leva, passa à la salle de bain attenante pour se rafraîchir le visage, y poser une touche de maquillage, puis revint enfiler un jean, mais se ravisa et choisit sa robe bleu nuit. Elle tremblait un peu, n'avait pas l'esprit très clair, assez clair cependant pour comprendre qu'un bout de sa vie était en train de se jouer. Elle prit son courage à deux mains, ouvrit sans bruit la porte de sa chambre et fit lentement les deux mètres qui la séparaient de celle du salon. Il se tourna immédiatement vers elle. Il était tout ce qu'elle redoutait. Un autre monde. Un monde sûr de son pouvoir et de ses capacités. Un monde qui jamais ne communiquait avec le sien, sauf par injonctions. Son costume, sa cravate, les chaussures pointues et brillantes comme un miroir, le sourire avenant mais glacial, la rectitude du visage, du port de tête, de l'allure générale, tout la prévenait contre lui. La capitaine fit les présentations. Ils s'assirent face à face, elle dans le Chesterfield avec Adrijana à côté d'elle, lui dans le fauteuil. Elle entendait sa voix comme une bande enregistrée et maintes fois lue et relue s'enquérant de sa santé, lui présentant ses condoléances, disant le plaisir qu'il avait à la rencontrer, s'assurant qu'elle était disposée à un entretien qu'on pouvait remettre à plus tard. Pour lui répondre simplement *kein Problem*, elle s'y prit à trois fois, se racla la gorge et parvint à peine à prononcer les deux mots dans le bon ordre. Il força l'expression de son visage qui tendait sans doute à la mettre en confiance. Elle devait réussir à se concentrer malgré les médicaments, ne pas merder si elle voulait conserver une chance d'être aidée.

— Lenka, j'imagine que comme nous, vous cherchez à comprendre ce qui s'est exactement passé, le rôle que chacun a joué dans ce drame, et où nous en sommes aujourd'hui. Je vais vous exposer ce que nous avons pu reconstituer et je vous remercie encore de votre collaboration sans laquelle nous serions bien loin de la vérité. Si vous voulez bien, je vais reprendre depuis le début, depuis la cité de Bratislava où vous avez rencontré Milosz.

À ce moment, elle sentit dans son corps qu'on venait de changer d'époque. Qu'elle acceptait de changer d'époque. Elle ne s'était pas posé la question, mais elle pouvait entendre le nom de Milosz, écouter cet étranger venu lui raconter sa propre histoire, devenir réceptive comme jamais, sans sentir cette inquiétude, qui avait pris possession d'elle depuis la tentative de viol. Elle osait même penser le mot « viol » sans se replier, mais avec cette haine nouvelle qui la tenaillait. Sans dire un mot, elle acquiesça.

— Si vous voulez corriger mon récit, apporter une précision ou poser une question, n'hésitez pas à m'interrompre. Nous avons mis du temps à reconstituer les choses, nous ne sommes pas encore parvenus à une version complète. Votre aide nous est toujours indispensable.

Sa voix qu'elle trouvait tout à l'heure neutre, son élocution qui lui semblait insipide commencèrent à prendre du relief. Mais ce langage si précis, qui faisait le tour de la question sans laisser le moindre espace pour l'inconnu, l'irritait. Comme l'énervait d'entendre parler de Milosz par quelqu'un qui ne l'avait pas connu.

— Il y a trois ans le club de foot de votre quartier de Bratislava est racheté par un prête-nom derrière lequel se cache le propriétaire de la cité. Pourquoi ce choix, pourquoi ce lieu ? Une simple opportunité du marché. La cité d'une part, le club de l'autre, se trouvent en difficultés financières et le quartier, avec ses vingt-six mille habitants, présente un intérêt électoral non négligeable. Un parti politique nationaliste s'y implante mais manque de moyens pour passer à l'échelon supérieur. Ceux qui vont devenir les propriétaires, et les employeurs de Milosz, veulent une circonscription électorale laboratoire.

Ce que prétendait ce type, c'était répondre directement à toutes les questions qu'elle se posait et posait à ses gardiens, depuis des mois. Elle n'y croyait pas, malgré la quiétude de son visage, la tranquillité de celui qui ne joue aucune partie, n'attend rien en retour. Non, elle n'y croyait pas, mais ce type en imposait, plus par ce qu'elle commençait à entendre que par son costume aux plis trop durs.

Adrijana lui avait annoncé rester là pour la nuit, mais Lenka n'osait pas lui demander conseil. Elle avait confirmé le récit du commandant. Le parti, auquel Milosz n'était pas adhérent, avait réussi à faire élire une des leurs, une bourgeoise du nom de Paula Bokova, qui fricotait avec le patron de Milosz dans la cité, Mattheus Goulavski. Bien sûr Lenka connaissait Mattheus et avait vu Paula en quelques occasions. Mattheus avait proposé une formation informatique à Milosz qui y touchait déjà pas mal, puis un boulot à Dresde où ils étaient partis avec « Pet », Lilian Petrovitch, ancien militaire dont Lenka venait d'apprendre qu'il avait assassiné une Française inconnue d'elle. Sur la Fabrique de Dresde, une ancienne menuiserie industrielle abandonnée, elle avait maintes fois dit tout ce qu'elle savait. Le boulot de Milosz consistait à faire de la data grâce à des logiciels espions implantés dans des administrations de n'importe quelle nature partout en Europe. Elle ne connaissait que de prénom la patronne de Milosz à la Fabrique, une certaine Barbara, mais Europol en savait plus qu'elle puisque Thomas Wintersee, le patron de la police européenne à Berlin, lui avait appris son nom : Barbara von Haselbohm, une ancienne informaticienne de Google. D'autres que Milosz travaillaient à des piratages plus crapuleux consistant à demander une rançon à un site sous peine de destruction ou, pire encore, comme l'avait découvert Milosz, en rançonnant des sites de billetterie en ligne. Une « ferme à trolls » selon l'expression de Wintersee, dont Lenka ne connaissait pas les membres, seuls les prénoms de ceux qui travaillaient avec Milosz : Dietrich, Oskar et Danny. Et bien sûr celui dont elle n'arrivait pas à prononcer le nom, celui qui l'avait harcelée avant de l'agresser sexuellement et de les torturer Milosz et elle, celui qui était responsable de la mort de Milosz.

— Gert Schumacher, avait dit le commandant Salvère. Il était en fuite. Il semble s'être suicidé l'hiver dernier.

La nouvelle avait mis Lenka en colère. Elle aurait voulu que justice soit faite, que ce salaud soit accusé publiquement, condamné, et qu'il croupisse en prison pour de nombreuses années. En même temps, elle avait ressenti un soulagement face à cette peur qui la tenaillait encore au seul nom de Gert.

— Son père, avait poursuivi le commandant, est propriétaire d'une entreprise de transport en bus assez prospère. Il a été entendu par la police allemande. Il a dit ne pas savoir où se cachait son fils, le cadet de ses enfants, qu'il a traité de bon à rien et qu'il s'est accusé de ne pas avoir élevé à la dure, de l'avoir laissé livré à lui-même après la mort de sa mère lorsqu'il avait neuf ans, alors que son aîné est un avocat d'affaires réputé à Francfort.

Le commandant avait ensuite chaudement félicité Lenka pour n'avoir rien dit sous les coups et les attouchements, et conservé chez elle la clef USB dont Milosz s'était servi pour copier une partie des données de Gert. Grâce à cette copie, Europol connaissait les montants de certains détournements, plus de huit millions d'euros, encaissés sur unc banque des Caïmans après avoir transité par Bahreïn et s'être volatilisés. Depuis, le système avait été abandonné, sans doute remplacé ailleurs qu'à Dresde par un autre.

— Je veux leur peau. J'y mettrai le temps qu'il faut, mais je les aurai ! s'était tout à coup exclamée Lenka.

Jamais elle n'avait proféré pareille menace. Elle avait jusqu'alors trop peur, totalement paniquée à la seule évocation de l'agression. C'étaient des paroles en l'air, elle le savait bien. Elle n'avait aucun moyen de se venger et, si elle tombait par hasard sur une de ces brutes, elle s'enfuirait certainement. Pourtant la haine était bel et bien là, puissante, une vraie envie de leur en faire baver. Elle n'avait pas poursuivi sur cette voie, tout à coup consciente du ridicule de ses propos face à un service de police organisé. Le commandant était resté silencieux, l'observant avec un peu trop d'insistance. Puis il lui avait récité son curriculum vitae avec des informations qu'elle n'avait jamais révélées lors du débriefing.

— Votre père travaillait aux usines de matériel mécanique Skoda à Prague. Avant votre naissance, il a été victime d'un accident du travail et, après la chute du mur de Berlin, cette partie de l'usine a été fermée. Votre famille a alors vécu de sa faible pension d'invalidité et du salaire de votre mère institutrice – un point que vous aviez en commun avec Milosz – qui a trouvé un poste à Bratislava avant la séparation de la Tchéquie et de la Slovaquie. Vous avez des origines juives que vos parents, athées, n'ont jamais revendiquées. Votre mère est atteinte de la maladie de Lyme, mais comme souvent dans ce cas, on ne l'a pas diagnostiquée. On l'a traitée pour des problèmes psychotiques et elle a perdu son emploi. Votre famille a alors vécu dans la cité dont s'occupait Milosz et vous avez dû abandonner vos études à la fin du collège pour travailler. Plus exactement pour aller de petits boulots en petits boulots. Mais vos parents ont fait de leur mieux pour vous donner le maximum d'éducation malgré un environnement, disons, défavorable. Vous avez un don pour les langues et vous parlez slovaque, tchèque, russe, anglais. Et allemand depuis votre séjour à Dresde. Vous avez accompagné et aidé Milosz dans ses recherches informatiques et vous êtes, nous a dit Dragan, douée pour la photographie. Excusez cette présentation un peu froide, je veux juste que vous confirmiez ces éléments.

Lenka se sentit mise à nue. Elle ne s'y attendait pas. Comment pouvaient-ils savoir tout cela ? Toute sa vie, posée sans émotion en quelques phrases figées sur une fiche. C'était désagréable et humiliant. Son visage se renfrogna. Elle se contenta d'approuver d'un signe de tête.

— Nous vous devons beaucoup, Lenka. Beaucoup, répéta-t-il.

— Moi ? Je n'ai pas fait grand-chose, répondit-elle étonnée. C'est Milosz qui a découvert leurs magouilles, Milosz qui a fait la copie, Milosz qui…

Elle n'acheva pas. Milosz qui en était mort. Elle vivait.

— En ne révélant pas que Milosz avait une copie des dossiers de Gert, vous avez fait beaucoup. Vos agresseurs pensent sans doute que vous n'étiez pour rien dans le piratage de leur site, ils n'ont jamais découvert que vous étiez notre informatrice. Depuis tout le temps que nous vous protégeons, que nous surveillons le père de Gert et leurs relations, nous n'avons enregistré que peu d'informations vous concernant. Deux conversations téléphoniques exactement. Dans la première, quelques jours après l'agression, Herr Schumacher demande à un ami de son fils, un dénommé Franck, ce qui s'est passé. Et celui-ci répond que Gert a « déconné comme d'habitude ». Il soupçonnait Milosz d'être un indic et surtout il vous désirait. Dans la seconde, quatre semaines après, le même Franck dit que Milosz était trop limité intellectuellement pour nuire aux affaires de Gert, auxquelles le Franck en question est étranger, ce qu'a montré sa mise sous surveillance. Il ne parle de vous que comme d'une proie de Gert et ne semble pas connaître votre prénom ou votre nom qu'il n'a jamais cité. Et aucune des personnes que nous avons pu suivre à Dresde ne semble vous avoir cherchée.

— Et à Bratislava, à la cité ? Comment ont-ils réagi, vous le savez ?

— Personne n'a jamais ennuyé vos parents. Après avoir été arrêté à la frontière tchéco-polonaise en possession du cahier de Maryam Binebine, Lilian Petrovitch a été livré par les Polonais à la justice française. Mais il refuse de parler. Le personnage le plus intéressant pour nous, Mattheus Goulavski, a disparu quelque temps après l'agression. On a retrouvé son corps au fond d'un ravin, apparemment victime d'un accident de la route dont le responsable aurait pris la fuite. Comme vous le savez, Janov, l'oligarque mafieux propriétaire avéré du club de foot, de la cité, et qui finançait en sous-main le parti, est en prison pour avoir commandité le meurtre d'une journaliste enquêtant sur ses trafics. Le club et la société gestionnaire de la cité sont sous tutelle du tribunal de commerce, les employés qui n'avaient pas fui ont été interrogés, des administratifs, pas vraiment au courant des magouilles de leur patron. Les autres, comme Milosz en son temps, n'étaient pas déclarés et ne nous ont pas attendus. Personne ne semble se soucier de ce que vous êtes devenue et tout le monde impute la liquidation des sociétés à l'arrestation d'Ondrej Janov pour complicité de meurtre.

Comme le lui disait sa maîtresse à l'école, « toi, tu as oublié d'être bête ». Lenka n'avait pas besoin d'un dessin, ce commandant était en train de lui expliquer qu'ils allaient lever les mesures de protection et lui dire « Ciao ma belle, porte-toi bien ». Elle ne lui laissa pas annoncer sa décision et prit les devants.

— J'ai compris. La protection est finie. Vous me laissez un peu de temps pour que je puisse me débrouiller ? Je ne compte pas rentrer à Bratislava, mais j'aimerais voir mes parents autrement que sur écran. Je vais chercher du boulot ici, à Berlin.

Salvère eut l'air étonné et, du coin de l'œil, elle vit Adrijana sourire. Ils croyaient quoi, tous les deux ? Qu'on allait faire un pot de départ peut-être ?

— Bien sûr, c'est une possibilité, reprit lentement le commandant. On peut dire que désormais la protection est levée et que vous pouvez agir à votre guise. Si c'est votre choix, nous vous remettrons quelques fonds pour vous laisser le temps de vous organiser. Mais nous avions une proposition à vous faire.

Elle le regarda, méfiante, attendit la suite, mais le commandant prenait son temps, comme occupé à déceler la moindre ride entre ses yeux.

— Nous recrutons, laissa-t-il tomber.

— Vous recrutez ? Vous recrutez qui ça ?

Là, elle était vraiment surprise. Une petite lumière de fierté, de reconnaissance, venait de s'allumer au fond d'elle. Elle n'y croyait pourtant pas. Comme il ne répondait pas, elle continua :

— Vous voulez dire que vous embauchez des gens chez vous ? Que vous avez pensé à moi ? Pour quoi faire ? Où ça ?

— Vous devez vous douter qu'un service de police européenne comme le nôtre est organisé et soumis à des règlements stricts. Pour postuler à Europol, il faut soit être fonctionnaire détaché par un État membre, c'est le cas du plus grand nombre des agents, soit passer directement un concours pour devenir fonctionnaire européen et ensuite répondre à un appel de poste. Mais dans un petit nombre de cas, la direction générale peut aussi embaucher des personnes répondant à un profil particulier. Quand j'ai dit que vous aviez fait beaucoup pour nous, ce n'était pas pour vous flatter. Vous n'avez pas parlé, ils ne savent donc pas qu'Europol enquête sur eux. Vous nous avez permis d'établir que le parti ultranationaliste slovaque était indépendant de la Fabrique en dépit de leurs liens. Le déménagement hyperrapide de celle-ci nous a confirmé dans l'idée que, comme ç'avait été le cas en République tchèque avec une société d'éclairage public récoltant les subventions européennes, les sociétés se défont et disparaissent dans une organisation parfaite, ce qui nous donne à penser qu'il existe une structure au-dessus de tout cela.

— Et ?

— Et je vous ai lu votre CV. Vous n'avez pas de formation universitaire, vous avez, disons, une certaine expérience de la vie qui vous permet d'improviser une solution lorsque vous êtes dans une situation délicate plutôt que de chercher dans vos études la réponse prévue au cas particulier. Pendant les mois que vous avez passés ici, Dragan Stankovic vous a appris la photographie et pas mal de choses en informatique. Adrijana vous apprendra à ne pas être suivie, comment fonctionne une planque, comment se couler dans la masse sans se faire repérer.

Lenka l'écoutait bouche bée, se tournant parfois vers Adrijana qui lui confirmait d'un sourire qu'il n'était pas en train de se foutre d'elle.

— Enfin, reprit le boss, une psychologue vous a suivie et peut attester de votre remarquable stabilité mentale après le traumatisme que vous avez vécu, et d'autres belles qualités utiles dans nos métiers.

« Quelle cruche ! Ça fait longtemps qu'ils n'ont plus besoin de me protéger. Ils me testent ! Et je ne me suis rendu compte de rien », se dit Lenka tout en appréciant l'éloge.

— Nous avons créé un pôle spécifique, chargé de lutter contre cette organisation pour l'instant insaisissable. Ce que je vous propose, c'est d'en faire partie. Il est dirigé à Berlin par Thomas Wintersee, et au niveau européen par Adrijana

Hruby ici présente. Si notre offre vous convient, votre base sera à Berlin, dans l'immeuble que nous louons à deux pas d'ici, sur la Kollwitzplatz. Vous devrez suivre un certain nombre de sessions de formation. Votre contrat prendra effet dès le moment où vous accepterez. Si vous acceptez.

On lui proposait un statut, un métier intéressant à découvrir et… Et la possibilité de se venger de ces rats. Elle n'hésita pas.

— Oui. Oui, j'accepte.

— Ce travail implique des contraintes importantes qui vont peser sur votre vie. Vous pouvez donc prendre le temps d'y réfléchir.

— Pas besoin. C'est oui.

— Bienvenue dans la maison, lui dit alors Salvère. Un point cependant contre lequel je dois vous mettre en garde. Vous n'êtes pas là pour vous venger. La seule idée de vengeance peut vous faire commettre des choix dangereux pour vous et pour nous. À notre siège de La Haye, nombreux sont ceux qui pensent ce point inconciliable avec un travail dans ce pôle. Pas moi. Ni Adrijana, ni Thomas.

Reconnaissante, elle renouvela son acceptation. C'est au cours de sa nuit agitée que la pensée lui vint : Milosz disparu, Gert mort, Barbara envolée, les policiers n'avaient plus qu'elle pour les rattacher à la Fabrique de Dresde.

5

Adrijana

Adrijana était assez fière de sa trouvaille. Dragan l'avait d'abord critiquée. Trop exposée, trop fréquentée, trop ouverte aux quatre vents, dans un quartier bien trop bobo. *Genau.* Mais c'est justement pour cela qu'elle l'avait choisie. Tous ces jolis cadres d'Europol, qu'ils portent costume ou tenue sportswear, toutes ces belles inspectrices en jean ou en tailleur ne pouvaient pas cacher leurs études supérieures, leur salaire haut de gamme et leur allure si policée. Donc, autant installer les bureaux « off » du pôle dans un quartier où ils se fondraient dans la masse des habitants. Et comme elle adorait Prenzlauer Berg, c'est là qu'elle avait cherché l'appartement idéal, d'abord pour servir de planque à Lenka Krausberg, puis pour installer leur petite officine loin des bureaux officiels et exigus de Charlottenburg. Le premier appartement, face à la Wasserturm, était trop exposé pour le pôle, et sa surface trop réduite pour le nombre d'agents devant opérer. Elle avait arpenté le quartier à la recherche de locaux avec une préférence prononcée pour un vaste immeuble bourgeois, de l'époque d'Hobrecht, le Haussmann berlinois. La lourde bâtisse, qui occupait toute la face nord de la Kollwitzplatz, était à la fois pompeuse, avec ses colonnes torsadées encadrant l'entrée principale, et décatie comme seuls les bâtiments d'Allemagne de l'Est savaient l'être. Respectable et taguée, le mélange idéal pour n'intriguer personne, et Salvère tenait à ce que personne ne connaisse l'importance du pôle à Berlin. L'entrée principale, sur la Wörther Strasse, était cachée par les arbres du square, et seul un brocanteur s'était installé sur cette façade jadis trop honorable pour accueillir un commerce. Mais surtout, élément décisif pour la capitaine Hruby, ses cours intérieures, plantées d'arbres, reliées à tous les autres immeubles du pâté de maisons, offraient une dizaine d'entrées et sorties possibles. Deniz n'avait pas hésité une seconde après avoir visité l'ensemble. C'était mieux ainsi, parce que la mise en location d'appartements de ce genre n'était pas si fréquente, malgré l'aspect dégradé du bâtiment. En quarante ans de communisme, les autorités s'étaient contentées de refaire la charpente et la toiture détruites par les bombardements du printemps 1945, et de diviser les anciens foyers bourgeois pour augmenter le nombre de familles logées. Si bien qu'il était fréquent de voir un bout de corniche interrompue au plafond par une cloison, une double porte coupée en deux comme la pièce sur laquelle elle ouvrait, ou un couloir interminable et étroit créé pour permettre aux occupants du nouveau deux-pièces d'accéder à la porte palière. L'ensemble était si vaste, si vétuste, et les coûts de rénovation si élevés, qu'à la différence des autres immeubles du quartier, aucun marchand de biens ne s'était lancé dans l'affaire. D'autant qu'une partie était squattée par un collectif de plasticiens, le genre de galère juridique rédhibitoire pour un acheteur potentiel. Après quatre mois de tractations ralenties par le confinement, Adrijana avait réussi à regrouper trois lots contigus. L'appartement familial donnait pour l'essentiel sur la Wörther Strasse avec une cuisine sur la cour, et les autres locaux, également au deuxième étage, appartenaient à l'aile moins riche de l'immeuble construite dans la cour intérieure. Celle-ci avait sa propre entrée, mais les locaux et l'appartement étant mitoyens, Adrijana avait fait percer le mur par Boris, un des agents d'Europol, qui avait également pourvu l'ensemble des équipements de protection indispensables. Le pôle berlinois disposait ainsi de trois cents mètres carrés, de quatre entrées en comptant la porte de service de l'ancien appartement bourgeois. Et d'une paix royale. Les cours intérieures étaient encombrées des ferrailles d'un atelier de réparation en tout genre, des cycles neufs et d'occasion d'un marchand de vélos, des fûts de bière et du mobilier estival des cafés et restaurants, pas moins de sept dans le pâté de maisons. Avec les récups du collectif d'artistes, et bien sûr les conteneurs de différentes couleurs pour le tri sélectif, il régnait là un tel capharnaüm et passait tant de gens que les résidents ne s'étonnaient plus de rien.

Oui, Adrijana était fière de son installation, mais ce qu'elle allait annoncer lors du premier débriefing tenu à la Kollwitzplatz en présence du commandant douchait un peu son enthousiasme. Elle commença par présenter à l'équipe la nouvelle recrue, Lenka Krausberg, ou plus exactement Mila Lenika, pseudonyme prudent que Deniz lui avait suggéré pour son travail à Europol. Elle fut immédiatement mise à l'épreuve. Lors de son intervention à la Fabrique où

Gert Schumacher et ses gros bras l'avaient agressée, Thomas Wintersee avait noté la plaque d'immatriculation du van utilisé par la bande. Il appartenait bien à Gert Schumacher, et son moteur avait inopinément refait surface lors de l'arraisonnement d'un cargo assurant le trafic de grosses cylindrées entre Chypre et le Liban. Les truands n'avaient pas encore pris la peine d'effacer son numéro, ce qui avait permis à la police allemande de le récupérer et d'identifier les empreintes d'un homme connu du service d'Elzbieta Moscowicz.

— Till Jagerberg. Les policiers d'Europol l'ont fiché pour son appartenance à un gang mafieux exerçant ses talents de la Biélorussie à l'est de l'Allemagne.

— L'ont-ils repéré ? demanda Adrijana.

— Hélas oui. Il a été exécuté lors d'un règlement de compte dans un bled ukrainien entre bandes rivales se disputant les zones de trafic de drogue.

Il ne fallait pas être un génie de la crim pour suspecter ce que Lenka confirma en voyant sa photo. Till Jagerberg était bien un de ses agresseurs, de même qu'une autre des victimes du règlement de compte.

— C'est lui qui a frappé Milosz, je n'oublierai jamais son visage. Les autres gardaient les entrées, j'aurais plus de mal à les reconnaître.

— Encore un mort parmi les gens de la Fabrique ! Et toujours dans des circonstances étrangères à notre affaire, ça fait beaucoup de coïncidences, pesta Deniz.

Le département de lutte contre le grand banditisme d'Europol n'avait cependant pas grand-chose sur Till. Un soldat de la pègre. Mais son implication dans l'agression pouvait signifier qu'il existait des liens entre les néonazis de Gert Schumacher et les truands.

Au sujet de la mort de Mattheus Goulavski, Adrijana avait récupéré, non sans mal, le rapport de la police slovaque.

— Il n'y a pas lourd, là non plus. Que faisait-il sur cette route ? Qui a percuté sa voiture ? Impossible de le savoir.

L'« accident » remontait au même mois que le « suicide » de Gert, mais il avait été découvert bien trop tardivement, la neige, abondante l'hiver dans les Carpates, avait recouvert la scène avant de fondre, rendant la scène muette. Le corps de Mattheus, carbonisé, ne présentait aucun traumatisme profond autre que ceux explicables par la chute dans le ravin. Les policiers slovaques étaient certains de ne jamais retrouver le chauffard et le corps de Mattheus avait été incinéré sur demande de la famille. L'affaire était close.

— Même absence d'indices pour le double suicide de Gert Schumacher et de « l'Inconnue du lac ».

Adrijana ne s'était pas laissé impressionner par l'apathie, pour ne pas dire le manque de collaboration de la police du Land de Salzbourg. Elle avait méticuleusement vérifié et reconstruit les éléments de l'enquête. Alertés par la direction d'un hôtel de luxe caché dans un parc au bord du lac de Zell-am-See, les policiers avaient découvert dans sa chambre le corps de Gert « Müller » Schumacher, à moitié allongé sur le lit, vêtu d'un peignoir blanc, une balle dans le crâne et un parabellum sous sa main inerte.

— Dans la salle de bain, un autre corps, d'après le registre de l'hôtel celui de Frau Müller, était à genoux devant la baignoire, la partie inférieure à l'extérieur, la partie supérieure à l'intérieur. Elle portait une longue robe blanche comme pour aller dîner. Ou pour son dernier voyage, commenta la capitaine.

Le canon de l'arme avait été posé sur sa nuque, les brûlures le démontraient, et la balle, du même pistolet, avait dévasté son visage. Selon les enquêteurs autrichiens, le rapport balistique et les relevés de la scientifique décrivaient le scénario, sans aucun doute possible. Gert avait tué sa compagne avant de se suicider. La thèse du double suicide était confirmée par une lettre écrite de la main de l'Inconnue que les enquêteurs avaient trouvée sur le bureau de la chambre.

— Une lettre que je trouve étrangement abrupte, comme si son autrice avait été interrompue dans sa rédaction. Je vous la lis : « Ma coccinelle, tu sais combien j'aime te choquer. Je m'en excuse à l'avance, mais je dois recommencer. Ceci est sans doute ma dernière lettre. »

L'écriture avait été comparée à la fiche de renseignement de l'hôtel. C'était bien la même. Les empreintes, notamment ADN, de la jeune femme n'avaient pas permis de l'identifier. Aucune correspondance dans les fichiers autrichiens, rien non plus à Interpol. La lettre étant rédigée en français, la police locale avait sollicité l'Hexagone, sans plus de résultat.

— Que dit le rapport d'autopsie ? demanda Salvère.

— Aucune autopsie n'a été pratiquée, les policiers ont immédiatement conclu au suicide.

— Ils ignorent l'identité des deux morts et pas d'autopsie ? Qu'est-ce que c'est que cette police ?

— Plutôt négligente, confirma Adrijana. La procédure d'identification de Gert le confirme. Nos collègues m'ont expliqué qu'elle avait été retardée car l'Autriche était à cette époque en confinement. La région de Zell-am-See recelait de multiples clusters dus à l'arrivée massive de skieurs venus du monde entier et aux nombreuses fêtes dans les stations, sans la moindre mesure de distanciation.

— Ça les a empêchés de consulter leur écran ?

— Il semblerait. Pour un temps tout au moins. Car après quelques semaines, l'avis de recherche lancé par la police allemande suite à l'agression de la Fabrique a permis de restituer son véritable nom à Herr Müller. Son corps et sa voiture ont été rendus à sa famille après la levée des mesures sanitaires. Comme l'enquête de Thomas l'a montré, Gert ne s'entendait guère avec son père, mais il repose maintenant dans le caveau familial de Dresde. Voilà pour l'officiel, conclut Adrijana.

— Une belle machine, remarqua Boris. Tout est effacé, il ne nous reste que les yeux pour pleurer.

— Pour ce que nous savons du personnage grâce à la clef de Milosz, reprit Adrijana, Gert jouissait d'une vie confortable, de bons revenus provenant certainement des commissions qu'il touchait sur le racket des sites et des billetteries. D'après Mila, il affichait plus l'âme d'un conquérant que d'un dépressif. Que faisait-il en Autriche sous une fausse identité, et pourquoi se suicider ? Qui était sa compagne ? Les questions restent ouvertes. La police régionale de Salzbourg a la conscience tranquille. Il y a néanmoins quelques détails troublants, outre la mauvaise volonté avec laquelle ils m'ont répondu. Une fois les avis lancés, comme l'exige la procédure, ils ne se sont pas vraiment inquiétés de celle que nous appellerons l'Inconnue du lac. Son exécution par son compagnon, même s'ils avaient décidé d'un commun accord de se suicider, aurait dû entraîner un dessaisissement de la police régionale au profit de la criminelle. Les policiers de Zell-am-See ne l'ont pas fait.

Le soleil avait tourné depuis bien longtemps, plongeant les locaux dans la pénombre. Restée seule, Adrijana s'autorisa une bière qu'elle consomma dans la salle commune, assise face au premier tableau qu'ils avaient constitué, qu'elle éclaira. Les noms et photos des membres de la Fabrique étaient affichés, en haut la chef présumée, Barbara von Haselbohm, en fuite. Puis Gert Schumacher, Till Jagerberg, Mattheus Goulavski, tous décédés. Décourageant. Son esprit d'enquêtrice, habitué à considérer l'hypothèse de départ et son contraire, ramenait à la surface ce doute récurrent, que toute à sa tâche d'installation du pôle, elle avait un temps mis en sourdine. Si, comme l'assurait la police autrichienne, Gert s'était bien suicidé, que restait-il de l'enquête ? La Fabrique avait été démantelée et, très vraisemblablement, reconstituée dans des pays étrangers à l'Union européenne où l'on pourrait difficilement la poursuivre, comme des dizaines d'autres qui rançonnaient des sites d'entreprise sans pour autant être suspectées de terrorisme. C'était bien peu et elle se rappela que le pôle ne devait son existence qu'à l'obstination de Salvère.

Voilà maintenant quatre ans que la capitaine travaillait avec lui et elle ne parvenait toujours pas à se départir d'une défiance à son égard qu'il semblait se complaire à alimenter. Elle n'arrivait même pas à se faire une opinion de lui. Sa seule qualité évidente, confirmée par les événements récents, et faisant consensus auprès de tous les agents de son département, était son efficacité professionnelle. Le commandant combinait connaissances juridiques, analyse de la situation, gestion des équipes et une rare capacité de persuasion auprès du parquet qui lui avait fait obtenir l'instruction basée sur de bien pauvres éléments. Deniz venait de lui expliquer que l'enquête prenait une nouvelle dimension avec les morts suspectes du lac et le traitement si négligent qui s'en était suivi. Il restait aussi la piste de Barbara von Haselbohm, qui avait sans doute déménagé avec la Fabrique en Biélorussie ou ailleurs. Pas vraiment de quoi la convaincre. Et si le problème était Salvère lui-même, comme le lui avait laissé entendre Brenner, la mettant en garde diplomatiquement contre les envolées parfois extravagantes de son patron ?

Adrijana ne voyait en lui qu'une belle machine intellectuelle, un truc avec pistons et rouages de qualité, en or ou en platine, mais sans âme et très intéressé par sa carrière. Elle ne niait pas quelques accents amicaux, consciemment affirmés dans cet univers sans aspérité, qui pouvaient laisser présager un compagnon agréable. Mais elle avait du mal à y croire et s'étonnait de cette capacité quasi schizophrénique à cultiver deux personnalités opposées, la froideur professionnelle et une hypothétique chaleur personnelle. Comme Elsa qui l'avait mise dans la confidence – elles devaient être les deux seules à Europol à le savoir –, elle était tombée de haut en apprenant qu'il partageait sa vie avec une femme née homme. Elle l'avait jusqu'alors imaginé soit célibataire vouant son temps libre à cultiver ses réseaux de carriériste et son carnet d'adresses féminines, soit père de famille arborant sa belle femme comme un trophée.

Elle, personne ne l'attendait. Adrijana alla chercher une autre bière. Avait-elle bien fait d'accepter la direction de cette enquête insoluble ? Et d'abord, pourquoi Salvère l'avait-il choisie ? Dans la réponse à cette question, elle le savait bien, se trouvait l'orientation que le commandant entendait donner au travail du pôle. Il avait mis en avant son expérience. À trente-quatre ans, elle comptait dix ans d'activité derrière elle, et une drôle de vie qu'elle seule devait juger cohérente. Née dans une « bonne famille » de Cologne, fille de médecin et de professeure d'université, plus précisément fille d'un médecin catholique et d'une professeure protestante, elle avait préféré mettre un peu de distance avec des parents pourtant aimants, et aller faire ses études supérieures à Francfort. Un double cursus pas très commun lui permettait d'afficher sur son CV une licence de philosophie et un master de droit public. La philosophie, elle adorait, mais aucune envie d'être enseignante. Le droit, elle aimait aussi, assez pour l'étudier sans bien savoir vers quelle vie professionnelle elle se dirigerait. En arrivant à la fac, elle n'avait pas caché sa sympathie pour les *Grünen*, des Verts en pleine guerre interne entre les purs et la tendance pragmatique dirigée par Joschka Fischer, alors ministre des Affaires étrangères. Adrijana Hruby était pragmatique, plus intéressée à modifier le réel qu'à pondre le texte « juste » après une nuit de débat entre militants. Ses amis, son amoureux de l'époque étaient de la même tendance, mais ils furent quand même surpris lorsqu'elle leur annonça avoir réussi un concours d'entrée au Bundesamt für Verfassungsschutz. Le BfV n'était pas vraiment en odeur de sainteté dans le milieu étudiant. Plutôt un truc rempli de descendants de la Wehrmacht qui aimait à se considérer comme un État dans l'État. L'Office fédéral de protection de la Constitution était un véritable service intérieur de renseignement où l'on se méfiait plus des gauchistes que de l'extrême droite. À vrai dire, Adrijana avait présenté plusieurs concours de la fonction publique, trouvant amusant, avec ses idées politiques, de provoquer un peu les examinateurs du BfV où elle ne s'attendait pas à être reçue. Même après l'annonce des résultats, elle ne pensait pas qu'on lui proposerait un poste, mais l'entretien qu'elle avait eu avec une responsable des ressources humaines l'avait étonnée. La cadre qui l'avait accueillie, malheureusement elle n'avait jamais, par la suite, travaillé avec elle, lui avait dépeint l'avenir du renseignement comme une lutte forcenée contre le principal danger menaçant les sociétés démocratiques : la dégradation à une allure vertigineuse de la planète, son environnement comme ses solidarités sociales. « Il nous faut des gens comme vous pour assurer le tournant car, vous vous en rendrez vite compte, les habitudes prises pendant la lutte contre la Fraction armée rouge de Baader-Meinhof persistent. » Un peu par goût de l'action, un peu par plaisir de provoquer, notamment sa mère, elle avait accepté. Et avait très vite déchanté. Un nombre bien trop élevé de ses collègues, et notamment son supérieur hiérarchique, étaient les héritiers directs de cette génération d'après-guerre qui n'employait jamais les mots « nazis » ou « camps de concentration ». Des gros mots qu'il était de bon ton de ne jamais prononcer. Il y avait pourtant quelque chose dans ce métier qui lui plaisait, justement le pragmatisme dans la protection de la Constitution. Et elle avait appris. Cinq années dans le renseignement, c'était bien suffisant comme expérience, d'autant que le grand patron n'avait rien de sympathique. Il venait d'ailleurs de se faire lourder par la chancelière pour n'avoir vu lors des manifestations néonazies de Chemnitz, auxquelles Milosz avait participé, que la protestation des antifascistes. La carrière d'Adrijana intéressait sans doute Salvère pour ses entrées dans le milieu du renseignement qu'elle avait pourtant quitté avec plaisir.

Elle avait appris, était montée en grade, sous-officière, officière, et lorgnait sur les annonces de poste à l'extérieur du service. C'est comme cela qu'elle s'était retrouvée à Europol. D'abord dans le département de lutte contre la cybercriminalité de Wolfgang Brenner, originaire de Cologne comme elle, qui l'avait fait nommer capitaine. Lorsque Salvère était arrivé à La Haye, après le lamentable échec de son prédécesseur lors des attentats de Paris, il avait fait le ménage et recruté de jeunes officiers dans son département. Brenner l'avait laissée partir.

Elle savait bien que, parmi les facteurs qui avaient séduit Salvère, sa disponibilité n'était pas des moindres. Comme Elsa, mais à la différence de Max de Saint-Pierre ou de Dragan Stankovic, elle n'était pas chef de famille, n'avait ni enfants, ni personne qui l'attendait à la maison, et ne comptait pas ses heures. Elle pouvait travailler toute une nuit et recommencer une journée après une ou deux heures de sommeil si l'enquête l'exigeait. Cette « qualité » avait son revers sur lequel sa mère insistait lourdement, tu as trente-quatre ans ma fille, il faudrait songer à… Après il sera trop tard. Et tu le regretteras.

Il était bientôt minuit, Adrijana regagna le domicile qu'elle partageait avec Lenka et qu'elle quitterait définitivement le lendemain pour un appartement à elle près d'Oranienstrasse. La jeune Krausberg veillait dans le salon, visiblement elle l'attendait. Le décès de Milosz, celui de Gert, la proposition de Salvère avaient de quoi à nouveau la perturber, malgré des capacités de résilience que la capitaine admirait.

— Ça va ?

— À ton avis ? réagit nerveusement Lenka dont le visage crispé donnait déjà la réponse.

Crispé mais pas déprimé, nota Adrijana. Elle aussi réfléchissait, elle aussi était tendue. Elle avait de bonnes raisons, bien plus qu'Adrijana qui garda le silence, laissant à Lenka le temps de formuler ses questions.

— Je m'y attendais. Bien sûr, je m'y attendais. Depuis des mois, je me répétais que ça allait arriver. Mais seulement pour me préparer. Au fond de moi, j'espérais encore. Je me sentais toujours coupable de ce qui nous est arrivé. Et maintenant… Maintenant, je me sens coupable… – Lenka leva les yeux pour bien fixer Adrijana. – Je me sens coupable de ne pas ressentir une immense douleur. J'ai l'impression d'avoir gommé mon passé pour me tenir debout. Pas de passé, pas d'avenir, dans le présent comme une plante. Je mange, je bois, je dors, mais je ne ressens rien. Je suis vide. Vidée. Et là-dessus, ton boss qui se pointe avec sa proposition délirante… Quel rapport ? À quoi ça ressemble tout ça ?

— Tu es choquée, Lenka. Tout simplement choquée. N'importe qui le serait à ta place. Il va te falloir encore de la patience avant que ton présent reprenne une consistance. Un sens. Mais tu es très forte.

Elle n'ajouta pas combien elle avait insisté auprès de Salvère pour qu'il attende. Quelques semaines au moins. Le moment n'était vraiment pas le mieux choisi, Lenka avait droit à du temps pour se remettre… « Mais nous, nous ne pouvons pas attendre, avait répliqué froidement le commandant, nous avons déjà pris assez de retard avec le confinement, et l'organisation que nous poursuivons en a manifestement profité pour brouiller nos pistes. Nous n'avons pas non plus une ligne de crédit inépuisable pour continuer à la protéger ici. Et ne vous faites pas d'illusion, quelques semaines ne suffiront pas. Il lui faudra des mois, des années. Peut-être même toute une vie, avait-il ajouté. Sincèrement, Adrijana, je pense que d'exister à nouveau, plutôt que de voler sur place comme un oiseau affolé dans sa cage, l'aidera bien plus. Ou du moins, je l'espère, car nous n'avons pas le choix. »

La mine défaite de Lenka l'attrista. Qu'elle fût la seule personne à leur portée à avoir connu la Fabrique ne lui semblait plus une raison suffisante pour l'immerger si tôt dans son douloureux passé. La placer face à un mur couvert des photos de ses agresseurs, c'était prématuré.

— Je ne suis pas sûre d'y arriver, reprit Lenka. J'ai peur, Adrijana. J'ai toujours peur. Une peur vissée au fond de mon ventre comme un cancer. Et une haine qui m'inquiète. Sans toi, sans Dragan, je serais peut-être déjà morte. Il y a trop de choses en moi qui sont mortes.

Elle se tut, Adrijana respecta son silence.

— J'ai peur de me vautrer dans la haine et la vengeance. Il n'y a que toi qui puisses m'en empêcher.

« Tu es devenue comme une petite sœur, Lenka, pensa Adrijana. Chez moi, rien n'est mort. Mais il y a tant de choses que je n'arrive pas à faire vivre », songea-t-elle tristement.

L'identité de gens décédés, la reprise d'une enquête bâclée, c'était bien mince pour commencer le travail. Pour la première fois, Adrijana vit le commandant se mettre dans une colère froide. Il réunit tous les membres du pôle dans la grande salle de la Kollwitzplatz et, furieux, leur fit savoir qu'il fallait arrêter de paramétrer les ordinateurs, de réorganiser les dossiers et de boire des cafés face au parc en attendant que le boulot tombe.

— Gert, Mattheus, ce Till et son copain, la fille du lac… Vous avez une semaine pour reprendre les dossiers de police concernant ces cinq morts. Ils veulent effacer toute trace. Sans l'ombre d'un scrupule. Et trouvez-moi Barbara. Elle ne s'est pas envolée, ou si elle l'a fait, il y a forcément trace de ses trajets. Soyez imaginatifs, oubliez les limites, je veux des résultats. Je ne quitte pas Berlin.

Adrijana en frissonna. No limit. Ça paraissait plus excitant encore qu'au BfV, mais c'était elle la responsable du pôle et elle savait qu'il ne faut jamais inciter un policier à s'affranchir du règlement.

6

HDS

Lina et Sebastian étaient tombés d'accord, mais Tom n'avait pas bien compris sur quoi. Il fut stupéfait de la voir sortir de sa poche une clef qui ouvrait la voiture de sa mère. Tranquillement elle s'installa au volant, puis manifesta son impatience alors qu'il restait planté sur le trottoir, regardant Sebastian s'en aller en faisant un signe de la main.

— Oh, l'écolo, t'es pas un arbre, tu vas pas prendre racine ici. Monte et ferme la portière.

Comme toujours Thomas s'exécuta, persuadé que Lina allait mettre la voiture en marche et les entraîner dans une aventure improbable dont elle avait le secret. Mais elle ne mit pas le contact. Malgré sa crainte d'une belle engueulade de la part des parents, il en fut déçu.

— Eh, oh, réveille-toi. Je n'ai même pas l'âge de la conduite accompagnée. Tu croyais quoi ? T'es emmerdant quand même, on te donne raison et tu fais la tête.

Tom ne faisait pas du tout la tête. Il était plutôt content d'être là, avec Lina, même si la voiture n'allait pas rouler. Mais il ne se rappelait pas à propos de quoi il avait raison.

— Oh, bourrique, c'est notre tour de garde, tu devrais me remercier de pouvoir le faire en écoutant de la musique, assis dans un fauteuil. Les autres, ils font les cent pas sur le trottoir. En attendant, on parle de quoi ?

La décision collective lui revint à l'esprit. Se relayer aux heures où ils le pouvaient pour surprendre le vieil homme qui avait la clef de leur Vaisseau amiral, et savoir par où il y pénétrait. Ça n'inquiétait pas Tom. Ce qui l'inquiétait, c'était la dernière question de Lina à laquelle, il le savait, elle répondrait avant lui.

— Tu te masturbes souvent ?

Il essaya d'ouvrir la portière sans lui répondre, mais Lina avait verrouillé le système central. Il ne lui restait qu'à rougir en attendant le pire.

— Non mais je rêve ! Pendant des siècles les mecs ont fait le coup de la panne aux filles pour les tripoter, et toi tu joues le benêt ! Je parie qu'en grandissant, tu seras comme eux. Bon, c'est quoi ta réponse ? T'es quand même pubère à ton âge, non ? Y a toujours rien qui sort ?

Il avait beau savoir qu'elle le provoquait, il était paralysé à l'idée qu'elle insiste et finisse par lui faire avouer.

— Si tu veux savoir, moi, je me... commença-t-elle. Dis donc, c'est pas ton vieux qui se pointe ?

Non, ce n'était pas lui, bien trop mal en point, alors que l'homme à la Polo blanche semblait moins abîmé. Il regarda à nouveau le mur qui lui avait valu d'être un temps la risée de ses camarades. Sans le soutien de Lina, il le serait encore. Ils avaient tous inspecté l'endroit plusieurs fois, aucune ouverture au rez-de-chaussée sur cette façade, et toutes les fenêtres du premier étage étaient munies de solides barreaux.

Impossible de passer par là, ils l'avaient vérifié en se faisant la courte échelle. Ou le mystère restait entier, ou Tom avait une fois de plus rêvé.

~

Avec une dizaine de minutes de retard, Paula Bokova grimpa les marches du Martin-Gropius-Bau, un lourd cube posé face à la Chambre des députés du Land. À l'intérieur, des guirlandes de papier multicolores en suspension animaient l'immense péristyle coiffé d'une verrière de cette étrange construction bismarckienne. Le musée était vide, peut-être les visiteurs n'avaient-ils pas repris leurs habitudes d'avant l'épidémie. Elle trouva Gerhardt dans une salle attenante en train d'examiner un tableau très pop art d'un peintre soviétique contestataire. Le sexagénaire se retourna prestement et lui présenta ses civilités à l'ancienne. Elle n'avait pas si bien dormi que ça, préoccupée par cette rencontre et la façon dont elle allait lui présenter les choses. Elle leur était certes redevable de l'aide logistique pour son élection, bien que ne connaissant pas le détail des tractations, mais elle était maintenant députée européenne et comptait bien mener son combat au grand jour avant d'autres succès dont elle ne doutait pas. Il n'était pas question que des affaires obscures viennent entacher un parcours jusqu'à présent sans faute, elle s'était décidée à le lui dire aussi nettement. Et à éclaircir ces deux points noirs du passé nommés Milosz et Mattheus.

— Vous n'appréciez pas cette exposition ? fit semblant de s'étonner Gerhardt alors qu'elle venait de prononcer les deux prénoms. Rassurez-vous, nous n'avons rien à vous cacher. Milosz a été battu à mort par un jeune excité. Nous avons d'abord craint que cela soit le résultat d'une initiative intempestive venant de chez vous. Nous sommes toujours très inquiets des violences inutiles, et là, il s'agit d'un meurtre pour une histoire de sexe. Nous n'apprécions pas. Quant à Mattheus, pour ce que nous en savons, il conduisait trop vite après avoir absorbé trop d'alcool.

— Mais que faisait-il dans ce coin perdu des Carpates ?

— Apparemment, elle s'appelait Joana et il était pressé d'aller la rejoindre.

Le ton de Gerhardt était calme, convaincant. Il n'avait aucun intérêt à dissimuler des informations, personne n'avait rien à reprocher à Milosz et à Mattheus. Insister plus aurait révélé une trop grande fébrilité autour de sa propre carrière, et elle s'en abstint. Comme la veille, Gerhardt parlait de choses et d'autres, mais ne cessait d'examiner ses réactions, de jauger ses mots et ses attitudes. C'était désagréable. À la table du déjeuner, elle finit par lui expliquer que, leurs idées progressant rapidement dans les opinions publiques européennes, elle se devait de mener sa vie politique en toute transparence.

— Pour une juriste de qualité comme vous, c'est la moindre des exigences, se contenta-t-il de répondre, changeant à nouveau de sujet. Vous êtes informée, j'imagine, de ce mitraillage qui a fait hier sept victimes musulmanes à Leipzig ?

— Je condamne, évidemment, même si je peux comprendre l'exaspération de vos compatriotes dans certains quartiers où ils ne sont plus chez eux.

Comment lui dire son besoin d'en savoir plus sur l'organisation, ses dirigeants, ses liens avec d'autres mouvements européens ?

— Nos compatriotes et une bonne part des populations européennes ont maintenant compris la nécessité d'une révolution nationale en bonne intelligence avec les autres pays européens, poursuivit-elle. La Russie, la Chine, les États-Unis, l'Inde, le Brésil, la Turquie sont depuis longtemps engagés dans une politique de « la nation d'abord ». Ils protègent leurs industries et leurs technologies, encadrent leurs services, notamment les communications et leurs hôpitaux, arment leurs armées, et nous, nous palabrons sur les droits de l'homme, l'universalisme, la solidarité Nord-Sud. La crise sanitaire ne fait que renforcer ces tendances.

— Vous me faites un discours ? s'amusa Gerhardt.

— Je veux juste dire que le débat est public, que nous avons de plus en plus d'élus et de moyens pour le mener. Pourquoi alors cette… clandestinité ?

Le regard de Gerhardt atteignit une acuité qui inquiéta Paula. Il prit le temps d'examiner les autres tablées de la brasserie du musée, soit pour réfléchir, soit pour s'assurer de la confidentialité de leur échange.

— Vous n'avez pas besoin de nous, laissa-t-il tomber abruptement.

Le silence se fit. Gerhardt s'occupa à finir son plat. Sa maîtrise de soi irritait Paula. Elle lui rappelait qu'ils n'avaient aucun besoin d'elle mais qu'elle, bien qu'elle s'en défende, ne pouvait pas encore se passer d'eux. La séduction politique, c'était son métier. Mais son compagnon de table n'était pas un électeur. Elle ne voulait pas céder sur la transparence, et lui ne voulait rien lâcher sur l'organisation. Elle était coincée. Il fallait inverser la proposition. Elle posa ses couverts.

— Et vous, qu'attendez-vous de moi ?

Gerhardt leva la tête de son assiette et s'essuya les lèvres. Bien qu'il ait emporté la première manche, il n'y avait dans son expression aucun triomphalisme. Plutôt le calme d'un militaire, songea Paula qui ne savait rien de son passé.

— Nous n'attendons rien de vous, répondit-il avec une assurance horripilante.

Il prit le temps de terminer son dessert, comme s'il voulait ancrer l'état du rapport de force entre eux. Elle était à sa merci. Elle pouvait se lever et s'en aller mais, comme elle le lui avait déjà avoué, elle était en plein envol, position trop fragile pour multiplier les prises de risque. Le président de son parti, vieillissant et malade, la soutenait de tout son poids face aux partisans de Janov et aux barons locaux qui se comportaient comme de petits boutiquiers assoiffés de reconnaissance sociale et d'argent. Mais il n'avait pu encore l'imposer comme sa successeuse. L'autre élu de son parti à Strasbourg comptait bien lui ravir la place et ne manquait pas de tirer à lui les missions et les fonds européens. Elle ne pouvait faire face seule, elle le savait. Gerhardt le savait aussi.

— Nous n'attendons rien, répéta-t-il, mais nous avons une proposition à vous faire.

~

Lina était en rage. La Haus der Statistik se refusait obstinément à eux. C'était déjà un sujet de colère. S'y ajoutait ce mouvement qu'elle voyait bien venir sans pour autant avoir les moyens de l'analyser. La bande, hier encore tenue par le rêve commun du Vaisseau amiral, commençait à se déliter. Les garçons ne parlaient plus que des résultats de leurs clubs de foot favoris, le Hertha pour les uns, l'Union pour les autres, et les filles de leurs acteurs préférés auxquels les garçons étaient loin de pouvoir se comparer.

Sebastian lui-même devenait secret, trouvant parfois des prétextes pour ne pas les rejoindre, s'isolant dans sa chambre alors que Tom et elle poursuivaient leur approche du Vaisseau. Si bien qu'ils ne se retrouvaient parfois que tous les deux et c'est cela qui la mettait en rage, car à deux, leur rêve de posséder cet immense royaume où ils seraient tous rois et reines, où ils auraient tous des droits identiques, même les plus tabous, comme fumer de l'herbe ou se peloter avec son amoureux, était en train de se disloquer.

— C'est comme ça, philosopha Tom. C'est pas grave, nous on y croit encore.

Elle le regarda avec une touche de mépris. Sans la bande, ça n'avait pas la même saveur. Il y avait comme une trahison, comme s'ils étaient tous rentrés chez eux pour suivre la voie des parents au lieu de tenter l'aventure commune qui les libérerait et les ferait enfin entrer dans la caste des gens autonomes et libres. Elle savait qu'elle ne parviendrait pas à ralentir la déliquescence lente du groupe en leur faisant miroiter les courses à rollers dans les longues coursives de l'immeuble. Mais en revanche, si Tom et elle parvenaient à ouvrir l'accès au bâtiment, alors tous accourraient, heureux et fiers d'avoir conquis le plus grand des ensembles architecturaux de Berlin. C'est ici qu'ils se retrouveraient, chacun ayant son espace et la bande s'installant dans une salle commune. Un vrai paradis pendant leurs études au *Gymnasium*. Ils auraient le temps puisque le bâtiment n'avait toujours pas trouvé sa vocation future malgré la mission officielle qui planchait dessus.

Pour parvenir enfin à pénétrer cette masse blanche bâtie dans les années où ses parents venaient à peine de naître, elle ne voyait plus qu'un moyen, interroger la grand-mère de Tom, sans trahir leur secret. Elle avait été l'une des architectes de la Maison des statistiques, elle saurait peut-être expliquer le mystère du vieil homme passe-muraille.

~

Assise dans le fauteuil de son bureau du district à Bratislava, madame la députée Paula Bokova ne comprenait pas. Elle était encore préoccupée par ce voyage à Berlin. Et trop sûre d'elle, ici, dans sa Slovaquie natale. Son cerveau ne parvenait pas à analyser les informations que sa vue et son ouïe lui fournissaient. Sous prétexte de lui montrer quelque chose, le jeune policier debout devant elle lui demanda de mettre en marche son ordinateur, ce qu'elle fit sans problème, sans même songer à son immunité de parlementaire européen. Il enquêtait sur la mort de Mattheus Goulavski et elle ne voyait aucune raison de ne pas répondre à ses questions. Et là, sur son ordinateur, le policier essaya plusieurs mots-clefs de recherche avant de tomber sur le bon : « MG ». Un dossier portant ces deux lettres se trouvait dans le dossier « perso », au milieu des documents concernant la scolarité des enfants. Le dossier contenait un seul fichier rempli de suites de chiffres incompréhensibles.

— Vous connaissez ce dossier ?

— Non, non. C'est la première fois que je le vois, je ne comprends pas…

Le policier mit un doigt sur ses lèvres et, après avoir vérifié que personne ne traînait dans le couloir, murmura :

— C'est ce qu'on pensait, quelqu'un cherche à vous piéger. Je copie ces numéros et nous allons en discuter dans un endroit plus sûr. Il me semble plus prudent de détruire ce dossier.

— Oui, comme vous voulez, dit-elle en se demandant ce qu'il était en train de se passer.

Hébétée, elle le suivit jusqu'à sa voiture. Il lui expliqua que ces chiffres ressemblaient fort à des numéros de compte en banque et qu'ils allaient pouvoir vérifier ça rapidement. Dans le véhicule, un autre policier attendait. Il se leva, l'air surpris que son collègue revienne avec la députée.

— Quelqu'un tente de piéger madame Bokova. Il faut qu'on l'aide.

Ils l'invitèrent à monter à l'avant et le véhicule démarra. Ce n'est qu'à ce moment qu'elle se demanda ce qu'elle faisait là, d'où sortaient ces policiers si bien renseignés, où l'amenaient-ils et pour quelle raison. Mais il était trop tard, l'homme assis à l'arrière lui enfonça une cagoule sur le visage et fit basculer son siège de sorte qu'elle ne soit pas visible par la fenêtre. Puis il lui lia les mains.

Les hypothèses se bousculaient dans sa tête, sous le choc. Ce n'était pas la peur qui la tiraillait, du moins pas pour l'instant, mais la colère que l'on ait osé porter la main sur sa personne. Jamais elle n'aurait imaginé cela en Slovaquie, elle se croyait bien trop médiatique pour qu'on lui fasse semblable outrage. C'était stupide bien sûr, comme si être reconnue dans la rue garantissait sa sécurité ! Mais qui pouvait être derrière tout cela ? Comment avaient-ils eu accès à son ordinateur ? Que signifiait ce dossier ? Elle exclut les ennemis politiques internes au parti. Ils n'étaient pas des démocrates forcenés, mais de telles méthodes n'étaient pas dans leur genre. Les Berlinois ? Deux semaines auparavant, ç'aurait été la première idée qui lui serait venue à l'esprit. Mais après le voyage et l'accord passé à Berlin, c'était impossible. L'hypothèse la plus vraisemblable avait un nom : Ondrej Janov. Incarcéré, inquiet des révélations que pourraient faire tous ceux et celles avec qui il avait « commercé », il était assurément plus dangereux encore qu'au temps de sa splendeur. Mais elle n'avait jamais eu aucune relation ni aucune affaire avec lui. Elle le savait bien, mais lui peut-être pas. À moins qu'il n'exige un renvoi d'ascenseur pour l'aide apportée dans son élection au district. Mais quel lien avec ces séries de chiffres ? Restait bien sûr la possibilité de gauchistes radicaux. Mais d'où sortiraient-ils ? Son pays en était heureusement démuni. Elle était surprise, elle s'en voulait de sa naïveté à l'égard du policier, s'il en était un, mais n'était pas affolée.

Cette assurance ne dura pas longtemps. Quel lieu isolé ses ravisseurs avaient-ils choisi ? Il ne manquait pas de sites abandonnés autour de la capitale industrielle. Elle avait remarqué que le véhicule n'avait pas fait demi-tour en démarrant, ils allaient donc vers l'est. Au bout d'une demi-heure, l'automobile ralentit. Aux braquages multiples, Paula comprit qu'ils étaient arrivés. Ils lui ôtèrent la cagoule, elle fut étonnée de se retrouver en un lieu si public, reconnaissant la façade jaune du château d'Hubice, un bâtiment à l'abandon où, il y avait peu de temps encore, elle venait la nuit avec ses amis étudiants fumer, écouter des concerts improvisés et se perdre en couple dans une des nombreuses pièces vides. Les policiers désormais muets avaient été rejoints par deux autres hommes qui n'avaient certainement pas l'intention de communier avec le romantisme fané des salles d'apparat de l'ancienne demeure. Elle fut tout de suite entraînée vers le sous-sol, dans les caves qui conservaient encore les armatures de fer où s'alignaient autrefois les bouteilles. Et là, elle prit peur. Une peur qui redoubla lorsqu'elle fut menée dans une salle humide éclairée d'un seul projecteur, placé face à une chaise où elle fut assise sans ménagement. Elle ne pensa pas à se débattre, c'eût été inutile, mais demanda une nouvelle fois ce qu'il se passait, ce qu'on lui voulait.

Elle ne voyait plus ses ravisseurs, qui s'étaient positionnés derrière le projecteur aveuglant d'où émana une voix masculine.

— Ton ami Mattheus, qui a tant fait pour ton élection au district, nous a quittés. Paix à son âme. Il ne pouvait savoir qu'il finirait sa vie dans un accident. Aussi a-t-il oublié de nous rendre quelque chose qui ne lui appartenait pas. Nous nous sommes demandé si quelqu'un savait où il l'avait caché, et nous avons pensé naturellement aller voir du côté de sa maîtresse. C'est gentil à toi, tu ne l'avais pas beaucoup dissimulé. Mais ces chiffres ne nous servent à rien sans les codes. Aurais-tu l'amabilité de nous les donner ?

Paula avait essayé de tout imaginer, mais pas ça. C'était un très mauvais film. Une très mauvaise situation car elle n'avait absolument aucune idée de ce dont on lui parlait.

— Écoutez, messieurs, répondit-elle le plus calmement qu'elle put, je connaissais Mattheus, il faisait partie de mon staff de campagne. Mais vous faites erreur, je n'ai jamais été sa maîtresse, bien loin de là. Je ne comprends pas de quoi vous me parlez, je ne sais ni ce que signifient ces chiffres, ni comment ils ont atterri dans mon ordinateur.

Elle savait que sa réponse n'avait rien de satisfaisant et qu'elle risquait d'entraîner des représailles douloureuses. Mais elle ne voyait pas comment convaincre ces personnes de son ignorance concernant les agissements de Mattheus. Le rire qu'elle entendit résonner derrière le projecteur lui fit craindre le pire, elle se mit à hurler, espérant que le parc du château ne serait pas désert.

— Ne perdons pas notre temps, veux-tu. Tu sais très bien ce que sont ces chiffres, les numéros des comptes que possédait Mattheus dans une banque aux îles Caïmans. Il y avait déposé de l'argent pour nous. Tu peux garder sa part, mais il faut nous rendre le reste.

— Non, attendez. Il y a erreur. Qui vous envoie ? Ondrej Janov ?

— Eh bien voilà, tu commences à retrouver la mémoire, lui lança un des hommes.

— Attendez, attendez, supplia Paula. Vous savez qui je suis, vous savez que je n'ai aucune fortune personnelle, vous savez que mon parti est maintenant puissant, vous n'avez aucun intérêt à vous en prendre à moi. Je le répète, je ne sais rien des comptes de Mattheus. Je sais, comme tout le monde, qu'il n'était pas très net, mais j'ignore tout de ce qu'il faisait exactement au-delà de la gestion du quartier et du stade.

— Eh les gars, j'ai mal compris ou elle nous menace ?

— T'inquiète pas, on va lui rafraîchir la mémoire.

Disant cela, le ravisseur pivota le projecteur vers un coin de la salle auquel Paula, dans son affolement, n'avait pas prêté attention. Elle se tourna et vit un rectangle blanc dont elle comprit soudainement la raison d'être.

— Madame est députée, elle ne voudrait pas qu'on abîme ce visage qui passe à la télé. Ni qu'on meurtrisse ce si joli corps. Je suis sûr qu'une petite heure là-dedans la rendra raisonnable. Elle comprend bien qu'on ne peut pas abandonner comme ça des millions gagnés à la sueur de notre front.

Paula hurla, totalement paniquée à l'idée de ce qu'ils allaient lui faire. Ils ne s'inquiétèrent nullement de ses cris, la soulevèrent alors qu'elle se débattait comme une furie, alternant suppliques, cris et refus d'être enfermée dans le congélateur. En vain.

La porte retomba sans qu'elle puisse, de ses mains liées, l'empêcher de se refermer. C'était horrible, elle ne voyait rien. Le froid et l'humidité prirent trop rapidement possession de son corps et, ne parvenant pas à se maîtriser, elle subit la première crise de claustrophobie de sa vie. Elle hurlait, tapait de toutes ses forces sur les parois, et se trouva prête à inventer tout ce qu'ils voulaient, pourvu qu'ils la sortent de là.

Le supplice dura un temps infini, un quart d'heure lui dirent ses ravisseurs qui lui mirent sur les épaules une couverture bien chaude et lui donnèrent à boire trois verres de vodka. Puis elle fut réinstallée sur la chaise.

— Tu vois, on est raisonnables avec toi. On est même pressés de rentrer chez nous. Ça ne sert à rien de t'entêter, tu ne pourras pas toucher l'argent sans qu'on s'en rende compte. Réfléchis, notre proposition est la meilleure, tu prends ta part et nous la nôtre.

— Je suis prête à vous dire tout ce que vous voulez, dit-elle d'une voix tremblante handicapée par le peu de mobilité de ses lèvres. Tout. Je pourrais inventer des numéros, mais je ne sais rien. Je ne sais même pas qui a mis ces informations dans mon ordinateur. Je ne suis jamais allée chez Mattheus. Vous pouvez vérifier auprès de tout le monde. D'ailleurs, je crois qu'il était marié et vivait en famille.

— Bon d'accord, vous alliez à l'hôtel. On s'en fout. Où sont les numéros ? Sa femme ne sait pas, et tu n'imagines pas ce qu'on lui a fait. C'est pas à l'équipe de bras cassés de la cité qu'il aurait confié quoi que ce soit, mais on a quand même vérifié, parce qu'on est consciencieux. Ils ont dit des tas de trucs, mais pas les codes. Reste plus que toi. On a du mal à croire qu'il soit parti dans la tombe sans se confier à quelqu'un.

— Je ne sais rien, vous pouvez vérifier sur mon ordinateur, venir fouiller chez moi ou à mon bureau. Vous verrez bien qu'il n'y a aucun mouvement de fonds. Demandez à ses supérieurs…

— Amusant, lâcha la voix. Qui crois-tu qui nous envoie ? Son concierge ?

Ils rirent tous. Ils la transportèrent à nouveau dans le congélateur. Elle cria et se débattit en vain. Enfermée dans cette chambre froide, elle angoissa plus encore que la première fois, incapable de respirer, incapable de raisonner. Elle ne voyait pas d'issue à ce calvaire. Au bout d'un temps qui lui sembla plus court que lors du premier « refroidissement », ils la sortirent pour la reposer sur la chaise, la forçant à boire trois nouveaux verres de vodka.

Elle pleurait maintenant de douleur et de peur, répétant qu'elle ne savait rien, qu'elle ne comprenait pas ce qu'elle faisait là, qu'elle ne connaissait pas les affaires de Mattheus. Elle sentait le froid sur sa peau et la chaleur de la vodka dans son estomac. Sa tête commençait à tourner.

— Tu sais quoi ? Il est bientôt l'heure de dîner. On est des types sympas, on ne voudrait pas que tu laisses ton mari et tes enfants devant une pizza trop cuite. On va te ramener chez toi et pendant le trajet tu vas tout oublier, même notre existence. On te laisse trois jours. D'ici là, tu cherches chez toi, dans ton parti, où tu veux. On te recontactera pour savoir ce que tu as trouvé. Ne t'avise pas de mettre des gens au courant, si on doit te ramener dans un lieu comme celui-ci, on ne sera pas aussi tendres. Et pas la peine de mobiliser les gros bras de tes amis, sinon ça va finir par des morts et, de ça, ils n'ont pas l'habitude. Ok?

— Oui, ok, répéta Paula presque soulagée de cette fin inattendue, mais déjà trop saoule pour bien comprendre. Ok, je ne parle pas de vous.

— Eh bien voilà qui est sage. Allez les gars, on la ramène.

~

Consulté, Erland n'avait pas failli à sa réputation, proposant des méthodes que Gerhardt n'excusait qu'en dernier recours.

— Tu n'as guère le choix, insista Erland. Tu peux discuter et rediscuter, elle est assez maîtresse d'elle-même pour ne te raconter que ce qu'elle veut. Seule une trouille bleue viendra à bout de ses dissimulations, si dissimulation il y a. Elle croira aisément que ce sont des méthodes dignes de Janov.

— Mais pas de coups, aucuns sévices corporels, précisa Gerhardt. Faites le plus soft possible. Attention à qui tu emploies. Il faut qu'ils parlent slovaque et qu'ils n'aient aucun lien avec des hommes de Janov. Je ne veux pas que l'info remonte.

Une semaine après, Erland vint le prévenir que c'était fait. Paula n'avait rien dit, elle avait juste été bousculée sans dommage corporel, les policiers rétribués par Erland l'avaient même raccompagnée à proximité de son domicile en lui donnant, comme convenu, trois jours pour trouver les informations.

— Des informations sur quoi, demanda Gerhardt. Qu'avez-vous imaginé ?

— Le plus simple que j'ai trouvé pour mouiller Janov, répondit Erland. Les numéros de compte de Goulavski aux Caïmans.

— Il en avait ?

— Non, bien sûr. Elle est maintenant sous surveillance, écoutes comprises. Selon la manière dont elle s'y prend pour obtenir des informations, on saura le niveau de ses relations avec Mattheus et si elle est impliquée ou pas.

— Merci Erland. Le Colonel a besoin d'être en confiance pour prendre une décision. Tu as un avis ?

— *Nicht schuldig.* Je leur ai demandé de faire une vidéo, je l'ai visionnée. Je pense qu'elle dit vrai. Pas coupable.

Le lendemain, Gerhardt ne fut pas déçu. Paula l'appela furieuse pour lui raconter l'enlèvement. Elle était tellement hors d'elle, qu'il ne put prononcer la moindre parole de réconfort. Elle maudit le nom de Janov et promit de lui faire payer au centuple ce qu'il lui avait fait et qu'elle ne parvenait pas à raconter tant elle s'était sentie humiliée. C'est ce qu'elle dit à Gerhardt qui, bien qu'impressionné par la haine qui ébranlait jusqu'au haut-parleur du téléphone, ne pouvait en rester là.

— Excusez ma question, mais mieux vaut être direct entre nous. Vous n'avez rien à voir avec cette histoire ?

— Bien sûr que non ! hurla-t-elle. Je n'ai jamais eu la moindre relation personnelle ou affairiste avec Mattheus. Ce n'était pas quelqu'un qu'on avait envie de fréquenter. Cela dit, je sais qu'il a traficoté avec Janov. C'est bien le genre des deux. Des truands, des analphabètes, de simples voyous avec leur bande de quartier. Qu'est-ce que je dois faire à votre avis ?

— Si vous pouvez glaner quelques renseignements, faites-le. Mais ne commettez pas d'imprudence.

— Je ne peux qu'interroger des militants qui le fréquentaient, dit-elle en tentant de calmer sa voix. Ça va faire bizarre. Je ne suis pas sûre qu'on me parle ouvertement d'affaires bancales. Encore moins de comptes sur les îles. Pour tout vous avouer, je les hais, mais j'ai peur. Je vais en parler au président Slezeck, mais je ne sais pas dans quelle mesure il serait opportun de me faire protéger par la sécurité du parti.

— Cherchez des renseignements, je n'ai pas le temps en trois jours de faire quelque chose pour vous sans savoir d'où vient le coup. Faites-vous protéger. Nous prendrons ensuite le relais. Et tenez-moi au courant.

7

Deniz

C'était un de ses moments favoris lorsqu'il venait à Berlin à la belle saison. À partir de la Budapester Strasse, à travers un passage peu fréquenté entre la terrasse d'un hôtel de luxe et le Jardin zoologique, Deniz remontait jusqu'au Landwehrkanal et se donnait l'impression de voyager à travers les traces de la République de Weimar, si bien effacées par les gens de l'Ouest en même temps que celles du IIIe Reich. Il ne franchissait jamais le pont piétonnier sans d'abord descendre au pied du canal où Rosa Luxemburg avait été assassinée, un siècle auparavant, par des soldats nationalistes persuadés d'avoir perdu la guerre par trahison des politiques. Là, Deniz observait comme un recueillement, en mémoire également de sa grand-mère turque qui tenait Rosa la rouge pour une grande dame. Le meurtre était peut-être un de ces points de bascule de l'histoire, pensait-il, toujours insatisfait des explications apportées aux horreurs nazies.

Puis, sous l'ombre des arbres, il se rendait de l'autre côté du canal, au sud du Tiergarten, sur le Neuer See, bras du lac où étaient aménagés des *Biergarten* typiquement allemands avec grandes tables et bancs pour se rassasier en plein air d'une *Currywurst*-frites, ou d'un *Eisbein*-choucroute lorsqu'il avait bien faim, tout en échangeant quelques mots avec ses voisins inconnus. Il se positionnait toujours de façon à voir le soleil se coucher sur le lac, place qu'il réservait cependant à son invitée ou son invité quand il y avait lieu. Ces derniers mois, confinement oblige, il n'avait pu s'adonner à ce petit plaisir. Et maintenant, cette perspective était gâchée pour un long moment. De nuit, en compagnie d'Adrijana, de Thomas et de deux lieutenants d'Europol, il faisait route en voiture vers l'immense parc qui occupe le centre de la capitale allemande dans la partie qui longeait son cher Neuer See. Dans un bosquet, le propriétaire d'un chien avait découvert le corps sans vie de Barbara von Haselbohm, identifiée par les papiers qu'elle portait sur elle. Grâce aux nombreuses relations de Thomas Wintersee dans les commissariats berlinois, l'équipe de la Kollwitzplatz avait été immédiatement prévenue. Ils stationnèrent leur véhicule dans le quartier des ambassades, sur la Lichtensteinallee, ne pouvant faire qu'à pied les centaines de mètres les séparant de la scène du crime. Sous les grands arbres qui ajoutaient encore à l'obscurité naturelle du parc, ils repérèrent tout de suite le lieu éclairé de projecteurs, entouré de policiers. Ils ne savaient pas l'accueil qu'on allait leur faire, mais Deniz, fou de rage, comptait bien imposer leur présence légitime dans l'enquête sur l'assassinat du dernier membre de la Fabrique.

L'autorité qui se dégageait de ce groupe de cinq personnes conduit par le commandant ne put échapper à l'officière responsable. Deniz la repéra tout de suite au regard intrigué qu'elle posa sur lui alors qu'ils étaient encore à une dizaine de mètres des bandes délimitant la scène. Il soutint ce regard, déterminé et sûr de son droit, et dédaigna de répondre aux agents de garde, tâche abandonnée à un de ses hommes. Il se présenta seulement à la patronne, une cinquantenaire aux cheveux courts encadrant un visage sans maquillage qui accusait sa passion pour la bière et la charcuterie, couverte d'un duffle-coat hors d'âge et chaussée d'une paire de bottes qui avait dû être chinée dans un vide-grenier. Le commandant esquissa une sorte d'excuse rapide pour cette incursion hors normes due au fait que la victime était recherchée par Europol. Maintenant, on osait lui présenter un corps mort.

Soucieuse de garder la maîtrise de l'affaire, la commissaire, qui répondait au nom de Cornelia Ebstein, crut sans doute bon de paraître excédée. Elle passa néanmoins un coup de fil et les fit attendre, le temps qu'on la rappelle. Sans entrer dans le périmètre où officiait déjà la scientifique, les policiers d'Europol eurent l'autorisation de voir le corps à demi dénudé de Barbara, le ruban adhésif qui couvrait encore partiellement sa bouche et les marques de strangulation sur le cou, mais sans possibilité d'examiner la scène. Bien qu'ayant vu de nombreuses photos d'elle, Deniz n'imaginait pas la cheffe de la Fabrique de Dresde, la patronne de Milosz, avec une telle expression de désarroi sur son visage angulaire.

— Je suis très surprise de votre présence, dit Cornelia Ebstein. Tous les éléments confirment le troisième meurtre d'un prédateur sexuel qui opère depuis deux ans dans le Tiergarten. Vous avez dû en entendre parler. Il repère une joggeuse autour de 22 heures, l'assomme d'un coup de matraque sur la nuque, l'entraîne dans un bosquet avant de la violer et de l'étrangler. C'est exactement ce qui semble s'être passé.

— Sans doute, répondit calmement Adrijana. Mais pouvez-vous porter une attention particulière à l'environnement, les branches coupées, les marques supposées ou réelles de lutte seront de précieux éléments. Barbara von Haselbohm était très athlétique et peu impressionnable.

La Kommissar Ebstein la regarda comme si elle n'avait pas entendu, et leur tourna le dos. Elle fut sans doute surprise d'entendre Deniz l'apostropher rudement.

— Il s'agit d'une enquête de la plus haute importance pour Europol. Je vous conseille de bien veiller à ne pas négliger la scène de crime et vous garder de toute idée préconçue sur le meurtre.

La commissaire qui semblait se retenir de lui répondre fit un vague signe de tête qui pouvait signifier tout autant un accord qu'un au revoir. Deniz ne s'était pas fait une amie.

Sur le tableau portant les photos des membres de la Fabrique, il fallut inscrire une croix pour la dernière personne qu'on espérait encore en vie. Deniz perçut l'accablement qui semblait gagner l'équipe, mais lui voyait là au contraire la preuve incontestable et la dangerosité assumée de l'organisation, ce qui confirmait son caractère terroriste. Tous éliminés. Il ne faisait pour lui aucun doute que ces meurtres étaient liés et donc imputables aux mêmes commanditaires.

Thomas leur donna les dernières nouvelles en provenance de la préfecture de police. Sur Barbara von Haselbohm, les inspecteurs de la criminelle berlinoise n'avaient pour l'instant rien communiqué, mais il confirma qu'ils privilégiaient la piste du prédateur sexuel. Il leur apprit également que les organismes sociaux de la Saxe venaient enfin de répondre à ses demandes. Il avait le nom de la société qui employait Barbara à Dresde.

— La « Fabrique », tout simplement. Comme on pouvait s'y attendre, la société a cessé son activité quelques semaines avant le déménagement, précisa-t-il. Son siège était enregistré à l'adresse d'une société d'hébergement où Barbara venait prendre le courrier. Un seul dirigeant figure comme actionnaire principal et gérant : Hans-Georg Richter. Un faux nom, j'ai vérifié, personne à l'adresse indiquée, personne en Saxe ou à Berlin ayant ce nom et le jour de naissance porté sur la déclaration. Quant à la photo de la pièce d'identité jointe au dossier de création de l'entreprise, c'est celle d'un joueur de football des années 70.

Au fur et à mesure que se déroulait la réunion, Deniz avait senti monter sa colère contre la police allemande, incapable de trouver une femme recherchée qui circulait pourtant librement dans Berlin. Si ces administratifs besogneux avaient fait le boulot, Barbara serait sans doute à l'instant même assise dans une salle d'interrogatoire pour dire tout ce qu'elle savait de la Fabrique et de ses dirigeants. Au lieu de ça, le pôle pataugeait après avoir perdu son dernier témoin. Il remercia toute l'équipe et s'isola avec Adrijana.

— Vous avez du off? lui demanda-t-il.

— Oui, mais nous ne pourrons pas l'utiliser, ça vient de mes contacts au BfV.

— Je sais, je sais. Dites-moi.

— L'accointance de Gert Schumacher avec une association néonazie de Dresde est confirmée. Elle est sous surveillance, mais elle ne semble pas avoir de lien avec un parti politique. C'est plutôt une bande de quartier sans véritable penseur. Il n'en était pas adhérent, et n'apparaissait plus au local qui leur servait de siège depuis près de deux ans.

— Et sur le suicide ?

— Zell-am-See est une station touristique très prisée de la jet-society. Deux morts dans un hôtel de luxe, ce n'est pas bon pour le commerce, les autorités locales l'ont vite fait remarquer à la police. Au moment des faits, elles ne savaient pas que les hôtels seraient vides quelques semaines après pour cause de pandémie. Et maintenant que les touristes commencent timidement à revenir, elles préfèrent oublier ce fâcheux incident. Mais ce n'est pas pour cela que le classement de l'affaire m'a paru trop rapide, et le fait d'avoir donné un nom d'emprunt, trop négligé. Aucun enquêteur ne semble s'être demandé pourquoi un homme qui allait se suicider prendrait la peine de mentir sur son patronyme. Il est recherché par la police de Dresde, mais on ne la prévient que des mois après. Le confinement a bon dos. L'attitude du directeur régional de la police, pas du tout coopératif, me semble également peu professionnelle. D'après les renseignements qu'on m'a fournis, il a été nommé il y a un an Hauptkommissar, passant devant tout le monde. Une progression rapide dans la carrière, directement pilotée par le cabinet du ministre. Ils sont un certain nombre comme ça qui ont profité du passage d'un militant d'extrême droite à la tête du ministère de l'Intérieur pour prendre du galon.

— Ça n'en fait pas pour autant un ripou.

— Non, certes. Je collecte quand même toutes les anomalies et, à mon avis, ça vaudrait le coup d'aller faire un tour dans cette charmante station du Tyrol.

Thomas Wintersee fut de retour à la Kollwitzplatz en fin d'après-midi. Il avait passé son temps à l'hôtel de police à récolter les premières informations sur le meurtre de Barbara von Haselbohm. La Kommissar Ebstein était coopérative, bien qu'elle n'ait pas apprécié ce qu'elle avait appelé « l'arrivée des conquistadors » sur la scène du crime. Thomas posa un lourd dossier sur la table où travaillaient Adrijana et Deniz. Il contenait les descriptions et analyses relatives aux précédents meurtres du serial killer du Tiergarten.

— L'hypothèse est convaincante et Cornelia Ebstein n'en envisage pas une autre : même impact du coup de matraque sur la nuque, même heure de passage à l'acte, et même profil des victimes : trois joggeuses, la quarantaine, blondes, grandes, musclées.

— N'importe qui peut reproduire la même mise en scène, objecta Deniz.

— Mais pas le viol.

— Je crains fort que cela ne retienne pas les tueurs de l'organisation.

— Faudrait-il encore qu'ils aient eu accès au dossier. Car la police n'a pas divulgué les détails, de peur que ne se reproduise l'affaire d'Osnabrück où un violeur en avait scrupuleusement imité un autre grâce aux informations parues dans la presse.

— Quels détails ? demanda Adrijana qui s'attendait au pire.

— Le psychopathe matraque d'abord ses victimes, puis leur lie les mains dans le dos et leur colle un ruban adhésif sur la bouche. Il les sodomise avec sa matraque et les étrangle. Il ne laisse aucune trace ADN. J'ai vu les photos du bosquet :

des branches sont coupées, le sol assez meuble est chamboulé, Barbara s'est débattue, elle porte de nombreuses égratignures sur le visage, les cuisses et les bras.

— C'est quand même extraordinaire ! s'emporta une nouvelle fois Deniz. Voilà une femme que nous recherchons depuis des mois, dont on nous dit qu'elle a quitté le territoire national mais qui vit en fait tranquillement à Berlin, la commune d'Allemagne où il y a le plus de flics au mètre carré. Elle fait sans doute régulièrement son jogging au Tiergarten. Juste à ce moment, un psychopathe, dont on n'a plus de nouvelles depuis deux ans, fait une nouvelle crise. Ça fait beaucoup de coïncidences, non ? D'autant que, depuis la fin du confinement, le psychopathe a dû la repérer, la suivre, noter ses habitudes, sans qu'aucun des milliers de policiers de Berlin, qui avaient son signalement, ne la croise jamais !

— Et de ton côté, demanda Thomas à Adrijana, des informations ?

— Pas beaucoup plus que ce que l'on sait déjà. Elle est née à Leipzig, mais a été élevée à Berlin-Est où son père était officier de la Stasi. Il est décédé, il y a huit ans, dans un accident de la circulation. Sa mère habite Schönhauser Allee. Elle a un seul frère, qui vit au Canada. Barbara a fait des études d'ingénieure programmatrice, elle a été embauchée par Google à Düsseldorf, mais a démissionné il y a deux ans. Jamais mariée, pas d'enfant. Sans Lenka, nous ne saurions rien de son passage à la Fabrique, ni de ses relations intimes avec Gert.

Deniz quitta le bureau fort tard et de fort mauvaise humeur, oubliant d'emprunter la sortie donnant sur la

Husemannstrasse comme il aurait dû le faire. Il se retrouva bêtement sur la Kollwitzplatz, ce qui accentua sa colère. C'est lui qui avait exigé ces mesures de précaution afin que nul ne sache, pas même les policiers berlinois, qu'une équipe nombreuse et suréquipée d'Europol opérait dans la capitale allemande. Le coup de fil d'Isabella n'avait pas calmé son irritation. Chacun de ses séjours à Berlin augmentait la jalousie de sa compagne, il en devinait la cause, mais faisait tout pour ne pas aborder le sujet avec elle. Il ne voulait même pas y penser. Il se retrouva devant la Wasserturm, piquée à cette heure de lumières perçant à travers les étroites fenêtres des nombreux logements. Il était face à l'ex-planque qui venait d'être officiellement dévolue à Lenka comme appartement de fonction, au grand plaisir de la jeune femme. S'il n'avait détesté s'installer seul à une table de restaurant, il serait allé dîner chez le Russe du rez-de-chaussée. Dans ces moments-là, Minetti lui manquait. C'était bien la seule d'Europol qu'il aimait fréquenter en dehors du travail. Il s'assit quand même à la terrasse du Russe pour boire une bière et téléphoner à Elsa qu'il tenait régulièrement informée du travail du pôle.

— Ça ne va pas ? lui demanda-t-elle immédiatement comme si le simple bonsoir de Deniz renfermait déjà toute sa colère.

— Ce n'est pas possible qu'ils soient si malins, si organisés, si prévoyants, éructa-t-il.

— De qui parles-tu ?

— De qui ? Mais de ceux dont nous ne savons rien, ni le nom, ni l'adresse, ni le nombre. Six personnes que nous pouvons relier à la Fabrique ont péri de façon violente, et pas un indice, pas un filon que nous puissions exploiter. Une telle habileté, c'est insensé ! S'ils sont si sûrs d'eux, si efficaces, c'est qu'ils ont des moyens importants et sans doute préparent-ils quelque chose d'envergure. Et nous risquons de ne le découvrir que lorsque ce sera advenu. J'enrage !

— Six ? Tu veux dire sept, l'Inconnue du lac fait partie du nombre. Si je peux me permettre un avis, patron, ce n'est pas possible que ce soit juste pour effacer les traces. Même Toto Riina ne faisait pas ça.

— Quel rapport avec ce mafieux sicilien ?

— On n'exécute pas ses propres troupes si elles n'ont commis aucune faute grave, aucune faute qui porte atteinte à l'existence même de l'organisation. Ce n'est pas d'avoir embauché Milosz qui peut conduire à un tel carnage. Quant à Maryam Binebine, nous avons reçu aujourd'hui copie du rapport slovaque sur Janov. Nos confrères n'ont aucun doute, c'est bien lui qui a chargé Mattheus de la faire éliminer. Et l'oligarque n'a jamais entendu parler de Milosz.

Elsa poursuivit la conversation en notant, une fois de plus, combien elle s'ennuyait à La Haye, loin du terrain, et Deniz ne put que lui conseiller de prendre patience.

Comme à l'accoutumée, il rentra à pied vers son hôtel de la Rosenthalerplatz, décidé à s'arrêter dans son troquet de la Weinbergweg pour se sustenter de *Spargeln*, ces inimitables asperges blanches qui poussent dans les sables au sud-ouest de Berlin. Machinalement, il décomposa les propos d'Elsa. Ondrej Janov ne connaissait pas Milosz. Janov s'était inquiété à plusieurs reprises du sort de Mattheus. L'organisation avait certainement coupé le fil avec les Slovaques sitôt leur implication dans le meurtre de Maryam Binebine connue. Pourtant Mattheus avait continué à entretenir des relations avec Gert Schumacher qui était l'amant de Barbara et, probablement, de l'Inconnue du lac. L'organisation était-elle au courant ? Et si Elsa avait raison ? S'il s'était passé autre chose ?

Deniz traversa la terrasse encombrée de jeunes gens et monta les marches conduisant à l'arrière-salle du Potemkine, un troquet qui, malgré son nom, n'avait rien de russe. Il commanda une nouvelle bière pour accompagner ses asperges. La petite salle lui plaisait beaucoup avec ses photos de famille de l'époque de la RDA et son mobilier des années 60. Dans ce cadre, il était difficile de distinguer les matériaux originaux des reproductions. Il s'adonna quand même au jeu, pariant sur l'authenticité des photos montrant des familles dans leur foyer ou en vacances. Les luminaires semblaient également d'époque, mais pas le papier peint à gros motifs géométriques que le décorateur avait dû commander en ligne chez Bilderwelten. Il n'avait envie de discuter avec personne, son esprit était déjà suffisamment occupé par cette enquête où il savait jouer sa carrière. Si ce qu'il appelait l'organisation s'avérait n'être qu'un réseau informel mêlant comme parfois radicalisme politique et bandes criminelles, il aurait beaucoup de mal à justifier les budgets importants et le nombre d'agents qu'il mobilisait à Berlin. Ses ennemis parviendraient à demander, sinon sa tête, du moins sa mise au placard, et aucun de ses nombreux soutiens dans le monde politique européen n'aurait alors souci de le défendre. Il se sentait pourtant sûr de son coup. Depuis le meurtre de Maryam Binebine et la découverte de la Fabrique, il lui semblait évident que seule une structure riche en moyens de toutes sortes pouvait être à l'œuvre. Tous ces décès l'avaient conforté dans son idée, ils ne pouvaient être une suite de hasards. Il y avait derrière tout cela une pensée organisatrice, qui n'avait rien d'une mafia toujours prête à montrer ses muscles pour régner par la terreur sur un quartier ou une ville. Cette organisation si insaisissable se défiait autant de la publicité que de sa reconnaissance, et Deniz n'y voyait qu'une explication : elle n'avait pas été créée à des fins criminelles, mais pour servir d'intendance politique, même si pour atteindre ses objectifs elle ne dédaignait pas le crime. Il était persuadé qu'elle n'avait pas encore montré sa force, surtout si, comme il le redoutait, elle avait su s'assurer dans les appareils d'État, par sympathie ou par chantage, des complicités nécessaires. Mais, judiciairement parlant, tout cela n'était qu'hypothèses, scénarios séduisants mais inutiles. La mise en garde de Wolfgang Brenner lui revenait sans cesse à l'esprit. Sans délit avéré entraînant une instruction européenne en bonne et due forme, Europol ne pouvait agir.

Il rentra préoccupé à son hôtel, marchant d'un pas lent qui ne lui était pas habituel. Préoccupé par l'organisation. Préoccupé par sa position à Europol. Préoccupé également par sa relation avec Isabella. Il lui fallait une certaine dose d'optimisme, une confiance en lui peut-être exagérée pour trouver encore le dynamisme suffisant à pareille enquête. Heureusement toute l'équipe était derrière lui. Et Isabella ?

S'étant déjà fait excuser lors des deux dernières séances, Deniz ne pouvait manquer la réunion hebdomadaire du comité de direction d'Europol, qui ne présentait pourtant pas grand intérêt. Pour l'instant, personne ne lui cherchait querelle, cela viendrait au moment de discuter les choix budgétaires pour l'année suivante et de faire reconduire de manière pérenne, trois ans était son objectif, les crédits jusqu'alors exceptionnels accordés au pôle de Berlin. Aussitôt qu'il eut rejoint l'étage de son département, Elsa vint lui faire son rapport quant à l'enrichissement de la banque de données sur la mouvance islamiste, toujours vivace et assez en déshérence depuis la chute de l'État islamique. La capitaine Minetti, une fois de plus, montra son peu d'intérêt pour le renseignement et souligna les difficultés d'intervention maintenant que les attentats étaient le fait d'individus isolés peu repérables avant le passage à l'acte. La réception des signalements provenant des polices nationales, le suivi des sites Internet et des réseaux sociaux étaient cependant indispensables pour repérer les messages des organisations terroristes ou l'émergence de prétendants au martyre. Deniz lut sur son visage expressif qu'elle lui en voulait toujours de ne pas faire partie de l'équipe de Berlin. Mais la possibilité d'un attentat d'ampleur semblait trop importante au commandant pour qu'il l'abandonne à des novices. Elsa et la capitaine Inès da Paz opéraient à merveille, lui laissant une certaine tranquillité d'esprit, même s'il suivait le travail et usait de toutes ses armes pour mettre Europol au plus haut niveau de prévention sur ce front très incertain. Il ne pouvait en dire plus à son adjointe sur l'action délicate qu'il menait pour enrichir la base de nombreux noms d'islamistes. Il tenait cependant à ce qu'Elsa reçoive toutes les informations sur l'activité du pôle, bonne raison pour l'inviter à déjeuner et faire un point complet avec elle.

— Je ne parviens pas à me convaincre que le décès des principaux éléments de la Fabrique est accidentel, mais si assassinat il y a, le mobile m'échappe. Mis à part le cas de Mattheus Goulavski, par qui on aurait pu remonter plus rapidement à Janov, qu'est-ce que l'organisation pouvait craindre des autres ?

— Ils ont peut-être fini par découvrir notre rôle dans l'affaire, suggéra Elsa, même si tu as manœuvré pour que l'intervention de Thomas passe pour une opération de police nationale. La thèse du couple Milosz-Lenka agressé par des voyous ne les a peut-être pas convaincus. Ils ont pu être informés de notre enquête à Paris…

— De là à éliminer toute la chaîne… Comme tu me l'as fait justement remarquer l'autre jour, ça ne tient pas. Ta comparaison avec la mafia m'a fait penser à un avertissement donné à tous ceux qui seraient tentés… Mais tentés de quoi ? Aucun des morts ne les a trahis…

— À moins qu'il ne s'agisse d'un règlement de compte entre tendances.

Il n'y croyait pas, mais dans cette enquête insolite, il valait mieux n'abandonner aucune hypothèse. L'histoire politique était riche en fratricides multiples, particulièrement dans les mouvements basés sur l'autorité d'un chef. Si celui-ci croyait son rôle contesté, il frappait directement à la tête. Röhm, Liu Shaoqi ou Trotski l'avaient appris à leurs dépens. Mais la comparaison était anachronique et l'organisation loin de posséder les moyens d'un État. D'ailleurs qui, dans ce cas, aurait été le dauphin ou la dauphine ? Barbara von Haselbohm occupait-elle une place si élevée dans la hiérarchie de ce mouvement ? Ou bien Gert Schumacher ? Tout cela n'était pour le moment que pure spéculation si l'un s'était suicidé et si l'autre avait été assassinée par un psychopathe. Cette rapide réflexion lui rappela que, bien que directeur du département antiterroriste d'Europol, il n'avait qu'une connaissance circonstanciée de l'extrême droite, des nationalistes et des populistes ; un savoir de citoyen très informé, une science assez développée des affaires politiques, mais pas les informations régulières nécessaires à l'observation fine d'un mouvement politique et de son évolution. Il n'aimait guère le monde du renseignement, toujours obscur, toujours tortueux, toujours réticent à rendre des comptes aux assemblées nationales qui aujourd'hui, après l'époque de la « République des copains et des coquins » selon une expression française, étaient censées contrôler strictement ces services. C'était une contradiction qu'il avait de la peine à assumer. D'un côté il approuvait la fin de ces renseignements liés au Prince pour mesurer l'impact de sa politique et les réactions des oppositions sur l'opinion publique afin de prévenir toute contestation et de maîtriser le processus électoral. D'un autre côté, il n'aurait pas craché sur des rapports documentés émanant de services de police compétents portant sur les associations et mouvements anticonstitutionnalistes. La transparence policière avait ses revers, la *glasnost* avait coûté cher à son promoteur, mais d'un autre côté, ceux qui demandaient le rétablissement des polices politiques étaient les mêmes que ceux qui réclamaient le retour du fait du Prince. Cela le ramena une fois de plus au déjeuner avec Brenner et à l'opposition résolue de son collègue à faire d'Europol un service de renseignement hors de la tutelle des juges. Il remit cette réflexion à plus tard et décida de se tourner vers les experts, les chercheurs, qui étudiaient ces mouvements. N'en connaissant pas, il appela sur-le-champ son ami Christophe Bruneschi, toujours député européen et maintenant président de la commission des libertés et de la justice au parlement de Strasbourg.

— Alice Barrio-Alcon, lui répondit le député. Tu la connais, elle militait avec nous à la fac.

— Son nom ne me dit rien…

— « La Nonne ».

Un éclair se fit dans son esprit, comme un souvenir enfoui remontant avec une netteté lumineuse après tant d'années. Il revit, débouchant dans le couloir de la Sorbonne, la coiffure ronde et brune, les lunettes rondes, le visage rond habituellement très blanc mais rougi ce jour-là d'une colère manifeste. La jeune étudiante brandissait un doigt accusateur pointé sur ce machiste de Deniz qui avait osé l'accabler de ce surnom et l'avait allègrement répandu.

— Ah oui, je vois.

— Vous vous êtes réconciliés ?

— Je ne la fréquentais guère en dehors des réunions où elle m'irritait avec ses positions politiques quasi religieuses. J'avais toujours l'impression qu'elle voulait nous empêcher d'ouvrir de nouveaux domaines de débat en tranchant « c'est péché ». Qu'elle ait essayé de déplacer la querelle en donnant à « la Nonne » une interprétation d'ascétisme sexuel, ne l'a guère fait remonter dans mon estime. Je ne l'ai pas revue depuis. Que devient-elle ?

— Elle dirige un labo de recherche à Sciences Po. C'est une des meilleures spécialistes de l'extrême droite en Europe. Petite confidence dont nous n'avions pas connaissance à l'époque, sa mère a été torturée par la police de Franco juste avant la mort du dictateur. Elle a porté plainte contre son tortionnaire il y a peu de temps. Je t'envoie ses coordonnées.

Étant donné ses relations passées avec Alice, Deniz jugea d'abord bon de la contacter par mail. Mais il se ravisa. Si elle se souvenait de leur altercation, mieux valait apprécier directement sa réaction au téléphone.

— Je pensais que tu m'aurais appelée plus tôt, dit-elle en décrochant.

— Oui, excuse-moi, répondit bêtement Deniz, perplexe de cette entrée en matière dont il ne saisissait pas le sens.

Il obtint un rendez-vous, mais seulement quelques semaines après, lorsqu'elle serait rentrée d'un cycle de conférences au Canada.

8

Lenka

Adrijana avait été de bon conseil. Les cours en ligne étaient d'accès plutôt immédiat, mais ils ne sollicitaient pas l'attention de la même manière qu'un livre. Écrire les mots et les formules, rédiger des phrases construites, résumer ou paraphraser des textes permettait parfois de mieux assimiler pour ensuite faire jouer sa mémoire. De fait, avec cette méthode, Lenka s'appropriait plus aisément les cours de droit qu'elle devait suivre pour sa formation. Elle l'avait imaginée plus physique, des combats de self-défense, des pratiques d'arrestation, des maniements d'arme… Les apprentissages juridiques étaient bien difficiles, mais elle y consacrait du temps avec détermination et avec, sinon de l'enthousiasme, du moins de l'intérêt. Elle voyait s'ouvrir devant elle une autre façon de considérer les choses, le monde, comme si la brutalité n'était pas fatale dans la résolution des conflits. Ça lui faisait tout drôle de posséder une carte professionnelle de policière, car ce n'était pas le genre de métier dont elle avait rêvé. Elle avait toujours en tête les flics agressifs et corrompus de Bratislava qui faisaient des descentes musclées à la cité. Pas vraiment son modèle. Que sa carte soit au nom de Mila

Lenika mettait une certaine distance avec ce qui était désormais son travail, même si ce pseudonyme ne lui servait pas à grand-chose à la Kollwitzplatz où tout le monde continuait à l'appeler Lenka. Mais Adrijana, Thomas, le commandant, ils avaient tous insisté. On ne savait pas qui étaient les membres de l'organisation, ni où ils se trouvaient, son seul prénom aurait pu leur mettre la puce à l'oreille.

Elle posa sur ses cuisses le manuel comparé des administrations européennes, le paysage était trop attirant. La voiture avait maintenant quitté l'autoroute pour un axe à double voie qui cheminait à travers les hautes montagnes et les champs d'herbe grasse, par-delà des villages proprets. De vastes prairies succédaient aux scieries, aux laiteries, aux ensembles touristiques, entre les rives d'une large rivière le long de laquelle serpentait la voie de chemin de fer. Adrijana conduisait souplement, en respectant les limitations de vitesse. C'était un autre monde, un monde qu'elle n'avait jamais imaginé. Sitôt reçu le mail du parquet européen autorisant l'accès aux pièces de l'enquête sur le double suicide, un assistant s'était chargé de réserver les billets pour Salzbourg, la voiture de location à l'aéroport, un hôtel et un rendez-vous avec la police de Zell-am-See où elles se rendaient maintenant. C'était irréel, non seulement elle allait enquêter, mais en plus enquêter sur le travail d'autres flics, a priori moins corrompus que ceux de Bratislava, « en raison de la solidité des institutions démocratiques du pays » lui avait expliqué Adrijana. Une formule qui l'avait d'abord fait rire tant elle ressemblait plus à ses livres qu'à son expérience, mais bien sûr Adrijana savait de quoi elle parlait. Au téléphone, les flics en question avaient été étonnés qu'elles fassent le déplacement, et pas vraiment ravis.

C'était quand même un sacré challenge pour elle. Elle ne pensait pas se retrouver si rapidement sur le terrain, mais Adrijana avait insisté. Inutile d'attendre. Tout était question de positionnement. Et rien de tel pour se positionner correctement en tant que policière, avec ses droits et ses devoirs, que de se confronter à ses collègues, aux citoyens, à l'institution judiciaire.

Elles s'attendaient toutes deux à une station de montagne cinq étoiles. Elles furent déçues, lorsque le panneau indiqua Zell-am-See, de ne voir aucun lac et de rouler au milieu d'une immense zone commerciale où les concessionnaires automobiles le disputaient aux hypermarchés. Elles s'engouffrèrent dans un tunnel et ce n'est qu'à sa sortie que le lac apparut enfin, de l'autre côté de la voie ferrée.

— Pas vraiment Zermatt, estima Adrijana, mais la comparaison sonnait creux pour Lenka.

Il manquait le charme douillet qu'elle avait imaginé et les rues piétonnes semblaient plutôt désertes, vides de touristes encore effrayés par la pandémie.

Le directeur régional de la police avait délégué sur place un de ses adjoints, Jorg Meyer. Un homme au sourire avenant, vêtu d'une veste tyrolienne traditionnelle au col sans revers mais d'une coupe très contemporaine. Il se dit honoré d'une si charmante visite, et les policiers du poste se placèrent derrière lui, sans mot dire, comme s'il était évident que lui seul avait le pouvoir de s'exprimer. L'entretien qui s'ensuivit fut courtois mais Meyer exprima nettement sa surprise de voir Europol, sans aucun doute très occupée à la répression des mafias orientales, s'intéresser à une affaire locale menée professionnellement et déjà close. Il n'obtint aucun renseignement sur leur enquête, Adrijana avait été ferme sur cet aspect, et découragea les deux enquêtrices de se rendre dans la chambre où avaient été découverts les deux corps, celle-ci ayant été entièrement rénovée et remise en service par l'hôtel. Il ne leur apprit rien de plus que ce que le dossier transmis contenait, les deux détonations entendues à l'heure du dîner, le personnel accouru sur place faisant la macabre découverte, mais ne put mettre son veto à la visite qu'elles comptaient rendre à la morgue de Salzbourg pour voir le corps de la compagne sans nom de Gert. Puis il les raccompagna à leur voiture et monta dans la sienne avec l'espoir manifeste de ne plus jamais les revoir.

Tout le temps qu'avait duré l'entretien, les yeux de Meyer et ceux d'Adrijana ne s'étaient pas quittés, figés dans une intensité désagréable. Lenka, en revanche, avait laissé traîner les siens dans le poste de police et sur ses occupants. Dans leur ensemble, les policiers n'avaient rien manifesté, ayant sans doute consigne de se taire et espérant que cette désagréable explication se terminerait au plus vite. Mais un jeune agent, qui s'était positionné derrière ses collègues, semblait mal à l'aise et voulait de toute évidence que Lenka s'en aperçoive. Avant qu'Adrijana ne démarre le véhicule de location, Lenka lui fit part de son impression qu'un des policiers avait quelque chose à leur dire. Adrijana avait elle aussi perçu le trouble du jeune homme. La capitaine avança de quelques dizaines de mètres et se gara derrière une église si ancienne qu'elle semblait s'être enfoncée dans le sol. Il ne leur fallut pas attendre plus de cinq minutes pour qu'elles repèrent le jeune homme qui se dirigeait vers elles non sans surveiller ses arrières. Il ralentit le pas à hauteur de la fenêtre ouverte et, sans se pencher, lâcha d'un trait :

— J'ai fait le rapprochement entre votre avis de recherche et le corps de Schumacher bien avant le confinement. C'est Salzbourg qui a bloqué.

Puis il continua son chemin comme si de rien n'était.

— Tu vois, fit remarquer Adrijana à Lenka en riant, « la solidité des institutions démocratiques ».

Elles durent manger un sandwich dans la voiture face à l'hôtel où s'était produit le meurtre potentiel car Adrijana voulait se rendre à la morgue le soir même, mais elle prit quelques secondes pour faire remarquer à Lenka les fortifications encore apparentes de cet ancien château retiré dans un parc profond. N'étant pas satisfaite des photos à peine soutenables du visage de l'Inconnue, prises selon elle sous un angle désavantageux, la capitaine avait donné rendez-vous à un photographe professionnel qui travaillait à Vienne pour les légistes. Il les attendait devant le bâtiment de la médecine légale, appuyé au capot d'une Coccinelle vert pomme. Grand, efflanqué, l'air désabusé, il regarda sa montre comme pour indiquer qu'il ne comptait pas y passer la soirée. Ce fut pourtant long, le temps de faire venir un responsable, d'enregistrer la demande d'Europol et les autorisations du parquet européen contresignées du parquet autrichien. Dès ce moment, Lenka commença à pâlir à l'idée de voir le visage de l'Inconnue du lac dans l'état qu'on lui avait décrit. Elle n'avait pas été capable de regarder les photos du dossier. Au dernier moment elle flancha, sous le regard étonné du photographe, et Adrijana la dispensa de l'épreuve. Dans quel état pouvait bien se trouver un corps plus de trois mois après sa mort ?

— Dans un état excellent, la rassura Adrijana en sortant de la morgue. La réfrigération ralentit la décomposition. Nous avons bien fait de venir, le visage n'est pas aussi abîmé que le rapport des policiers salzbourgeois et les mauvaises photos le laissaient supposer. On va pouvoir le reconstituer, affirma-t-elle en montrant la carte numérique que lui avait laissée le photographe.

— Ils ont truqué le dossier, ils sont complices ? demanda Lenka.

— Eh là ! Doucement. On ne porte pas d'accusations si graves à la hâte. Les Salzbourgeois n'ont pas été d'une grande réactivité, mais ils ont d'autres affaires à traiter et ont vécu comme nous cette période étrange où tout se faisait et se fait encore au ralenti. La juge autrichienne a interdit l'inhumation et un avis de recherche européen a été lancé. La justice a fait son travail, on ne peut rien lui reprocher. Quant à une complicité, évite ce genre d'accusation qui laisse supposer une corruption majeure des services de police si tu n'as pas de solides preuves.

— Oui, bien sûr, reconnut l'élève penaude. Qu'est-ce qu'on fait maintenant ?

— On envoie les photos à Elsa Minetti pour que les techniciens de La Haye tentent d'établir un portrait. Et demain on rencontre la juge responsable de l'instruction.

Il n'y avait pas d'instruction, la jeune magistrate, débordée par les piles de dossiers mis en souffrance durant des mois, le leur apprit au court d'un bref entretien. Le parabellum ne portait d'autres empreintes que celles de Gert Schumacher et, si l'on pouvait toujours imaginer qu'un tueur l'avait essuyé avant de le lui mettre dans la main, on pouvait aussi imaginer n'importe quelle autre fantaisie que rien ne venait corroborer. Les réceptionnistes et le concierge de l'hôtel n'avaient remarqué aucun visiteur étranger à la clientèle et le restaurant n'accueillait que les personnes ayant une chambre dans l'établissement. L'épaisseur des murs de l'ancien château garantissait la tranquillité des clients et une insonorisation parfaite entre les chambres. Les détonations avaient été entendues par un couple de touristes passant dans le couloir, qui s'était aussitôt rendu à la réception pour prévenir le concierge. Celui-ci s'était déplacé sans tarder et, après avoir en vain frappé à la porte, avait découvert le corps de Gert et le pistolet encore chaud. Aucun proche de l'Inconnue du lac ne s'étant manifesté malgré les annonces dans la presse, la juge s'apprêtait à autoriser l'inhumation et seule la demande d'Europol l'avait retardée. En trois mois, aucun service de police de l'Union n'avait fait remonter de demandes d'information sur cette femme, on pouvait donc clore le dossier.

Europol n'ayant pas d'autres demandes précises à formuler, la magistrate ne les retint pas longtemps. Il faisait encore jour lorsqu'elles quittèrent Salzbourg et Adrijana proposa un petit tour dans la vieille ville où elle était si souvent passée en transit vers les stations de ski. Un autre monde pour Lenka. L'urbanisme baroque de la cité historique l'impressionna, chargé d'ordre, de révérences envers les pouvoirs politiques et religieux, et aussi de richesses qui pour elle rimaient avec exclusion. Malgré l'indéniable beauté de la ville, bâtie sur différents monts dominant la rivière, elle en retira un sentiment de malaise.

— Tu n'es pas la seule, lui révéla son mentor. Le plus célèbre des écrivains autrichiens contemporains, Thomas Bernhard, a fait de la détestation de cette ville où il a grandi un style littéraire. À longueur de romans et de pièces de théâtre, il vomit, le mot n'est pas trop fort, le conformisme, l'hypocrisie et le passé nazi mal assumé d'une partie de sa patrie et de Salzbourg en particulier. Je ne sais pas comment les habitants ont réagi lorsqu'une autre écrivaine autrichienne de ses disciples a reçu le prix Nobel de littérature. Ce jour-là, la nourriture a dû avoir du mal à passer dans certains gosiers.

— Chez toi, c'est un peu pareil non ?

— Chez moi ? Tu veux dire en Allemagne ? demanda Adrijana qui ne s'attendait pas à pareille comparaison. Tu n'as pas tout à fait tort, particulièrement pour la génération de mes grands-parents. Il a fallu attendre une génération, voire deux, après la guerre, pour que les tribunaux se mettent sérieusement à juger les responsables d'atrocités, notamment dans les camps de concentration, plutôt des seconds couteaux, les patrons des grands groupes industriels et les ingénieurs de haut niveau étant rarement inquiétés et nombre d'Allemands qui avaient participé à la spoliation de biens appartenant à des Juifs s'en tirant à bon compte. C'est peut-être ce qui explique aujourd'hui la vigueur des mouvements néonazis. Mais l'État fédéral a reconnu la responsabilité du pays quant au nazisme, et ma génération a appris à l'école à quel point le poison nazi avait infiltré toute la société.

— C'est contre une résurgence de ce passé que nous sommes censés lutter à Berlin ?

— Tu ne fais pas dans la nuance. Le commandant Salvère serait ravi de t'entendre. Mais nous ne combattons pas, Lenka. Nous enquêtons sur des délits présumés de terrorisme pour fournir aux juges des preuves recevables devant les tribunaux. Le reste est une affaire politique qui n'est pas de notre ressort. Quelle que soit l'ambiance conservatrice que tu puisses ressentir ici ou là, défie-toi des tendances complotistes qui peuvent se révéler lorsque nous abordons des enquêtes complexes et touffues comme celle que nous menons. Tiens-t'en toujours à ta mission, celle pour laquelle tu es rémunérée sur des fonds publics.

Avec sa sensibilité particulière, Lenka saisit les réserves de sa cheffe, sans en connaître tous les détails.

— Je sais, je ne suis pas policière pour me venger. Mais je n'ai pas envie qu'on en reste aux « seconds couteaux » comme tu dis. J'ai envie que justice soit faite, complètement.

Et consciente qu'elle y allait un peu fort avec sa hiérarchie, elle tapa du doigt sur l'écran de sa montre pour indiquer qu'elles n'étaient plus en service. Elles s'enfoncèrent alors dans les passages voûtés à travers les immeubles et profitèrent du temps clément pour dîner à la table d'un *Biergarten* entouré de maisons à arcades soigneusement rénovées. La discussion prit une allure plus personnelle, Lenka avec sa franchise coutumière interrogeant Adrijana sur sa vie sentimentale. Sa collègue ne lui répondit pas et elle se sentit toute bête. Puis la capitaine lâcha, l'air un peu las :

— Je n'ai ni compagnon, ni compagne, ni mari, si c'est le sens de ta question. Le dernier autorisé à laisser sa brosse à dents chez moi a dû la remporter sur ma demande il y a trois ans. Je ne lui trouvais plus que des défauts.

— C'est le boulot qui veut ça ? Tu y passes beaucoup de temps.

— Non, ce n'est pas le boulot. C'est que je n'arrive pas à pêcher le bon numéro. Je cherche, rassure-toi, mais modérément. J'ai vraiment aimé plusieurs années durant. J'étais très jeune. C'est moi qui l'ai quitté, je ne sais toujours pas pourquoi. Depuis, je les trouve tous fades. Et toi ?

— Moi ? s'esclaffa Lenka. Mais tu sais tout de moi, même ma taille de soutien-gorge.

— Je voulais dire… Tu es dans quelles dispositions ?

— Loin, très loin de ça. J'ai déjà assez de mal à m'occuper de moi-même, je ne voudrais pas qu'un autre s'en mêle.

9

Adrijana

Une belle surprise attendait Adrijana à son retour de Salzbourg. Deniz tint à la lui annoncer lui-même, étant à l'origine de sa promotion. Cela avait un peu traîné, mais elle avait désormais le grade de commandante, de même qu'Elsa Minetti. Cela correspondait à leurs nouvelles fonctions, l'une dirigeant le pôle contre le terrorisme d'extrême droite, l'autre secondant Deniz à La Haye. Salvère plaisanta sur l'équivalence de grade entre eux trois, mais tous savaient bien qu'il tenait à ce qu'on l'appelle commandant, son premier grade d'officier dans la police française, où il n'était pas resté longtemps. Un passage pour marquer son entrée dans la vie active, avant le cabinet du préfet, puis le cabinet d'un commissaire européen et maintenant la direction d'un département d'Europol. Personne ne s'expliquait une telle coquetterie, c'était commandant ou Deniz selon la relation qu'on avait avec lui, jamais monsieur le directeur. Toute l'équipe réunie à la Kollwitzplatz fêta l'événement, qui ne laissait pas Adrijana indifférente. Ses yeux humides disaient son émotion. L'efficacité avec laquelle elle avait mis sur pied le pôle de Berlin et les premiers pas de l'enquête sur l'organisation furent soulignés par le commandant dans son discours ponctué par l'inévitable : « Maintenant, il nous faut des résultats ».

Elle préféra rentrer déjeuner chez elle, elle n'avait nulle envie de partager son blues avec ses collègues. Les larmes qui avaient failli couler durant le discours de Deniz n'étaient pas dues qu'à son nouveau grade. Elle vivait cette interruption du mouvement quotidien comme la marque d'une étape, un palier dans sa vie. C'était étrange, elle aurait dû s'en trouver joyeuse, mais c'est la tristesse qui l'avait submergée. Dans le tramway, en direction d'Oranienburg, elle se trouva ridicule, pourtant la sensation ne passait pas et la vue de son appartement n'était pas de nature à la consoler. Lorsqu'elle avait appris qu'elle allait résider à Berlin, elle s'en était fait une fête et avait passé du temps à chercher un logement dans le quartier en pleine expansion de Mitte qui la séduisait. Par chance une relation de ses parents lui avait proposé un beau trois-pièces dans l'Auguststrasse, près du croisement avec l'Oranienburgstrasse, pour un prix tout à fait raisonnable. C'était inespéré, elle avait sauté sur l'occasion imaginant déjà les différentes possibilités d'aménagement et de finitions. Mais, pandémie oblige, elle n'avait récupéré les clefs que depuis quelques semaines. Seuls un lit, une commode, des tables et des chaises provisoires meublaient l'appartement qui n'avait reçu aucun coup de peinture, aucune transformation. Accaparée par son travail, elle n'avait pas non plus contacté ses anciennes relations berlinoises, ni réservé le moindre week-end pour se rendre à Cologne chez ses parents qui ne l'avaient plus vue depuis Noël. Une absence de vie personnelle comparable à son absence de vie sentimentale, comme Lenka le lui avait rappelé bien involontairement. Par deux fois, elle avait failli ramener un homme chez elle, mais non, la seule idée de découvrir dans son lit, au matin, un visage étranger lui était bien trop désagréable. Avec la rapidité d'une bouffée d'alcool montant au cerveau, c'est ce sentiment pénible qui l'avait envahie en écoutant Salvère. Stupide. Elle appela Elsa pour la féliciter et, bien qu'elles ne soient pas si proches l'une de l'autre, elle se plaignit un peu de ce boulot qui la dévorait. Elsa lui rappela qu'à leur âge, c'était une promotion inespérée, mais qu'à leur âge aussi, le temps filait vite entre les doigts. Elles se quittèrent sur ces bonnes paroles, l'Italienne lui confirmant qu'elle continuait ses recherches sur l'errance du faux couple Müller. Adrijana, qui avait absolument besoin d'agir pour se rassurer, réserva un billet pour Cologne en date du week-end suivant. Au moins, elle ferait deux heureux.

Elle se rendit directement à Tempelhof, la préfecture de police occupait l'ancien bâtiment de l'aéroport. En concertation avec Thomas, elle avait décidé de tenter d'effacer l'impression déplorable que Deniz avait laissée à la commissaire Ebstein. Europol avait bien trop besoin d'une relation apaisée avec celle qui menait l'enquête sur une de leurs principales pistes. La nouvelle commandante ne pouvait lui dire ce qu'elle pensait de l'attitude du commandant et de cette remise en cause des compétences professionnelles de la police criminelle allemande. La rude Cornelia Ebstein avait heureusement assez d'intelligence et de recul sur les événements pour ne pas leur tenir rigueur des humeurs de Salvère. Elle les invita à participer au débriefing du jour avec les enquêteurs, leur offrant la possibilité d'intervenir à leur gré. Ils prirent tous place dans une salle isolée autour de tables disposées en U, face à un écran géant où défilèrent l'historique et les principales pièces de l'enquête. Le psychopathe était d'une habileté extrême, réussissant à ce qu'aucun indice, sur aucun millimètre carré, ne puisse être relevé. À part une trace d'urine qui avait peu de chance d'appartenir au violeur. Les rondes de nuit avaient été multipliées dans le Tiergarten. Des agentes le parcouraient déguisées en joggeuses, suite à l'avis du psychologue de l'équipe qui craignait une récidive rapprochée, ne sachant exactement comment le confinement avait pu agir sur lui.

— Je sais que nous sommes agaçants avec nos idées toutes faites, intervint Adrijana, mais n'est-il pas possible de reproduire exactement les manies du tueur ?

C'était une manière douce de poser la question des fuites d'information qu'avait suggérées Salvère sans pour autant employer le mot. La commissaire ne s'y trompa pas. En policière consciencieuse, elle était prête à envisager toutes les hypothèses. Elle se tourna vers un de ses adjoints qui, apparemment, avait déjà étudié la question.

— Le premier meurtre a eu lieu il y a trois ans. À cette époque, nous n'avions pas les mêmes raisons de cacher les détails. Nous l'avons néanmoins fait sans que je puisse affirmer que cela a été respecté à cent pour cent. Les journalistes peuvent entrer dans la préfecture, une salle leur est réservée à notre étage et ils ont accès aux enquêteurs. Mais rien n'est sorti dans la presse. Seul un article a évoqué l'impuissance sexuelle du meurtrier. Le journal en savait-il plus ? J'avais demandé à l'auteur s'il avait connaissance de faits ayant pu nous échapper. Il s'est récusé, prétendant que l'impuissance n'était qu'une des explications possibles de la démence meurtrière.

— Et de votre côté ? s'enquit la Kommissar.

Adrijana rappela que la victime était recherchée pour détournement de fonds par Europol, et qu'il était étrange qu'elle ait eu pour habitude de faire tranquillement son footing en plein centre de Berlin. Où habitait-elle, qu'avait-elle fait depuis sa disparition de Dresde, pourquoi ne portait-elle sur elle ni clefs de voiture ou de logement, ni téléphone ? Voilà qui interrogeait Europol.

— Nous n'avons rien de particulier sur elle, et vos questions sont judicieuses. Sa mère et son frère héritent de sa belle fortune, c'est tout ce que nous savons.

— Quelle fortune ? demanda Thomas.

— Elle était propriétaire de son appartement, cent cinquante mètres carrés près du Ku'damm. Plus une assurance-vie de plus de deux cent mille euros. Les nombreuses œuvres d'art de son appartement berlinois n'ont pas été estimées, mais il semble y avoir de belles pièces.

— Accepteriez-vous de nous laisser approfondir cet aspect de l'enquête ? demanda Adrijana que de telles sommes étonnaient.

— Avec plaisir, répondit Cornelia Ebstein. Comme vous vous en doutez, on nous met un peu la pression sur le serial killer et le Sénat de Berlin ne veut pas voir s'installer une psychose, surtout en période d'élections. Votre aide est la bienvenue.

La commandante Adrijana Hruby put présenter à son patron le dispositif qu'elle avait mis en place le matin même.

Elle pensait inutile de perdre son temps sur la mort, accidentelle ou pas, de Mattheus. Le vieil adage policier selon lequel « quand on cherche, on trouve » pouvait s'avérer exact, mais dans ce cas précis, tant de mois après les faits, il faudrait bousculer toutes les Carpates et l'équipe n'en avait ni le temps, ni les moyens. De même pour Till Jagerberg et son collègue. Les rapports de police concluaient à un règlement de compte entre bandes rivales à Oujhorod en Ukraine, à la frontière slovaque. L'Ukraine ne faisait pas partie de l'Union européenne. L'enquête là-bas serait trop compliquée et sans doute inutile. Mieux valait concentrer ses forces sur trois personnes. Barbara von Haselbohm, disparue depuis des mois, qui réapparaissait sous forme de cadavre. Gert Schumacher, peut-être suicidé, peut-être assassiné. Et l'Inconnue du lac qui n'avait a priori rien à voir avec tout cela et pensait au suicide comme l'indiquait le mot qu'elle avait laissé. Ou bien qu'on avait volontairement défigurée et forcée à abandonner l'écriture d'une lettre étrange qui ne finissait pas et n'avait pas de destinataire. La confidence du jeune policier de Zell-am-See, le non-recours à la criminelle et les photos d'amateur du cadavre indiquaient si ce n'est une complicité, du moins une véritable négligence policière.

— Vos amis du BfV ne peuvent pas nous aider ?

— C'est limité puisque vous ne voulez pas le leur demander officiellement.

— J'ai une confiance toute relative en des services de sécurité qui peuvent à tout moment invoquer le secret défense pour ne pas nous répondre. Et puis regardez Salzbourg, on ne sait pas à qui se fier. Tant que nous n'en savons pas plus sur l'organisation, je préfère être prudent et ne pas partager nos informations. J'aimerais tout de même que vous fouilliez dans le passé de Barbara.

— Nous allons déjà recueillir les informations publiques, je verrai ce que je peux faire pour le reste.

— Je veux, en revanche, jouer cartes sur table avec l'équipe, précisa Salvère. À Paris, pour l'enquête Binebine, une certaine confidentialité s'imposait, mais elle nous a fait perdre du temps. Veillez par contre à ce que rien ne remonte directement à La Haye.

— Ah bon ? s'étonna Adrijana.

— Ces gens-là ont les moyens de laisser tomber un oligarque qui contrôle beaucoup de choses dans son pays, de fermer en une nuit un centre informatique à Dresde qui rapporte beaucoup d'argent, et peut-être d'influer sur une enquête en Autriche. Je ne sais pas jusqu'où vont leurs ramifications.

Thomas Wintersee vint les interrompre pour allumer le grand écran de la salle. Elsa Minetti apparut, souriante comme à l'accoutumée.

— Bonjour à vous trois. Vous n'abusez pas trop de la bière ?

Il n'y avait pas de quoi, mais Adrijana rit de bon cœur, sans que ses voisins l'imitent.

— Nous avons fait le plus rapidement possible. J'ai bousculé le service. Ils ont des logiciels de modélisation vraiment performants. Le plus difficile à reconstituer, c'est le nez et les orbites oculaires. En vingt-quatre heures, ils m'ont proposé trois portraits de votre inconnue pas si différents les uns des autres. Ça me semble concluant. Nous avons vérifié sur les bases, il n'y a rien d'approchant ni chez nous, ni chez

Interpol. Nous sollicitons les polices nationales, mais en général, certaines sont assez longues à la détente.

L'appartement se situait dans un immeuble récent et de standing de la Lietzenburger Strasse, derrière le Kurfürstendamm, Ku'damm pour les Berlinois, quartier aisé de la capitale depuis l'époque de Bismarck. La commissaire Ebstein avait demandé à la mère de Barbara de bien vouloir accueillir deux policiers sans lui préciser qu'ils appartenaient à Europol. C'est une femme de soixante-dix ans vêtue d'un jean et d'un blazer bleu qui leur ouvrit la porte. Elle tenait à montrer la vitalité qui était la sienne mais, dès le premier échange, la douleur d'avoir perdu sa fille prit le dessus et Thomas ne la bouscula pas. Ils pénétrèrent dans un duplex avec une immense salle servant à la fois de salon, de salle à manger et de cuisine ouverte et, à l'étage, trois chambres dont une utilisée comme dressing et deux salles de bain. La présence de la mère était gênante pour eux qui s'apprêtaient à fouiller minutieusement les affaires de la victime. Mais ils pouvaient aussi profiter de la rencontre avec un témoin capital qu'ils n'auraient jamais pu convoquer. Ce à quoi Thomas s'attela sur le ton de la conversation. Aucune mention d'Europol ne fut faite par les deux policiers qui justifièrent leur visite en ce lieu en expliquant que Barbara connaissait peut-être son bourreau.

— Oh, je ne crois pas, s'offusqua madame von Haselbohm. Un homme comme ça ! De plus, ma fille travaillait à Dresde pour Google. Cet appartement, c'était un placement pour le futur, quand elle reviendrait vivre à Berlin. Elle n'y venait pas souvent.

— Quand l'avez-vous vue pour la dernière fois ?

— Je l'ai dit à vos collègues, elle m'appelait souvent, mais depuis Noël, elle était surchargée de travail. Puis il y a eu le confinement pour cette affreuse chose… Je savais qu'elle devait venir bientôt, ce qu'elle a fait sans doute sans avoir le temps de me prévenir.

Thomas n'était pas pressé. Il fallait laisser quelques dizaines de minutes à Adrijana pour fouiller l'étage de fond en comble. Il conseilla à la mère de prendre son temps, l'assurant de toute sa sympathie dans une épreuve aussi dure.

— On m'a dit qu'elle travaillait dans le numérique, mais je ne savais pas que c'était pour une entreprise aussi prestigieuse que Google.

— Elle a bien réussi sa vie… commença madame von Haselbohm, ne pouvant achever sa phrase que d'un geste qui désignait l'appartement, le mobilier, les nombreux tableaux aux murs.

— Je crois qu'elle n'était pas mariée…

— Non. Hélas. Comme son frère qui vit au Canada. On dirait qu'ils ne veulent pas me donner de petits-enfants, dit-elle avant de retenir un sanglot pour cet emploi malheureux du présent. À Dresde, elle avait une relation avec un homme très bien, un collègue de travail. Elle ne l'a pas dit, mais je crois avoir compris qu'elle en était follement amoureuse.

— Nous n'avons pas prévenu ce monsieur, dit Thomas dont le cœur s'était accéléré. Vous connaissez son nom ? Son adresse ?

— Ni son nom, ni son adresse. Ma fille était plutôt avare

de confidences sur sa vie intime. Si vous le trouvez, soyez délicat avec lui quand vous le préviendrez.

— Vous n'avez pas de photo de lui ?

— Non, désolée.

— Nous pouvons également nous charger d'informer les amis de votre fille. Ça vous soulagerait.

— Ses amis d'enfance à Berlin, elle ne les fréquentait plus. Sauf peut-être Sarah. Sarah Spielvogel. Elle m'en parlait parfois, mais moi je ne l'ai plus vue depuis au moins dix ans. Je ne peux pas vous dire où elle vit aujourd'hui. Barbara est partie à Düsseldorf après ses études. Je ne sais pas qui elle fréquentait là-bas. Ni à Dresde. Lorsque Google a annoncé la construction d'un grand centre à Tempelhof, je m'attendais à ce qu'elle revienne. Mais vous connaissez l'histoire, la gauche et les Verts s'y sont opposés. J'espérais encore ces temps-ci, puisque Google vient d'ouvrir son nouveau siège à Mitte, mais maintenant…

La mère pinça les lèvres, restant un moment sans parler.

— Elle avait un poste élevé chez Google ?

— Oui, mais je n'y comprends rien dans ce domaine. Son père aurait pu vous dire, mais il est décédé il y a huit ans.

La conversation continua encore sans que Thomas n'apprenne rien d'intéressant pour l'enquête. Adrijana les rejoignit et ils laissèrent la dame fermer l'appartement. Thomas avait pris soin d'emporter le verre dans lequel la mère avait bu.

— Pour sa mère, Barbara travaillait encore à Google, elle ne lui a pas dit avoir démissionné.

— Il faudrait faire venir la scientifique, estima Adrijana tout occupée par ce qu'elle venait de voir, mais on va avoir du mal à convaincre le juge. Il y a une bouteille de lait entamée et le réfrigérateur est assez bien approvisionné. Le lait n'a pas tourné. L'appartement a été occupé récemment. Une seule serviette, une seule brosse à dents dans la salle de bain. Et les clefs d'une Mercedes, il faudra vérifier dans le parking de l'immeuble. À part ça rien, pas de téléphone, pas d'ordinateur, pas même l'acte de propriété du domicile, c'est étrange.

— D'autant que, quand nous avons perquisitionné son appartement à Dresde, il était complètement vide. Elle a sans doute une planque ailleurs…

— Peut-être. Je n'arrive pas à croire qu'elle ait pu vivre ici en étant recherchée. Il faut vérifier auprès de nos collègues allemands s'ils avaient bien inspecté cet appartement, et s'ils ont rendu visite à sa mère. Il faut également faire une enquête de voisinage, y compris chez les commerçants et les restaurateurs sur un périmètre large. Mets les agents qu'il faut, moi ce week-end je pars à Cologne.

Thomas Wintersee n'eut pas besoin d'attendre la fin du week-end. Dès le vendredi, les quatre agents qu'il avait mobilisés lui avaient rapporté les renseignements demandés. Il put les communiquer par téléphone à Adrijana qui était déjà dans le train. Pendant la période de confinement, la police berlinoise avait été mobilisée sur de nombreuses missions inhabituelles. Les effectifs étaient réduits en raison des maladies, des absences, des parents ayant des enfants à garder ou un conjoint dans le corps médical. Dans ces conditions, les avis de recherche d'Europol, parmi de nombreux autres, avaient été communiqués aux commissariats et aux agents en poste sur la voie publique, mais personne n'avait eu le temps de faire une visite au domicile de Barbara et encore moins d'aller rencontrer madame Haselbohm.

— Le plus intéressant, c'est l'enquête de voisinage. On a de la chance, l'appartement situé en dessous de celui de Barbara est occupé par un ancien magistrat, un octogénaire qui vit seul et a toute sa tête à défaut d'avoir toute son ouïe. Il doit un peu s'ennuyer, ou la vie active lui manque... En tout cas, il sait observer, et écouter malgré sa surdité. Barbara était présente avant le confinement, probablement seule. Sa Mercedes était garée dans le parking souterrain de l'immeuble. Lui qui n'entend jamais le moindre son provenant de l'étage supérieur a nettement perçu des bruits, assez singuliers, dont celui d'une perceuse ou d'un quelconque outil électrique. D'après lui, c'étaient des bruits consécutifs à des travaux sur le plancher, ou sur un objet posé sur le plancher sinon, étant donné sa perte auditive, il ne les aurait pas entendus. Pendant le confinement, Barbara a été absente, pas de Mercedes au parking. Elle est revenue voici deux semaines. Sans rien de particulier jusqu'à la veille de sa disparition. Ce jour-là, elle a eu de la visite, a mis le son de la musique assez fort pour que son voisin l'entende, ce qui ne s'était jamais produit. La Mercedes est encore au parking. Nous l'avons fouillée, rien à signaler.

— C'est une aubaine, ce voisin. Nous avons presque son emploi du temps. Reste à savoir où elle s'est réfugiée pendant le confinement.

— Attends, ce n'est pas tout. Une autre voisine l'a croisée dans le parking, il y a deux semaines, donc lorsqu'elle est revenue vivre là. Elle avait fait des courses « comme s'ils étaient dix à vivre chez elle », a-t-elle déclaré. Elle était seule, on peut donc en déduire qu'elle n'avait aucune intention de mettre le nez dehors pendant plusieurs jours, ce que confirment les commerçants qui, pour ceux chez qui elle se servait, ne l'avaient pas vue depuis des mois. La même voisine confirme également l'avoir aperçue deux ou trois fois partir de chez elle en tenue de sport pour faire son jogging.

— De qui se cachait-elle ? A priori, il n'y a aucune raison pour qu'elle ait eu connaissance de notre avis de recherche, remarqua Adrijana. Ce n'est pas à exclure, mais il semble plus vraisemblable qu'elle se soit sentie menacée. Peut-être était-elle informée des décès suspects de Mattheus et Gert. Mais pourquoi alors se planquer à son domicile ? C'est absurde !

— Je n'ai pas fini. Elle a fait au moins une exception à sa retraite. Le patron du restaurant de produits de la mer qui se trouve sur le Ku'damm au croisement avec la Uhland Strasse, à trois cents mètres de chez elle, l'a accueillie un soir de la semaine passée. Elle est venue seule, mais elle attendait un convive. Ils ont mangé rapidement et sont sortis ensemble après avoir payé en liquide. On tente un portrait-robot.

— Félicite l'équipe. Ça, c'est un renseignement important. Je préviens Deniz et le service juridique de La Haye.

— Tu veux faire une perquisition au domicile de Barbara ?

— Pas seulement, on va employer les grands moyens. Il nous faut l'identité de toutes les personnes qui ont payé en carte de crédit à ce restaurant ce soir-là. Leur témoignage peut révéler des choses. Et pour son téléphone ?

— Rien pour le moment. Comme on ne l'a pas trouvé, il faut attendre un relevé avec mention des bornes relais que nous transmettra l'opérateur à partir du numéro fourni par sa mère. Mais, si elle se savait recherchée, par nous ou par d'autres, elle n'a pas dû s'en servir beaucoup.

Adrijana ne reprit pas le roman qu'elle était en train de lire au moment où Thomas l'avait appelée. Elle se contenta de regarder le paysage, toujours splendide en cette saison. Et elle sourit. Elle faisait quand même un beau métier.

Revoir ses parents et sa ville fut un condensé d'émotions. Comme toujours, ils restèrent discrets, comme toujours ils l'accueillirent comme une princesse. Le samedi après-midi, elle gagna le centre de Cologne qu'il lui semblait ne plus avoir parcouru depuis son départ pour l'université. La cathédrale gothique s'élevait toujours aussi imposante au-dessus du Rhin, la place était envahie par les visiteurs du musée Ludwig attirés par sa belle collection d'œuvres de Picasso. Quelque chose de profond en elle vint soudainement submerger cette vision touristique. Elle ne s'attendait pas à ce que le parvis du Dom convoque des souvenirs si puissants, faisant remonter à la surface l'image du jeune Français qu'elle avait connu lors de vacances en Bavière, elle avait à peine quatorze ans. Avec lui elle avait entretenu pendant trois années une correspondance régulière qui n'était pas étrangère à la personne qu'elle était aujourd'hui. L'été suivant son *Abi*, alors que lui venait de passer son bac, c'est sur cette place qu'ils s'étaient donné rendez-vous après tant de mois sans se voir. Elle l'avait aperçu de loin, courant à sa rencontre pour sauter dans ses bras. Depuis ce temps, on avait changé de siècle, de mœurs, de douleurs, de bonheurs. La violence avait gagné la vie, et singulièrement cette place du Dom, Adrijana était en charge de la réprimer avec parfois l'impression de bourrer les fissures de morceaux de papier quand la maison était en train de s'enfoncer dans l'eau. La pandémie n'avait fait qu'accroître ce sentiment d'incertitude, d'insécurité, qui collait au pas même du passant, et à toute discussion, laissant place à l'idée qu'un régime fort, replié sur la nation, s'imposait. Des larmes mouillèrent ses yeux, elle crut revoir ces deux adolescents courant l'un vers l'autre, insouciants, heureux, prêts à conquérir un monde ouvert. Deniz choisit bien sûr ce moment pour l'appeler.

10

HDS

Ils étaient efficaces, Paula en eut rapidement la preuve. D'une part, les ravisseurs avaient laissé tomber après qu'elle leur eut avoué n'avoir obtenu aucun renseignement sur des comptes de Mattheus aux Caïmans, et Gerhardt l'assura qu'elle ne serait plus ennuyée par ces hommes de main de Janov. D'autre part, le patron du groupe au Parlement européen, qui la considérait comme la dernière roue de la charrette et semblait découvrir que la Slovaquie faisait partie de la zone euro, lui proposa, lors de la répartition des charges, un poste au conseil d'administration du bureau de représentation publique que l'Union possédait à Berlin, sur Unter den Linden. Pas beaucoup de travail mais autant de déplacements dans la capitale allemande qu'elle le souhaiterait, aux frais de l'Europe. C'est bien ce qu'ils lui avaient promis.

Elle comptait en remercier Gerhardt dès son arrivée à Tegel, mais désormais les rencontres devaient se faire dans des lieux moins fréquentés qu'un aéroport.

— À votre siège alors ?

Gerhardt n'était pas tombé dans le piège, répondant seulement qu'il lui communiquerait dans l'après-midi le lieu du dîner.

Le taxi passa par l'Alexanderplatz, la fameuse Alex, qu'elle trouva très disparate avec son château des rois de Prusse nouvellement reconstruit, l'hôtel de ville aux briques rouges, la Fernsehturm, le siège du quotidien *Berliner Zeitung* et les barres de logement années RDA. Le taxi s'arrêta bientôt dans une avenue qui se terminait par le bâtiment de la Volksbühne, le théâtre du peuple. Gerhardt était assis au fond du restaurant, mais il n'était pas seul. Il ne l'avait pas informée qu'une rencontre devait avoir lieu, et cette façon de disposer d'elle et de son emploi du temps l'horripila. L'invité avait environ son âge et son élégance était manifeste, de celle qui demande du goût, du temps et de l'argent. Il s'appelait Pietro Ferreri, italien comme le confirmèrent son accent et des mains qui ne pouvaient rester tranquilles. Gerhardt la présenta sous son nom de famille, restant donc le seul convive dont le patronyme était inconnu. Elle faillit le lui faire remarquer mais, comme d'habitude, il ne répondrait pas et risquait de se lasser de ses questions indiscrètes.

— Pietro est un des plus brillants penseurs de notre famille politique. Brillant, novateur, et stratège, ajouta Gerhardt. Je pense que vos échanges peuvent être fructueux.

Il n'y eut pas vraiment d'échanges au long de la soirée. Pietro tenait à exposer ses théories et n'entendait pas, pour le moment en tout cas, s'embarrasser d'objections qui seraient autant d'interruptions disharmonieuses dans son discours fleuve. Gerhardt n'avait pas tort, son invité était brillant, cultivé et fin, son analyse historique pertinente. Il pouvait aussi bien encenser Nietzsche pour avoir porté un coup fatal à l'académisme rabougri de la bourgeoisie industrielle, Gramsci pour son fabuleux primat de la révolution culturelle, que les démonter, le premier pour n'avoir pas saisi le rôle social des religions, le second pour s'être enfermé dans un marxisme improductif. Il évoqua l'importance politique du cinéma depuis Goebbels, que par ailleurs il détestait comme tous ces nazis pétris d'aryanisme, et invoqua l'opéra, art total avec Wagner, qui offrait à lui seul une lecture sensible et une lecture sociale de l'humanité. Il sauta ainsi d'un penseur à l'autre, sans pédanterie et avec un enthousiasme dont il se moqua lui-même, pour finir sur des questions de stratégie où Paula se retrouva.

— Les temps sont venus, lança-t-il en empruntant un ton messianique, mais tels les dieux du Walhalla, ils resteront stériles sans notre intervention. Tout, absolument tout, nous le montre. La crise sanitaire que nous vivons est comme un signe pour nous qui avons toujours dénoncé l'épidémie des valeurs multiculturelles corrompant notre civilisation, la dissémination d'agents de l'extérieur infectant subrepticement nos systèmes et la propagation d'infections portées par la mondialisation. Seul l'État-nation est en capacité d'apporter la sécurité qu'appellent citoyens et citoyennes, et personne, dans nos cités, dans nos quartiers, ne s'inquiète que telle ou telle liberté formelle – qui ne protège que le délinquant, le provocateur, le migrant – soit supprimée dans l'intérêt de la protection du collectif. C'est d'ailleurs la voie prise par tous ces gouvernements libéraux chantres de la démocratie, mais ils se sont arrêtés en chemin. Nos vieux intellectuels pétris de 68 n'ont plus rien à dire ou plutôt radotent des analyses marxisantes aussi vivifiantes que des pétales desséchés. L'idée socialiste est morte, et ce qu'il en reste de positif se retrouve chez nous. Des siècles de pensée occidentale ne demandent qu'à être réinterprétés pour nous ouvrir les portes du pouvoir. Ne nous gênons pas, n'ayons pas d'œillères pour emprunter également à l'Asie, à l'Afrique, à la Polynésie. Partout des régimes nationaux forts se sont mis en place, il faut les écouter. Europa, ton tour est venu ! conclut-il, aimable et séduisant.

Gerhardt leva son verre avant d'annoncer son départ, laissant seuls les deux jeunes gens qui devaient avoir beaucoup à se dire. Bien qu'un peu sonnée par ce flot de paroles, et assurée que Pietro résisterait à tout challengeur dans n'importe quel débat, elle ne laissa pas passer l'occasion qui se présentait, et qu'étrangement Gerhardt avait créée, d'en apprendre plus sur l'organisation. C'était peut-être une illusion portée par l'exagération poétique de l'Italien, mais elle se sentait suffisamment de sympathie pour lui pour l'interroger sans détour.

— Je connais depuis peu Gerhardt et je dois avouer que je suis admirative de son efficacité. Et de ses relations, ajouta-t-elle. Mais pourquoi tant de mystères ?

Pour la première fois de la soirée, le sourire de Pietro disparut. Mais Paula n'y crut pas. Il s'attendait à la question, en avait été certainement prévenu, et sa théâtralité n'y résistait pas.

— Des mystères ? Il n'y a aucun mystère. Gardons à ce mot son acception médiévale de recomposition de la Création. Il ne t'a pas échappé – je te tutoie, *scusi* – que nous avons encore quelques batailles à mener qui n'ont rien d'anecdotique. Si, dans un pays, nous gagnons un tiers des sièges de l'Assemblée nationale, les élus des partis décatis viendront nous manger dans la main. Nous sommes presque prêts, il ne nous faudra, une fois au pouvoir, que quelques mois pour nous inscrire dans la durée. Presque prêts, car la première des batailles aura sans doute lieu au sein même de nos mouvements, pour mettre les pendules à l'heure et évacuer sans ménagement les nostalgiques des années 30 et de la colonisation. Comme toute lutte fratricide, elle sera douloureuse. Il faudra en même temps s'assurer un contrôle suffisant des médias pour se faire entendre des masses, mettre au pas la mégalomanie des juges, repenser les politiques éducatives et culturelles, et rassembler au niveau européen tout notre courant de pensée débarrassé de ces vieux nazis. Enfin, il nous faut un appareil populaire assez dense, qui investisse les quartiers par ses œuvres sociales, un parti actif et fidèle qui n'en rapporte qu'à nous. Comment comptes-tu t'y prendre ? demanda-t-il à brûle-pourpoint.

Paula ne s'attendait pas à embrasser d'aussi vastes problématiques et ne put cacher sa satisfaction de trouver enfin un orateur capable d'être concis et efficace. Elle ouvrit la bouche pour lui répondre, mais déjà Pietro avait repris la parole.

— Imagines-tu le niveau de moyens et de logistique dont nous avons besoin maintenant et celui dont nous aurons besoin le moment venu ? Et comment faire, puisque la puissance d'État est entre d'autres mains ? Qu'importent leurs noms, qu'importe leur action, l'organisation n'est qu'un outil transitoire. Mais indispensable.

— Excuse ma méfiance, reprit Paula vexée d'être une fois de plus renvoyée dans les cordes, quand j'ignore qui est à la tête d'une structure, je reste sur mes gardes. Le passé récent m'a donné raison. Pour toi, c'est différent, tu as accès aux dieux, ironisa-t-elle.

— Personne n'a accès aux dieux, ils sont par nature insaisissables. Et semblables à l'image singulière que chacun s'en fait. Je ne connais même pas le nom de Gerhardt qui, à mon avis, n'est qu'un alias. Quelle importance ? Ils ont mis en place une machine redoutablement bien huilée qui va nous épauler. Le reste, *non importa*. Ils ne veulent ni ne peuvent contrôler notre ascension, juste retirer quelques bénéfices lorsque nous serons aux manettes.

— En politique, je n'ai jamais rencontré de gens désintéressés…

— Tout dépend du montant de ces quelques bénéfices.

~

Elle examina la frimousse espiègle de Lina, sagement assise à la table de la salle à manger et, tout en servant un gâteau au chocolat de sa confection, fit un clin d'œil à son petit-fils adoré. « Merci, Grossmutti, si toi aussi tu t'y mets ! » pensa Tom avant de plonger sa cuillère dans la chair moussue.

— Qu'est-ce que vous avez à toujours me poser des questions sur ce bâtiment ? demanda l'ancienne architecte qui s'amusait de la passion des adolescents pour la Haus der Statistik. Il n'y a jamais eu aucune entrée dans l'aile nord. Elle regroupait, au premier étage, les cuisines, la terrasse d'été et la cantine pour les douze mille employés. Au rez-de-chaussée, toutes les réserves pour la restauration, l'administration, l'entretien. Le deuxième étage accueillait des salons de réception et différentes salles pour les repas de la direction et du ministère. Cette aile avait des sorties de secours à l'est et à l'ouest et une rampe d'accès pour les livraisons, tout cela a été condamné avec le reste du bâtiment. Pour se rendre à la cantine, les employés passaient par la cour intérieure et, dit-elle en levant la main pour calmer l'impatience des deux adolescents, toutes ces ouvertures ont également été condamnées, à l'exception de celle des réserves.

— Il reste une entrée ? s'exclama Tom.

— Évidemment ! Par où veux-tu que passent les équipes de maintenance ? Même s'ils n'ont pour l'instant aucun usage, on ne laisse pas 40 000 mètres carrés de locaux sans un minimum d'entretien, ne serait-ce que pour la sécurité. Il y a un parking dans la cour intérieure à laquelle on accède par le portail qui se trouve au fond de notre allée. Juste avant le bâtiment de l'école d'ingénieurs. Il est surveillé par des caméras et un système informatique auquel je ne comprends rien.

Lina et Tom voyaient très bien de quel portail la grand-mère parlait. Il se situait face à l'immeuble où habitait Sebastian qui, tout le temps que le collège était resté fermé pendant le confinement, avait guetté les lieux de sa fenêtre. Ni lui ni aucun autre membre de la bande n'avaient vu de véhicule se présenter et le portail n'avait jamais bougé.

— Il n'est que rarement ouvert, reprit Grossmutti, il peut l'être pour laisser passer les ambulances, les camions de pompiers ou des livraisons pour l'entretien. Les équipes de maintenance traversent l'école d'ingénieurs dont le hall donne sur la cour intérieure. De mon temps, c'est par là que passaient les cadres de la statistique pour aller donner leurs cours.

— On peut y aller ? demanda ingénument Lina.

— Bien sûr que non ! Ce n'est pas un moulin, c'est une université. L'entrée est réservée aux étudiants et l'accès sur la cour est strictement surveillé par les concierges. Personne ne doit rentrer dans la Haus. Ôtez-vous cette idée de la tête !

~

Le Colonel n'aimait pas les réunions, tout le monde le savait. Il préférait qu'on lui prépare un dossier, qu'on le défende devant lui, puis il faisait part de sa décision. Mais, dans certains cas, il ne pouvait s'en abstenir, raison pour laquelle, sans doute, il était de si mauvaise humeur. En roulant vers le Wannsee où son épouse l'attendait déjà pour fêter leur anniversaire de mariage, Gerhardt se disait que son idée slovaque était pourtant une belle idée. Il se souvenait encore du mépris qu'avait manifesté le Colonel lorsqu'il la lui avait exposée. « La Slovaquie ? Pourquoi pas Malte ou le Liechtenstein tant qu'on y est. »

Mais Gerhardt s'était obstiné, requérant l'appui de Pietro Ferreri qui s'était attelé comme lui à suivre la carrière de Paula. L'historien italien avait le sens de la formule et du tempo. Il avait préparé le rapport, noté les éléments de langage et concocté cette réplique implacable : « À quoi sert une idée, s'il n'y a personne pour l'incarner ? » C'était la meilleure carte à jouer, avait plaidé Gerhardt, regrettant l'emprise trop lâche que l'organisation avait sur ces pays d'Europe centrale où les dirigeants populistes corrompus ne méritaient pas leur confiance. L'Autriche en était un bel exemple, ils avaient dû taper fort pour se débarrasser de ces néonazis encombrants et ils se retrouvaient maintenant avec un parti affaibli. L'ascension de Paula Bokova était certaine. Elle n'était entravée par aucun problème de leadership, le président Slezeck, âgé et malade, la soutenait. Sa belle montée en puissance, en deux années à peine, et l'élimination du très gênant oligarque Ondrej Janov dont on pouvait récupérer une partie du réseau prouvaient ses capacités à atteindre le sommet. « Sa victoire débloquera les esprits et les énergies des pays voisins », avait soutenu Gerhardt.

L'Italien n'avait pas ménagé ses efforts. Durant leur séjour commun à Berlin, il avait rencontré à six reprises la jeune Slovaque, testant son programme, sa détermination, son bagage politique. Il avait visionné les vidéos des discours de Paula dans son pays comme dans l'hémicycle européen. Les débats contradictoires auxquels elle avait pu participer sur les plateaux de télévision avaient, chaque fois, été suivis d'une augmentation de la cote de popularité de son parti. Le coup de pouce, c'était maintenant ou jamais, d'autant que dans le parti slovaque les opportunistes tentaient de prendre le dessus.

Le Colonel n'aimait pas qu'on lui force la main, il était par nature plus féru d'organisation que de femme providentielle, mais comme il refusait toujours de rencontrer l'élue de Bratislava, il ne lui était pas aisé de prendre une décision. Il connaissait depuis longtemps Anton Slezeck, le président du parti de Paula, et l'appréciait assez pour prêter une oreille favorable aux idées de Gerhardt, qui allait dans le même sens, vers la même personne, Paula. Il avait fini par concéder une première ligne budgétaire, mais avait demandé à Gerhardt de veiller à l'élaboration d'une proposition stratégique construite avec l'élue slovaque. « Si elle convient, je la recevrai. »

La mauvaise humeur du patron ne décrut pas pour autant. Une fois la réunion terminée, il avait retenu Gerhardt et appelé Erland. Le Colonel leur avait alors divulgué à tous deux une surprenante nouvelle. Europol venait de mettre le nez dans l'affaire de Zell-am-See. Gerhardt en avait été sidéré et Erland, qui connaissait le moindre détail des suicides, avait calmement lâché « Il n'y a rien à découvrir ». Le Colonel n'était pas pour autant rassuré, circonspect comme toujours face à l'assurance des opérationnels. Europol ne pouvait intervenir sans autorisation du parquet européen. Il y avait forcément une raison à l'enquête. Et si les deux enquêtrices n'avaient rien pu voir sur place, le directeur régional de la police n'avait pu les empêcher de se rendre à la morgue de Salzbourg. Le Colonel n'en savait pas plus, bien que soupçonnant maintenant que l'admission de Milosz dans un hôpital militaire berlinois n'avait pas été le fait de la police allemande – cela lui avait toujours semblé étrange comme procédé – mais certainement d'Europol. Il leur avait enjoint à tous deux d'obtenir, aussi bien à Dresde qu'en Autriche, les déplacements et l'identité des deux enquêtrices. « Du côté de Gênes aussi ? » avait demandé Gerhardt. Le Colonel n'en voyait pas la nécessité.

Gerhardt avait maintenant un souci bien plus grave que la Slovaquie. Le congrès du parti d'extrême droite allemand venait de s'achever sur la victoire de la tendance la plus stupide, celle des néonazis. Ces passionnés de la Grande Allemagne n'avaient aucune chance d'emporter les élections.

Ils n'avaient aucune imagination, aucune idée, basaient toute leur propagande contre l'*Umvolkung*, le remplacement des Blancs par les migrants qui menaçaient le pays. Le même terme qu'employaient les nazis à l'encontre des Juifs. Avec des zigotos de ce genre, la bataille était perdue d'avance. Gerhardt avait en charge le secteur politique, c'est-à-dire les liens avec les organisations amies. C'est à lui que le Colonel tiendrait rigueur de ce revers de taille. Il avait pourtant œuvré pour faire monter des jeunes militants du genre de Paula, instruits, habiles orateurs, partisans d'une Europe des nations. Ils étaient nombreux et bien placés dans le parti, mais ils venaient d'essuyer un échec dont il faudrait quelques années pour se remettre si on laissait les choses filer. La seule stratégie qu'il croyait possible, c'était de conseiller à ses amis d'épouser la thèse de ces minables pour infester la direction de gens à lui. De gens que les autres ne verraient pas venir et qui, une fois le rapport de force établi, renverseraient cette direction nostalgique. Mais combien de temps cela allait-il prendre ?

Assis dans son fauteuil bien assorti au mobilier Biedermeier qu'il affectionnait, il regardait le ciel comme s'il pouvait y trouver une source d'inspiration. En Italie, en France, dans plusieurs pays de l'Est européen, leurs affaires avançaient positivement. L'Espagne n'était pas mal, malgré quelques accents franquistes et une incompréhension du rôle futur des femmes qui le laissaient coi. L'objectif à portée de main en Allemagne était de conquérir quelques Länder pour y prendre appui avant une offensive plus fédérale. Mais ces abrutis aux idées courtes risquaient de tout faire foirer. Il fallait passer au plan B, et cela ne le réjouissait guère car ils allaient devoir se mettre à découvert. Le Colonel avait horreur de ça et n'avaliserait peut-être pas son idée. Mais il aimait trancher, sans scrupule. Et n'était pas homme à trembler lorsque la situation exigeait de taper fort.

11

Deniz

Les voyages entre Berlin, Bruxelles et La Haye réduisirent le temps accordé par Deniz à son domicile parisien où Isabella avait passé deux mois de confinement un peu éprouvants pour une personne habituée à nouer de nouveaux contacts jour après jour. Le commandant ne rentrait plus qu'un week-end sur deux et avait conscience que sa surcharge de travail n'en était pas seule responsable. Pour ce week-end, il avait annoncé à Isabella sa venue dès le jeudi soir. Il savait qu'il ne couperait pas à la discussion tendue qu'il repoussait depuis des semaines. Elle fut aussi émotionnellement détestable qu'il le pressentait. Isabella n'avait pas bataillé sur ses « prétendues infidélités », elle l'avait mis au pied du mur, exigeant une réponse nette après trop de mois de tergiversations. Il avait une fois de plus répondu qu'il n'y avait pas urgence, qu'il était accaparé par son travail et que dans leur situation l'âge n'était pas un problème. Elle ne l'entendait pas de cette oreille.

— Deniz, je veux un enfant ! lui dit-elle droit dans les yeux, les siens étant mouillés de larmes.

La formulation n'appelait aucun commentaire. Il n'était

plus question d'analyser, de soupeser, de monter en gammes dialectiques. Il savait qu'il allait lui faire mal et qu'à moins de revenir sur sa propre décision, il fallait en avoir le courage.

— Isabella, tu le sais, nous en avons cent fois discuté, je suis opposé à une adoption.

Il s'en tint là, nul n'était besoin de développer une fois de plus ses raisons qui ne pouvaient s'opposer à son désir à elle. Son point de vue, pire, cette envie venue du plus profond de soi n'était pas discutable. Cela voulait clairement dire qu'il n'aurait pas d'enfant avec Isabella.

Elle pinça ses lèvres, le regarda avec une tristesse infinie, mais elle retint ses larmes, se leva et gagna leur chambre. Elle en ressortit dix minutes après, un sac de voyage à la main, lui dit simplement « adieu » et s'en alla sans qu'il fît le moindre geste pour la retenir.

Le dimanche, il reçut un texto en réponse au sien, lui précisant qu'elle se portait bien, physiquement parlant. Ce fut tout. Le lundi, il partit pour Bruxelles.

Contrairement à ce qui était prévu, son ami Christophe Bruneschi ne pouvait déjeuner avec lui, il disposait simplement d'une demi-heure pour un apéritif. Il y ajouta un quart d'heure quand Deniz, bien mal en peine, lui raconta son week-end. Comme tous ses amis, le député était gêné chaque fois que se levait une question de couple entre son vieux copain et Isabella. Christophe avoua qu'il avait déjà du mal à appréhender le désir de maternité d'une femme, alors avec Isabella… Deniz s'abstint de réagir à ces propos qui niaient une fois de plus la féminité de sa compagne. Il changea de sujet, il n'était pas venu à Bruxelles pour parler de son couple.

— Tu te doutes qu'en ce moment, élargir les pouvoirs du parquet européen n'est pas le premier de nos soucis, expliqua le député. Tous les services travaillent à la sortie de crise, ça se dispute et ça hurle chaque jour dans tous les sens. Je comprends ton souci, je le comprends totalement car je suis bien d'accord avec toi, la sortie de crise ça veut aussi dire les choix politiques que feront les citoyens. Mais n'attends rien.

— Je ne demande pas grand-chose. Juste quelques aménagements, comme la possibilité pour le parquet européen de procéder à des écoutes téléphoniques sans devoir en référer préalablement aux parquets nationaux.

— Deniz, tu sais que presque tous les pays y sont opposés. Lorsqu'on cherche le compromis sur des questions aussi délicates que le financement de la relance, on ne va pas se créer des difficultés supplémentaires. Débrouille-toi. Personnellement, je pense qu'on pourra te couvrir a posteriori. Mais je ne peux pas te le garantir. En revanche notre affaire en Syrie évolue bien. Je rencontre de plus en plus de députés et de diplomates des États membres qui vont dans notre sens.

Privé de déjeuner, Deniz se retrouva seul dans la capitale belge. Il avait réservé une chambre d'hôtel dans l'idée de passer une soirée avec quelques membres de son réseau pour les convaincre de lui apporter leur aide, mais il comprit que ce n'était pas envisageable. Pour le Parlement comme pour la Commission, l'urgence était ailleurs et l'abandon de compétences nationales sur de tels sujets impensable.

Il arriva donc à Berlin dans la soirée, sans aucune envie de rejoindre le pôle. Il s'offrit une très longue balade de Rosenthaler Platz jusqu'au Tiergarten, en longeant la Spree vers les nouveaux bâtiments du pouvoir allemand, puis rejoignit Unter den Linden jusqu'à la porte de Brandebourg. C'était déjà une belle marche, mais arrivé là, il poursuivit jusqu'à ce bosquet du Tiergarten où Barbara von Haselbohm avait été trouvée morte. Il s'y assit dans le jour finissant et, mélangeant les pensées sur l'enquête et ses soucis personnels, il laissa son esprit vagabonder. La nuit finit par tomber et lui par comprendre comment ils avaient été bernés.

Le lendemain matin, le personnel du pôle était réuni au grand complet à la Kollwitzplatz. Deniz fit part de ses observations nocturnes.

— Autour de l'heure supposée du crime, je suis resté quelques dizaines de minutes près du bosquet. Quand vous voyez le nombre de promeneurs, de joggeurs, de cyclistes qui jaillissent à l'improviste, vous vous dites que le psychopathe a dû être particulièrement maître de lui et particulièrement chanceux pour que personne ne l'ait aperçu. La remarque vaut également s'il s'agit d'une mise en scène opérée par des tueurs voulant imiter un psychopathe et non du crime d'un serial killer. Dans ce bosquet, si près d'un chemin encore fréquenté à cette heure tardive, un homme ne peut pas entraîner une femme de force, deux hommes ou plus ne peuvent pas transporter un corps sans être vus. Sauf si le ou les tueurs ne sont pas passés par les chemins. Car il y a une autre solution, le Neuer See. Si on accoste en barque à dix mètres de là, à la tombée de la nuit, on a peu de chance d'être remarqué. La difficulté c'est de se procurer une barque, puisqu'aucune mise à l'eau n'est possible. Toutes les barques appartiennent au loueur qui se trouve sur l'autre rive.

Cette découverte ne produisit pas sur l'équipe la surprise, et pour tout dire l'admiration, que Deniz escomptait.

— C'est exactement ce que pense la Kommissar Ebstein, expliqua Thomas. L'autopsie n'a pu déterminer le laps de temps exact entre le viol et la strangulation, mais le rapport du légiste, sans être totalement formel, pose que les égratignures ne sont pas dues à la défense de la victime. Il penche plutôt pour un corps déjà mort volontairement traîné à travers les buissons. Le décès est survenu environ une heure avant que le cadavre ne soit découvert. Le ruban adhésif a certainement été posé post-mortem sur la bouche de Barbara. Assez d'éléments pour que Cornelia Ebstein ait demandé à la scientifique d'examiner hier les barques. Toutes celles voguant ce soir-là sur le petit lac ont été dûment louées. Pas de vol donc. La Kommissar a poussé l'enquête jusqu'à faire effectuer des relevés d'empreintes ADN sur la vingtaine d'embarcations. La tâche est délicate, d'autant que le loueur les a passées au jet d'eau plusieurs fois depuis le jour du meurtre. Mais aucun moyen n'est excessif pour coincer celui qu'elle pense toujours être le monstre du Tiergarten. Nous aurons les résultats en début de semaine prochaine.

— C'est effectivement une sacrée débauche de moyens, remarqua Deniz, amer, qui en tenait toujours pour une exécution décidée par l'organisation.

Les faits rapportés par Adrijana sur l'enquête de voisinage de l'appartement de Barbara ne contredisaient en rien son hypothèse. Mais faute de mandat de perquisition, que le juge n'était pour l'instant pas disposé à délivrer, on en restait au point mort. De même pour l'identification de l'Inconnue du lac : Elsa Minetti, qui avait pris en charge ce volet de l'enquête, n'avait reçu aucune réaction des polices nationales après diffusion du portrait. L'équipe d'Europol ne chômait pas pour autant. Adrijana avait demandé que l'on se procure tous les éléments possibles sur la vie de Gert Schumacher et de Barbara von Haselbohm. Une enquête parallèle, coordonnée de La Haye par Dragan Stankovic, visait à recenser toutes les plaintes déposées dans l'espace européen pour des piratages de sites administratifs ou des escroqueries aux billetteries en ligne, bien que celles-ci aient dû cesser depuis que les différents confinements empêchaient la tenue de manifestations de toute nature. Un travail énorme et fastidieux, commencé des semaines plus tôt, pour lequel Dragan avait déjà préparé des grilles de lecture informatique, situant temporellement, localement et financièrement les arnaques et les mots-clefs des plaintes afin de les analyser.

« Ils se jouent encore de nous », songea Deniz une fois la réunion terminée. Cela n'arrangea pas son humeur qui, pour des raisons extérieures au service, était déjà au plus bas. Une rage soudaine le saisit. Il ne pouvait rester comme ça, l'arme au pied. Il attira Adrijana dans une petite salle de réunion. La nouvelle commandante fronça les sourcils lorsque son patron demanda également à Boris de les rejoindre. Elle se doutait bien que Deniz ne convoquait pas le « plombier » du groupe pour avoir son avis sur un sujet délicat.

— Cette conversation doit rester entre nous trois, précisa le commandant en préambule. Si cela s'avérait un jour nécessaire, mais je n'en vois pas la raison, j'assumerais l'entière responsabilité de l'ordre que je vais vous donner.

L'entrée en matière plut sans doute à Boris qui se trouvait un peu sous-employé ces derniers temps. Adrijana en revanche ne s'en réjouit nullement. Ses sourcils se froncèrent plus encore dans l'attente de l'ordre qu'elle redoutait.

— Vous allez retourner dans l'appartement de Barbara. Boris, préparez un matériel adéquat qui vous permette de sonder les planchers, les murs, les plafonds. Et d'ouvrir une planque le cas échéant en ayant le souci de remettre tout en place comme si vous n'étiez pas passés. Personne ne doit soupçonner votre présence, pas même le voisin du dessous. Faites ça la nuit sans laisser la moindre trace.

Le commandant, sûr de Boris, planta son regard dans celui d'Adrijana. Elle réfléchissait, c'était évident. Deniz attendit sans prendre la peine de lui servir une argumentation sur la dangerosité de l'organisation et sur l'inégalité des moyens à disposition. Avec elle, c'eût été inutile.

— Pour une fois. Une seule fois, concéda-t-elle en s'en allant sans tenter de masquer son irritation.

Deniz quitta tôt la Kollwitzplatz, déprimé. Il marcha jusqu'à son hôtel, ruminant ces échecs qui le minaient. À quoi ressemblait sa vie maintenant ? Ses différentes tentatives pour joindre Isabella au téléphone avaient été infructueuses, elle ne lui répondait pas mais faisait suivre ses appels d'un texto, toujours le même « Je me porte bien, je n'ai pas envie de te parler ». Eût-elle décroché, il n'aurait su quoi lui dire. Qu'il voulait parler, qu'il ne souhaitait pas qu'ils se disputent, qu'il voulait la voir ? Il n'osait prononcer le mot qui lui hantait l'esprit, leur séparation. Ni elle ni lui ne l'avaient évoquée. Mais il la redoutait et, plus le temps passait, plus cela lui semblait une évidence. Le départ d'Isabella signifiait une rupture. Une rupture absurde. Ils s'aimaient, ils étaient ensemble depuis huit ans, un différend ne pouvait les séparer. Ce mot la ferait bondir. Pour elle, il ne s'agissait pas d'une appréciation différente, mais d'un avenir différent. Un avenir avec ou sans enfant. Il n'osait pas, il n'oserait jamais lui dire ce qu'il pensait vraiment. Dès le jour où ils avaient aménagé ensemble, il avait fait une croix sur son désir d'enfant. Un enfant de leurs sangs, il aurait assisté à sa naissance, il l'aurait élevé avec joie et responsabilité dès le premier jour. Il lui aurait fait un frère ou une sœur. Ç'avait été une décision difficile pour lui.

Son travail lui semblait parfois encombrant au regard de sa situation intime. D'autant que de celui-ci aussi, il doutait. À chaque élection dans la vieille Europe, les populistes et les nationalistes emportaient de nouvelles villes, de nouvelles régions, de nouvelles places au gouvernement. Les peuples semblaient charmés par ces vieilles sirènes qui n'avaient apporté par le passé que ruines et désolation. Comme les dictateurs du XXe siècle, les candidats aux élections pouvaient multiplier les mensonges et les dénonciations diffamatoires sans s'attirer l'opprobre public. Et lui se battait sur un front partiel et incertain, les élus et dirigeants européens oubliaient le danger sitôt l'élection passée, après en avoir largement abusé dans des jeux discutables pour se faire élire. Ils pensaient s'accommoder des extrémistes en lâchant quelques miettes à leurs électorats. C'était encore et toujours la vieille stratégie de von Papen recommandant à Hindenburg la nomination d'un Hitler qu'il croyait contrôler. L'histoire avait pourtant toujours montré que, dans ce type d'alliance, la droite traditionnelle se faisait manger tout cru.

Sa discussion avec Christophe Bruneschi, son ami le plus

cher, ne l'avait pas rassuré. Comme celle avec Adrijana. Deniz, qui proclamait que jamais la fin ne justifiait les moyens, Deniz, qui enseignait qu'une démocratie contrevenant à ses propres principes pour combattre ses ennemis était une démocratie déjà sur le déclin, Deniz avait enjoint à ses subordonnés d'employer des moyens illégaux. Elsa, qu'il avait eue au téléphone, ne lui avait pas remonté le moral. Son département avait perdu de l'importance depuis que les terroristes de l'État islamique avaient cessé leurs projets d'attentat. Elle lui avait dit s'ennuyer et envisager de demander la fin de son détachement à Europol pour regagner son Italie natale. Cela lui avait fait un coup.

Il traversa la Rosenthaler Platz sans s'arrêter à son hôtel et se dirigea, comme la veille, vers la Spree et le Tiergarten. Est-ce qu'il n'avait pas déjà perdu la bataille de l'avenir? Est-ce que toute cette lutte contre l'organisation anonyme, invisible, n'était pas d'ores et déjà vouée à l'échec? Est-ce qu'il ne serait pas plus sage de rentrer à Paris, d'accepter d'adopter un enfant avec Isabella et de lutter avec lui, dès son plus jeune âge, contre tous les sarcasmes et les humiliations que cet être innocent devrait subir dès son entrée en maternelle sous prétexte qu'il avait des parents différents des autres? Les questions tournaient dans sa tête inlassablement, sans changer de forme, sans qu'il cherche des réponses. Il passa tête baissée devant le Reichstag comme si Hitler venait d'y être nommé chancelier, traversa la place de la Colonne de la victoire comme si Bismarck le narguait. Sur la passerelle du Landwehrkanal, il hésita à descendre une fois de plus voir la plaque rendant hommage à Karl Liebknecht et Rosa Luxemburg. Mais il le fit. Il pensa à cette femme qui s'était battue contre la guerre, s'était opposée à Lénine et Radek sur la dictature du prolétariat. Tout cela semblait pourtant aussi lointain que le Moyen Âge. Il imagina ce que son grand-père lui aurait dit, lui qui pensait permanente la bataille contre la bête immonde. Jusqu'à l'obsession. Il était trop déprimé pour imaginer prendre une décision et préféra rentrer à son hôtel, sans même songer à déguster une *Weisswurst* sur les berges du Neuer See.

Après sa douche, une serviette de bain autour de la taille, il écarta le rideau de sa chambre pour voir d'où venait ce chahut perceptible malgré les doubles fenêtres de l'hôtel. Un chantier venait de s'ouvrir sur la Rosenthaler Platz, près de la voie de tramway. Il se pressa, il avait juste dix minutes pour prendre son petit déjeuner s'il voulait arriver à temps à la visioconférence. Adrijana était déjà dans les locaux et croisa les doigts bien haut lorsqu'il s'engouffra à toute vitesse dans la salle insonorisée. Il la remercia d'un signe de tête, et salua la juge Manon Dufresne qui, de Luxembourg, l'attendait sur l'écran.

La magistrate était une Européenne convaincue qui se battait bec et ongles pour défendre ses prérogatives face aux parquets nationaux. Mais le nouveau pôle n'avait pas grand-chose à lui offrir sur l'enquête ouverte contre X pour association de malfaiteurs à caractère terroriste, détournements de fonds, cyberattaque de sites, diffamation et homicide. L'instruction terminée, l'assassinat de Maryam Binebine relevait maintenant des tribunaux français et, pour l'instant, ceux de Gert, de son amie et de Barbara ne présentaient pas l'ombre d'un indice justifiant l'enquête. La juge écouta les arguments de Deniz sans donner suite.

— Monsieur le directeur, vous comprenez bien que je ne peux imposer au juge allemand travaillant sur le crime d'un psychopathe, ou à la juge autrichienne qui a clos son enquête, une instruction européenne que rien ne vient soutenir. L'appartenance à la Fabrique de Dresde et la coïncidence des décès ne sont pas des arguments suffisants pour autoriser l'ouverture d'une instruction.

Ce qui voulait dire pas de perquisitions, pas d'autopsie de l'Inconnue du lac et bien sûr pas d'écoutes puisque celles-ci étaient hors de ses compétences. La juge lui avait même refusé l'identification des propriétaires de cartes de crédit du restaurant où Barbara avait été vue en public pour la dernière fois. L'instruction ne contenait plus que les délits financiers démontrés par la clef numérique fournie par Milosz. Quant au meurtre de celui-ci, les trois auteurs reconnus étant décédés, le dossier n'allait pas tarder à être clos.

— Il ne nous reste plus qu'à faire les cartons, conclut Adrijana, pessimiste, lorsque Deniz lui raconta la réunion.

— Le pôle a un budget pour un an, et donc on continue, rectifia Deniz, même si, sans instruction européenne, nous sommes limités dans nos actions.

Dans l'avion, il eut tout le temps de réfléchir et atterrit à Roissy dans un état mental assez confus. Ni sa vie personnelle ni sa vie professionnelle, même si du côté syrien les choses avançaient positivement, ne le satisfaisaient. Quant à l'enquête du pôle, c'était un peu la bérézina. Il sentait que les terroristes construisaient efficacement leurs projets et, se jouant des règlements et des lois imposés au pôle, se ménageaient toujours un temps d'avance ponctué par un doigt d'honneur pour le narguer. Il savait l'obstination de magistrats comme Nicola Gratteri, Giovanni Falcone ou Paolo Borsellino qui avaient su patienter et travailler méticuleusement des années durant, malgré les rebuffades et l'adversité, avant de pouvoir mener au banc des accusés des centaines de malfrats avec leurs chefs, portant des coups décisifs à la 'Ndrangheta calabraise et à la Cosa nostra sicilienne. Malgré sa complicité avec la juge, sa mission n'était pas comparable. Il avait fallu plus d'un siècle à ces mafias pour construire leur gigantesque réseau devenu si menaçant, si manifestement un État parallèle, que les citoyens, jadis indifférents et parfois complices, ne pouvaient plus aujourd'hui les supporter. Ce qu'il avait à combattre lui, qui n'était pas magistrat, n'était pas un État secret mais les marges de l'État réel que la démocratie autorisait. Que les prétentions organiques de ces mouvements extrémistes soient d'accaparer l'État à leur seul profit ne relevait en rien de ses compétences, sauf à prouver qu'ils versaient dans le terrorisme pour parvenir à leurs fins. C'est bien là qu'était son échec car, s'il restait persuadé que l'organisation ne mobilisait pas les moyens qu'il pressentait sans avoir de grands objectifs, elle restait assez maline pour couper le cordon lorsqu'une branche à la Janov versait ouvertement dans la délinquance, et continuait pendant ce temps à grossir dans l'ombre. Pour que son travail soit soutenu et avalisé par les institutions et les citoyens, il fallait à Europol bien plus de faits qu'une banale corruption ou un détournement de fonds entraînant des règlements de compte internes. Même ces faits-là, Deniz ne parvenait pas à les prouver, et il craignait de ne pas avoir la détermination d'un Falcone. Pour la première fois, il eut un doute. Peut-être que cette mission était trop large pour ses épaules.

Ce soir, il était fatigué, un brin déprimé, et son retour à l'appartement vide mais saturé du souvenir d'Isabella n'arrangea pas son humeur. Ses chers cigares cubains n'y purent rien, sa nuit fut agitée, son sommeil délité jusqu'à l'insomnie. Il s'endormit lourdement à 7 heures du matin. Heureusement, c'était samedi. Il avait réglé son réveil sur 9 heures. En consultant l'écran, il se souvint qu'il avait rendez-vous avec la Nonne.

L'image assez ancienne – bientôt vingt ans, se désola-t-il – qu'il avait d'Alice Barrio-Alcon le fit opter pour un jean, des baskets blanches et un polo sous sa veste bleue. Il aurait été des plus indélicats de lui avouer qu'il craignait de ne pas la reconnaître, mais elle avait habilement pris les devants, précisant dans son texto « mauvais temps, je vais mettre mon imper vert ». L'évocation de cette couleur le fit hésiter dans ses souvenirs. N'était-elle pas plutôt rousse ? S'il se posait toutes ces questions, c'est qu'il ressentait une certaine appréhension à cette rencontre, une appréhension assez inhabituelle chez lui, dont il ne parvenait pas à saisir la teneur. Il arriva légèrement en retard et repéra de loin l'imperméable vert anglais assis à la terrasse du café de la Bastille où ils s'étaient donné rendez-vous. Elle le fixait mais ne manifesta aucun autre signe de reconnaissance. Maintenant lui revenait en mémoire la jeune étudiante rousse, avec ses taches de rousseur et un embonpoint que les vêtements moulants qu'elle portait à l'époque n'entendaient pas dissimuler. Elle ne se leva pas à son arrivée, ce qui plut à Deniz qui avait en horreur de devoir saluer la plus lointaine relation d'une bise sur les joues. Son visage s'était émacié, sans perdre ses fossettes, son regard direct, affirmé et espiègle, était mis en valeur par un chignon dégageant son visage et retenant la lourde chevelure toujours rousse aujourd'hui nuancée de reflets auburn. De ce sourire un brin moqueur, il n'était pas sûr. Il est vrai que le souvenir le plus net qu'il avait d'elle remontait à sa mémorable colère dans le couloir de la Sorbonne.

— Amusante, cette rencontre. Vingt ans après, ça aurait pu n'avoir aucun sens.

— Un sens, je ne sais pas. Une raison, oui, répondit Deniz qui ne voyait pas bien de quoi elle parlait. Tu attendais vraiment mon appel ?

Elle éclata de rire et Deniz se sentit rougir d'être si niais ou si présomptueux. Elle n'avait bien sûr dit cela que pour plaisanter. Il tenta de se rattraper en invoquant les liens qu'elle avait jadis entretenus avec Annick Lebèque, la commissaire française avec qui Europol avait mené l'enquête sur l'assassinat de Maryam Binebine.

— Non, je ne la vois plus. Mais je suis depuis quelque temps en contact avec ton ami Christophe Bruneschi qui donne lui aussi des cours à Sciences Po.

— Un contact professionnel ? demanda Deniz qui connaissait déjà la réponse.

— Non, pas que, malgré nos divergences… disons d'ambition. Mais sa conversation n'est pas inintéressante. Notamment sur le sujet qui motive notre rendez-vous. N'est-ce pas ?

— Il t'en a parlé… l'extrême droite. Il a dû te dire que je dirige le département de lutte contre le terrorisme d'Europol.

— Le terrorisme islamiste.

— Pas seulement. Tous les terrorismes, et quelques attentats récents dus à des néonazis m'ont plongé dans la question, lâcha-t-il très vite pour entrer dans le vif du sujet.

— Je ne savais pas qu'Europol s'y intéressait. C'est bien.

Voilà, on y était, la Nonne recommençait à distribuer les bons points, à dire le bien et le mal, ce qui l'avait horripilé jadis et l'horripilait encore.

— Ni bien, ni mal. S'il y a violation du droit, la police enquête, c'est tout, ne put-il s'empêcher de lui répondre en contenant son irritation. Christophe m'a assuré que tu pourrais m'éclairer sur l'actualité de cette… confrérie.

Un sourire, qui lui sembla railleur, étira les longues lèvres maquillées d'un rose tendre. Railleur, mais en même temps doux et ouvert comme l'était toute l'expression de son visage.

— Je travaille exclusivement sur l'extrême droite européenne, c'est déjà un domaine de recherche assez étendu. Que veux-tu savoir au juste qu'Europol ne sait pas ?

— Europol ne s'intéresse qu'aux délits, se défendit Deniz, ce n'est pas une police politique. Ma connaissance des nuances et tactiques politiques de ce microcosme ne dépasse guère ce que je peux en lire dans les journaux. Et donc, j'ai toujours un temps de retard. Je t'avoue de plus que les querelles entre néonazis, fascistes, nationalistes et populistes ne me passionnent guère.

— Il y a une myriade de groupuscules, plus ou moins organisés, plus ou moins violents, tournant souvent autour de slogans, sans analyse de la société ni programme politique. Parfois dans des corporations spécifiques, comme cette unité d'élite de la Bundeswehr, qui vient d'être dissoute. Ils se retrouvent quasiment tous sur trois mots d'ordre simplistes : la mondialisation a privé la nation de sa souveraineté, l'immigration qu'ils appellent islamiste ou musulmane l'a privée de ses valeurs chrétiennes, la solution, c'est un État fort, une souveraineté retrouvée, les valeurs anciennes réaffirmées. Les partis politiques qui sont sortis de ce cocon dans les années 80 ne diffèrent guère, si ce n'est qu'ils visent la prise de pouvoir par les élections et sont donc contraints à quelques précautions et ellipses pour conquérir un suffrage populaire, ce qui les oblige également à des inclinations sociales, comme défendre la production locale, mais sans jamais se couper d'élites étatiques et financières que forment souvent leurs rares conseillers et financeurs.

— Tout cela, je le sais. Ce que je ne mesure pas, ce sont les tendances qui s'affrontent dans les partis qui se présentent aux élections.

— N'oublie pas qu'entre groupuscules et partis, les frontières restent perméables. Ils fonctionnent tous par slogans, pas par programme. Pour les tendances dans les partis reconnus, il y en a principalement deux. Elles s'organisent sur la stratégie de prise du pouvoir entre les nostalgiques des dictatures du XXe siècle, et les « modernes » qui ne veulent pas assumer le poids trop lourd du passé, le colonialisme, et préfèrent jouer sur la corde sociale, genre « avec nous, les usines seraient dans le pays et vos enfants auraient du travail ». Cette tendance reste très prudente avec l'idée du grand remplacement, même si, loin des micros, face aux plus énervés de ses partisans, elle juge bon de ne pas la condamner. Si ses membres arrivent à conquérir des régions ou à participer à des gouvernements, ils peuvent être très accommodants avec la gestion des affaires publiques. Cela ne les intéresse pas, même au gouvernement, ils restent en campagne électorale permanente car leur objectif, c'est tout le pouvoir. Trump élu a gardé la manie des meetings. Les Italiens viennent aussi de connaître ça. C'est qu'une des caractéristiques de l'extrême droite est d'avoir un chef et un seul, un leader charismatique qui entretient un lien direct, quasi charnel, avec ses électeurs.

— Je sais aussi cela. Mais les luttes fratricides, ça peut prendre quelle forme, aller jusqu'à quels excès ?

— Dans notre monde ultramédiatisé, personne ne s'amuse à franchir ouvertement la ligne rouge. Pas du moins tant que la presse est indépendante et fait son boulot. Les batailles internes ont lieu dans les congrès, mais ce n'est pas nouveau, Mussolini a su écarter tous les prétendants pour devenir l'unique Duce. Dans les groupuscules, il peut y avoir des passages à tabac, des règlements de compte musclés, des pratiques d'intimidation. Pourquoi ces questions ? Monsieur l'inspecteur en chef peut-il être plus précis ? Sans rien révéler de ses enquêtes, bien sûr…

— Comment se financent-ils ? rétorqua Deniz qui n'entendait pas satisfaire la curiosité d'Alice.

— C'est très variable. S'ils réalisent des scores électoraux honorables, ils reçoivent des contributions de l'État. En Allemagne, il suffit de faire plus de 0,5 % de voix à une élection nationale ou 1 % à une élection locale. Il y a bien sûr les cotisations des membres. Souvent on trouve parmi les sympathisants quelques patrons qui signent des chèques. Il peut aussi y avoir des financements venant de l'étranger, mais c'est interdit dans la plupart des pays européens. Ça n'a pas empêché les Allemands d'y recourir, mais ça a fait un scandale. Comme, en France, les prêts bancaires extra-européens. Ou, aux Pays-Bas, une suspicion de financement russe juste avant le référendum consultatif sur l'accord Europe-Ukraine. En Autriche, le parti d'extrême droite a signé un partenariat en bonne et due forme avec le parti au pouvoir en Russie et a approuvé l'annexion de la Crimée. En Italie, des entrepreneurs réputés soutiennent officiellement le parti. En Slovaquie, je suppose que tu connais l'affaire Janov.

Deniz était déçu, il n'apprenait rien, la presse avait déjà révélé toutes ces informations. Comme si le travail de recherche d'Alice consistait à lire les journaux... Provocateur, il le lui fit remarquer. Il vit d'abord son charmant sourire s'effacer. Un court instant seulement, car elle prit le parti d'en rire.

— Je lis aussi les rapports des services de renseignement, du moins ceux qu'ils rendent publics. Et, comme toi je suppose, j'ai mon réseau d'informatrices et d'informateurs. Des avocats, des associations pour les droits humains, des militants antifascistes, des journalistes...

— Et personne ne t'a parlé de querelles qui auraient mal tourné, de faits de violence ?

Le visage d'Alice retrouva cette expression faite de moquerie et de douceur que Deniz ne comprenait pas.

— C'est toi qui représentes la police... Amusant, non ? Si, j'ai eu connaissance récemment d'une expédition punitive menée par un groupe de policiers en Saxe. Mais je n'ai pu, pour l'instant, vérifier l'information.

— Quel était l'objet du litige ?

— Quelques individus d'un groupuscule qui auraient quitté le mouvement en emportant la caisse, répondit Alice en souriant tendrement.

« Pourquoi pas ? se dit Deniz. Avec un peu de chance... » Il n'avait pas besoin d'Alice pour en savoir plus. Adrijana lui trouverait certainement le détail de l'agression, si agression il y avait eu. Il cessa donc de questionner son interlocutrice bien qu'une question le travaillât : se moquait-elle ou se réjouissait-elle de leur rencontre pour afficher une expression qu'il jugeait contradictoire ?

— J'ai répondu à tes attentes ?

— Pleinement, mentit Deniz. Tu as une vision globale qui me manquait. À dans vingt ans alors...

— Tu plaisantes ? J'ai enfin une source policière de haut niveau, je ne vais pas la lâcher comme ça.

— Tu sais bien que je ne peux rien dire.

— Oh mais si. Tu peux me faire part de tes analyses qui doivent être toujours aussi brillantes. Nous étions quelques-uns, à l'époque, à assister aux réunions juste pour t'entendre. Je pensais même que tu finirais enseignant à la fac...

— Ma mère aussi. Je l'ai profondément déçue, lâcha Deniz.

— Moi, tu ne me déçois pas. Au contraire, tu m'as surprise. Tu prendras bien le temps de me raconter comment tu es devenu policier...

Il acquiesça mollement d'un signe de tête, ne sachant comment prendre ce qui ressemblait à un compliment. Et ne put échapper à la bise d'adieu.

12

Lenka

Pour la paie, il n'y avait rien à redire. S'y ajoutait l'appartement de fonction, disponible jusqu'à la fin du bail. Bien plus que Lenka n'avait jamais espéré en quittant sa cité de Bratislava. Mais elle n'était pas sûre que cela dure, malgré la protection évidente d'Adrijana et de Salvère, car elle se sentait peu productive dans son travail. Sitôt rentrée de Salzbourg, elle avait passé en revue les notes, mails et rapports de police de l'enquête parisienne, à la demande de celle qu'elle appelait désormais la commandante tant elle était heureuse de sa promotion. Adrijana espérait qu'elle reconnaîtrait un nom, un lieu, un fait. L'entreprise avait été vaine comme, lui semblait-il, celle à laquelle elle était désormais occupée. Sous la direction de Dragan, elle faisait partie des agents qui s'adonnaient à la collecte de toutes les plaintes pour escroquerie déposées par les billetteries en ligne. On lui avait confié les pays de l'Est et la Biélorussie, pays explicitement évoqués par Gert Schumacher devant Milosz. Pour ces derniers mois, confinement oblige, cela avait été vite fait : rien. Dragan Stankovic l'avait rassurée en lui expliquant l'importance de l'information. Cela signifiait qu'une source de financement s'était tarie, ce n'était pas « rien ». Remontant plus loin dans le temps, elle avait usé de son autorité nouvelle de policière européenne pour appeler les polices, régionales et nationales, et les responsables de sites piratés pour pouvoir entrer scrupuleusement, dans le programme établi par Dragan, la date, le montant, la manière dont le détournement avait été opéré ou la rançon payée. Dans ce dernier cas, elle devait également se procurer les mails échangés, le mode de paiement exigé pour ces *ransomware* ainsi que les clefs fournies par les pirates pour récupérer les données.

Le soir, elle dînait parfois avec Adrijana, parfois avec le jeune et timide Mark, un analyste du pôle qu'elle ne laissait pas indifférent. Ça n'allait pas plus loin, elle n'était nullement disposée à quelque aventure que ce soit, surtout avec un collègue qui pouvait avoir connaissance de son passé. Le plus souvent elle rentrait seule dans ce bel appartement face à la Wasserturm qu'elle ne considérait pas tout à fait comme le sien. Elle saluait dans le miroir de l'entrée Mila Lenika, avec la nouvelle coupe de cheveux et la nouvelle couleur que lui avait conseillées Adrijana. Elle se préparait un apéritif dînatoire, avec olives, concombre, fruits de mer ou fromages et les légumes qu'elle achetait à l'épicier turc voisin dont elle tentait d'apprendre la langue. Puis elle dégustait tout ça, assise dans son Chesterfield chéri. Il lui arrivait de téléphoner à ses parents, mais la plupart du temps, elle se contentait de contempler la tour et d'observer la place redevenue vivante depuis que les restaurants avaient rouvert. Elle avait l'impression que l'évolution s'était opérée malgré elle, ou plus exactement sans que sa volonté y participe. Avant la crise sanitaire, dans la deuxième phase de sa période de surveillance, lorsqu'on l'avait enfin autorisée à regarder par la fenêtre, le monde extérieur ne lui semblait pas réel. On lui aurait annoncé qu'un film se tournait, qu'il n'y avait sur la place que des figurants, elle n'en eût pas été étonnée. Entre sa personne et le monde extérieur, se dressait un écran qu'elle ne souhaitait surtout pas briser. Elle vivait avec son traumatisme soigné par la psychologue, et l'image de Milosz à Dresde. Le confinement avait produit un phénomène inattendu, l'écran s'était peu à peu dissous. Elle s'était retrouvée seule avec elle-même, au début très angoissée par cette absence des autres qui faisait également disparaître Milosz, tous les souvenirs d'avant Berlin. Lorsque le confinement avait pris fin, elle avait mis un certain temps à comprendre son malaise. L'écran n'était plus là, elle était désormais face aux autres, face à la vie, une vie qui l'avait délicatement emportée, les bruits sourds s'étaient faits plus nets, les lumières dessinaient de mieux en mieux les couleurs et les contrastes. Elle regrettait maintenant de ne pas jouir d'un balcon pour apparaître publiquement, signant ainsi son retour parmi les vivants.

Puis, comme souvent dans une enquête lui avait dit Adrijana, tout fut bouleversé du jour au lendemain. Par le plus pur des hasards. Elle partait un matin vers le bureau, s'étonnant de cette façon très policée qu'avaient les candidats aux élections d'agrafer leurs portraits autour des lampadaires publics. Dans son pays, les affiches étaient collées sauvagement sur les murs, transformant la ville en un coloriage en lambeaux à la première pluie. Un visage avait attiré son attention. Il lui disait quelque chose. Ce n'était pourtant pas possible, elle ne connaissait personne à Berlin. À qui ressemblait-il alors, ce candidat du parti d'extrême droite dans un quartier où il n'avait pas beaucoup de chance d'additionner les suffrages ? Elle contourna l'immeuble de la Kollwitzplatz pour entrer par la Sredzkistrasse et, au moment où elle traversait la haie du jardin intérieur la séparant de la cour, cela lui revint.

— Attention Lenka, c'est une information capitale. Tu es certaine que c'est lui ? insista Adrijana.

— Je suis physionomiste, tu le sais. C'est bien Dietrich. Au printemps dernier, je venais de toucher mon salaire de départ d'un magasin de confection qui m'offrait également 50 % sur la collection. Nous étions assis avec Milosz sur un banc de la Terrassenufer, habillés de neuf, casquettes et lunettes noires pour nous protéger du fort soleil. Milosz a désigné un homme qui avançait sur la promenade en me disant de ne pas bouger, on ne pouvait pas le reconnaître habillé comme il l'était. C'était Dietrich qui travaillait avec lui à la Fabrique. Le même homme qui se présente aux élections sous le nom d'Ulrich Roeder.

C'était son vrai nom, Dietrich n'étant qu'un pseudonyme pour la Fabrique. Adrijana n'eut pas beaucoup de recherches à faire pour s'en assurer. Lenka reçut les félicitations enthousiastes de Deniz Salvère, qui lui demanda de brûler les étapes, et la changea de mission. Désormais elle travaillerait avec Mehmet Kemal, un analyste du pôle, pour établir tout le curriculum vitae de Roeder. Lenka n'aurait pas pensé à la première recherche effectuée : Mehmet appela la permanence électorale du parti d'extrême droite, se faisant passer pour un journaliste londonien écrivant un article sur la situation berlinoise. Il voulait s'entretenir avec le candidat, qui ne refusa pas l'aubaine. Âgé de trente-six ans, ingénieur informatique de formation, depuis peu assistant parlementaire d'un député européen de sa mouvance, il avait travaillé ces dernières années à Dresde mais était natif de Berlin et fier de l'être. Il avait répondu aux premiers appels du mouvement des Allemands patriotes contre l'islamisation qui avait réussi des manifestations monstres sur les places publiques de grandes villes, avant de rejoindre le seul parti luttant contre l'*Umvolkung*, le grand remplacement, celui des migrants bouffant jusqu'à son extinction toute la population allemande de souche. Il savait bien que cette élection ne lui apporterait pas la victoire, mais il faudrait désormais compter avec ceux qui disaient tout haut ce que le peuple allemand pensait tout bas, en raison des humiliations subies par les uns après la guerre, par les autres après la chute du Mur, comme si toute la nation devait porter la responsabilité de dirigeants meurtriers. Il n'y avait dans sa voix aucune exaltation, mais il parlait sans s'arrêter. Mehmet sut l'interrompre. Travaillait-il toujours à Dresde ou était-il permanent du parti ? Il eut un temps d'hésitation.

— Je vous l'ai dit, je suis ingénieur informatique. J'ai exercé mon métier avant de me lancer dans la politique.

— Dans quelle entreprise ?

— Google.

Puis il repartit dans son discours. Mehmet inscrivit sur un papier à l'attention de Lenka les deux informations exploitables, sa ville d'origine et Google.

Maintenant, on pouvait tenter de reconstruire le cheminement de Dietrich-Ulrich qui révélerait peut-être d'autres liens avec l'organisation. C'était une piste prise très au sérieux par Adrijana : les policiers avaient à nouveau un contact avec un membre de la Fabrique. Et ils n'allaient pas le lâcher d'un pouce.

Lenka avait appris à faire une filature sur un MOOC de formation continue de la police allemande. Rien à voir avec l'excitation qu'elle ressentait maintenant. Il y avait bien longtemps qu'elle n'avait pas vécu pareille montée d'adrénaline. Le risque était réel, la sanction de l'échec immédiate, l'enquête foutue en l'air si elle échouait. Mehmet Kemal était à ses côtés, et ça la rassurait grandement, même s'il était un peu gringalet. Il y avait là-dedans comme un voyeurisme qu'elle repoussait et une pénétration dans la vie intime, sans que le suspect s'en aperçoive, qui l'attirait. C'était un sentiment étrange.

— Parce que c'est ta première, l'assura Mehmet, après tu te lasses. Surtout si tu planques jusqu'au matin.

Ce soir, ce ne serait pas le cas. Ulrich Roeder venait d'éteindre les lumières de son appartement situé dans le quartier jadis alternatif de Friedrichshain et, si rien ne se passait d'ici une heure, ils lèveraient la surveillance. La camionnette n'était pas très grande, mais elle renfermait une multitude d'outils dont elle avait dû apprendre à se servir, pour capter les sons, les images, les silences, sans jamais approcher de l'appartement. Mehmet eut le temps de lui raconter le chemin qui l'avait mené jusqu'au pôle. Classique, tout l'inverse de celui de Lenka. Diplômé en droit de l'université de Brême, concours réussi dans la police, remarqué par Thomas lorsqu'ils travaillaient ensemble à la préfecture de Berlin. Puis il avait suivi une formation interne d'analyste, ce qui ne le dispensait pas, aux yeux de sa cheffe Adrijana, de filatures sur le terrain.

— La commandante veut une équipe assez polyvalente. Personnellement, ça me convient, lui expliqua Mehmet, tout en se gardant de lui demander son parcours.

Preuve pour Lenka que tout le pôle était au courant.

La campagne électorale n'était pas encore lancée, cela aurait facilité la filature grâce au calendrier public du candidat. Mais elle se préparait, de réunions internes en réunions internes que le couple de policiers avait suivies de loin, perdant leur temps tantôt devant un siège local, tantôt en spectateurs inutiles d'une interminable séance de photos, souvent en regardant Ulrich se restaurer en compagnie de militants. Adrijana les avait dispensés de rechercher l'identité de chacun des participants, l'objectif n'était pas d'établir l'organigramme du parti. La difficulté était qu'ils ne savaient pas exactement ce qu'ils cherchaient. Quelque chose qui rattache Ulrich à la Fabrique de Dresde, quelque chose qui se fasse en secret, ou du moins en coulisse. Lenka pouvait toujours rêver reconnaître quelque chose, Adrijana n'y comptait pas. Au cours de son débriefing, elle avait raconté tout ce qu'elle savait, cherché au plus profond de sa mémoire ses souvenirs de cette époque, il n'y avait sans doute rien que le pôle ignorât. L'identification d'Ulrich était déjà un hasard extraordinaire, personne n'espérait sa répétition.

Ulrich avait une vie assez ordonnée, commençant le matin par déposer ses deux enfants à l'école, avant de retourner travailler à son appartement que sa femme infirmière à l'hôpital quittait avant lui. Ce qui les avait intrigués c'est que son épouse rencontrait souvent dans la rue un homme âgé, vêtu d'un costume strict passé de mode, qu'elle et ses enfants semblaient bien connaître. Le quartier était encore habité par nombre d'immigrés, malgré la gentrification, et cet homme en était un qui passait une partie de son temps dans un café turc de la rue. Mehmet et Lenka s'y rendirent, s'asseyant à une table voisine, mais Mehmet dissuada Lenka de tenter un contact.

— Mais pourquoi ? murmura-t-elle. Il est seul, je suis sûre qu'on peut engager la conversation.

— Il est trop proche de notre cible. Attendons.

— Et notre cible justement ?

— On le laisse filer. Ici, on va en apprendre davantage.

Puis il commanda un *Frühstück* complet, histoire de légitimer leur longue présence et se mit à parler à voix haute de l'appartement que lui et son amie cherchaient à louer dans le coin. Il prit soin de lâcher quelques mots de turc dans ses propos, ça ne pouvait que mettre en confiance, même s'il ne parlait pas assez bien la langue pour conduire une conversation. Le cafetier fut des plus loquaces. Sur les appartements et sur le voisinage. Il leur apprit que le consommateur que Mehmet disait avoir pris pour un agent immobilier était « un homme en or » frappé du plus cruel des sorts. Sa fille, au demeurant très sympathique, était infirmière en Irak, patrie que la famille avait quittée au début de l'offensive des « fous de Dieu ».

— Elle s'est mariée avec un Berlinois, pas le meilleur des Berlinois, un de ceux qui veulent nous mettre dehors. Il est même candidat pour ces néonazis. Qu'est-ce qu'elle fout avec lui ? C'est un de ces mystères de l'amour, conclut avec philosophie le tenancier.

Elle en avait eu deux enfants. Toute la famille Hassan habitait le quartier depuis une dizaine d'années.

— Il ne doit pas trop s'entendre avec la belle-famille… suggéra Lenka.

— Ah, non. La fille et le père ne se rencontrent jamais chez le gendre, toujours dans la rue. Il y a deux ou trois ans, on ne le voyait presque plus, on croyait qu'ils s'étaient séparés. Mais il est revenu. *Inch'Allah.*

L'histoire était pour le moins surprenante et cette « mésalliance » que Lenka condamnait jadis lui rendait aujourd'hui Ulrich plus sympathique. Mehmet lui déconseilla la moindre appréciation, préférant en rester aux faits qui valaient effectivement d'être vérifiés. Quelques renseignements sur la famille Hassan ne seraient pas inutiles. L'analyste n'eut aucun mal à se procurer en trois jours le dossier auprès du service des réfugiés. Le père, Abdul Azziz, était un ancien officier de l'armée de Saddam Hussein. Il avait quitté l'Irak et obtenu le statut de réfugié en Allemagne. Un petit pécule emporté du pays natal avait permis à la famille de s'installer. Le fils, ingénieur dans le pétrole, avait vite trouvé un emploi. La fille, qui n'avait pas pu terminer ses études de médecine, avait passé son diplôme d'infirmière à Berlin. Tous deux faisaient désormais vivre les parents.

13

Adrijana

Lorsqu'il vint lui exposer son plan, avec une sobriété et une netteté peu communes, Adrijana se demanda comment avait été recruté ce technicien qui parlait peu, comprenait du premier coup l'enjeu de sa mission, et la préparait avec une précision rare. Boris ne leur fit pas perdre leur temps en égrenant le détail des repérages qu'il avait dû effectuer ou des problèmes techniques qu'il avait dû résoudre. Il se contenta d'exposer la situation dans laquelle ils allaient se trouver, les risques encourus et les possibles échecs. Exactement ce qu'il fallait à la commandante pour qu'elle se sente en confiance. Car elle n'avait pas le choix.

C'est ainsi qu'à 3 heures du matin, sans qu'elle sache ni ne demande comment, la caméra de surveillance du parking fut neutralisée trois minutes, le temps nécessaire au couple de policiers pour pénétrer dans l'immeuble de Barbara. La porte blindée donnant sur l'ascenseur et la cage d'escalier s'ouvrit comme si Boris rentrait chez lui avec son sac de voyage, et ils grimpèrent prudemment, sans allumer de torche en raison de la présence de vasistas à chaque palier. Une fois dans l'appartement, pas de torche non plus, juste des lampes à faisceaux réduits qui permettaient de lire un document ou d'observer un objet de près. Pour les déplacements, Boris avait équipé sa partenaire de lunettes de vision nocturne fixées sur la tête comme un casque léger. Il craignait que toute autre lumière soit visible à travers les grandes baies vitrées dépourvues de volets. Ce n'était guère pratique pour effectuer une fouille, mais c'était prudent, de même que le micro et l'écouteur intégrés. Munie d'un détecteur que lui confia Boris, elle sonda les murs alors que lui s'attelait aux parquets, commençant par la pièce à vivre qu'avait indiquée le voisin. Vingt minutes après, ils se retrouvèrent dans cette même pièce, sans que les détecteurs aient décelé le moindre vide suspect. Adrijana écarta les bras en signe d'échec, mais Boris lui désigna le lourd buffet qu'ils allaient devoir déplacer. Il tapa du pied sur le parquet qu'il couvrait. Un son creux lui répondit. Il sortit alors un minuscule levier qui lui permit de soulever deux lames à l'endroit où la languette pénétrait le rainurage interne. Il agit doucement pour ne pas les abîmer, et en déclipsa quatre avant de plonger la main dans la cavité qui avait été creusée en remodelant les lacets du chauffage au sol.

— De la belle ouvrage, souffla Boris.

Il en ressortit un paquet entouré d'un sac plastique scotché qui contenait visiblement un dossier. Adrijana leva le pouce en signe de réussite et lâcha un « Super » dans le micro. Il n'était pas nécessaire de s'attarder, une fois le parquet reposé et le meuble remis en place, Adrijana se dirigea vers la sortie, mais Boris la retint. Il avait encore un travail à faire. Minutieusement, il fit des relevés sur les tables, le parquet, les poignées de porte et le sol avant de grimper à l'étage.

Puis ils repartirent simplement par la porte d'entrée de l'immeuble.

— Qu'est-ce que tu faisais ? lui demanda-t-elle une fois assise dans la voiture.

— Ordre du commandant. Il pense que si nous nous intéressons à l'appartement, d'autres auront peut-être eu la même idée. A priori, ils n'avaient aucune raison d'être aussi prudents que nous, ils auront peut-être laissé quelque chose…

— Je n'y crois pas beaucoup, mais espérons. Donne-moi le paquet que je voie ce qu'il contient.

— Je ne peux pas, j'ai ordre du commandant de ne pas l'ouvrir avant que tu ne te sois entretenue avec lui.

Adrijana ne répondit rien. Ordre du commandant !

Elle se coucha à 5 heures 30 du matin et mit son réveil à 8 heures. Mais elle eut du mal à s'endormir. La tension la tint longtemps éveillée. Tout s'était bien passé et Boris avait travaillé avec assurance, mais c'était quand même une opération à risque. Elle n'eut que le temps de faire un cycle de sommeil. Elle était trop pressée d'entendre Salvère lui expliquer pourquoi il ne fallait pas toucher au paquet.

Lorsqu'ils furent tous les trois à l'écart, Deniz mit des gants et sortit d'un cartable une simple enveloppe qu'il confia à Boris muni lui aussi de gants. Au passage, il montra à Adrijana l'adresse inscrite sur cette enveloppe A4. Elle ouvrit grand les yeux, étonnée, ne comprenant pas. Puis la lumière se fit. Deniz avait pensé à tout. L'enveloppe portait l'adresse du bureau officiel d'Europol à Charlottenburg et l'expéditrice se nommait Barbara von Haselbohm. S'ils avaient ouvert le paquet, son contenu n'aurait été d'aucune utilité pour la juge puisqu'il avait été découvert par des moyens tout à fait répréhensibles. N'importe quel avocat aurait fait déclasser la pièce pour nullité, sans parler d'un dépôt de plainte contre les policiers. Mais un courrier de Barbara, posté sans doute par un complice anonyme qui avait reçu cette consigne en cas de décès brutal, c'était génial. Le contenu pouvait être évoqué devant un tribunal et, si les faits étaient par la suite corroborés, c'était tout bon.

— Demain, nous recevrons ce paquet par la poste, expliqua le commandant. Avant de l'ouvrir, nous le ferons examiner par Boris. On ne sait jamais, il peut porter des empreintes qui nous seront utiles. Puis nous prendrons connaissance, sans risques, des éléments transmis par une femme qui craignait sans doute, et à raison, pour sa vie. J'en ferai bien sûr part à la juge, à moins que le paquet ne contienne rien d'intéressant, ce qui serait étonnant étant donné le soin qu'a pris Barbara pour le cacher. Je tiens à vous remercier tous les deux. Je n'aime pas plus que vous les entorses. Espérons que celle-ci n'aura pas été inutile.

C'est peu dire qu'Adrijana attendit avec impatience que Boris ait fini d'examiner le paquet avant de le lui remettre. Toute l'équipe était présente autour de la large table de réunion pour dépouiller cette pièce qui allait peut-être enfin ouvrir une brèche exploitable dans les secrets de l'organisation. Il contenait l'acte de propriété de l'appartement, diverses pièces bancaires attestant des placements opérés par Barbara, des polices d'assurance et un épais cahier de comptes. Celui-ci était rédigé dans les règles, comprenant pour chacune des opérations la date, l'objet, une ligne de débit, une ligne de crédit et une ligne de solde équivalente à la somme des débits et crédits.

— Une comptabilité bien ordonnée, fit remarquer Thomas.

Deniz rayonnait, répétant « enfin, enfin ».

— Qu'est-ce qui vous réjouit tant ? demanda Lenka, peu versée dans ce genre de documents.

— La colonne « Objet » est peu explicite, sans doute codée, mais elle indique certainement le nom et les données des sites victimes. L'initiale différencie peut-être les sites rançonnés des billetteries sportives, « B » pour *Bezahlung*, « U » pour *Unterschlagung*. Paiement et détournement. Il va falloir confier tout cela à Dragan pour qu'il déchiffre les mots et entre les données dans son programme. La somme totale doit être édifiante si l'on en croit le nombre d'objets que contient ce cahier. Approximativement, deux cents opérations.

— On peut également les comparer aux informations contenues dans la clef de Milosz, précisa Adrijana.

— La ligne de crédit doit correspondre aux commissions, elle tourne toujours autour de 5 %. « G », c'est sans doute Gert. « B », Barbara, les autres initiales nous donnent de nouveaux noms.

— C'est super ! s'exclama Lenka. Mais pourquoi Barbara nous a-t-elle envoyé ce document ?

— Vous voulez savoir ce qui me réjouit surtout ? demanda le commandant, radieux, sans répondre à Lenka. C'est l'objet qui se rapporte le plus souvent à la ligne de solde.

— Toujours le même, nota Thomas.

— Exactement. Et pourquoi ? Parce que nous tenons

enfin un élément sur le nom de l'organisation ou d'un de ses dirigeants, s'exclama Deniz.

— « H ». L'initiale d'un nom ou d'un prénom ? s'interrogea à voix haute Adrijana.

— Pas la moindre idée. Mais vous allez y travailler, décréta Salvère.

Personne ne demanda comment être sûr que ce document inestimable avait été tenu par Barbara, puisqu'elle avait pris soin d'inscrire son prénom et son patronyme comme expéditrice.

Malgré sa mine renfrognée lorsque Deniz lui avait ordonné sa petite expédition nocturne, Adrijana était satisfaite du résultat. Elle en discuta avec le commandant et Boris, soulignant une fois de plus l'absence troublante de téléphone et d'ordinateur.

— J'ai comparé les empreintes relevées au domicile de Barbara, expliqua Boris. Mis à part les siennes, et celles de sa mère trouvées sur le verre emporté par Thomas, il n'y en a aucune.

— Alors, elle n'a pas eu de visite, conclut Adrijana.

— Si, mais les visiteurs ne tenaient pas à laisser de traces, corrigea Boris. Cette dame semblait un peu maniaque, tout était bien rangé sauf les tiroirs de son bureau, dit-il en montrant des photos. L'un des tiroirs de son dressing renfermait des bijoux, la serrure était simple, mais je pense qu'elle a été forcée. Je crois aussi que les boîtes où elle rangeait ses chaussures ont été examinées. Deux d'entre elles contenaient des paires d'escarpins bruns assez semblables mais en fait dépareillées, ce n'est pas ainsi qu'on range ses chaussures. Les tiroirs de la cuisine ont sans doute été enlevés pour vérifier qu'il n'y avait pas de cache. L'un d'entre eux n'a pas été exactement remis dans ses coulisses.

— Bien. Mais ça ne nous avance guère.

— J'ai un cheveu, lâcha Boris. Court, blond, il ne peut pas appartenir à Barbara ou à sa mère. Je l'ai trouvé dans un placard du dressing, sur une robe, au-dessus des chaussures. Le laboratoire nous donnera l'empreinte ADN d'ici quelques jours. Nous verrons bien.

— Pourquoi avoir établi ce livre de comptes et pourquoi le gardait-elle chez elle ? questionna Adrijana. C'est plutôt imprudent.

— Et pourquoi tenait-on à le récupérer ? ajouta Deniz. Toute la presse attribue le meurtre au violeur du Tiergarten. Il n'y a aucune raison pour qu'une perquisition soit opérée chez la victime. Et pourtant, ses fameux visiteurs la redoutent. Ce sont sans doute eux qui ont emporté le téléphone, son ordinateur et peut-être d'autres pièces compromettantes.

Fallait-il informer Cornelia Ebstein des documents transmis post-mortem par Barbara ? C'est la question qui se posa lors du débriefing. Thomas y était favorable, cela ne ferait que renforcer les liens avec les policiers allemands travaillant sur le crime. Tout en étant sensible à cet argument, Adrijana se prononça contre, le livre de comptes ne permettrait pas une avancée dans l'enquête sur le psychopathe alors qu'il était important pour le pôle de tenir l'information confidentielle, au moins jusqu'à ce que les rapprochements soient faits par Dragan. Tout en formulant son avis, Adrijana repensa à la façon dont Elsa Minetti s'était plainte des secrets de Salvère lors de l'enquête parisienne sur la mort de Maryam Binebine. « Voilà ce que c'est que de prendre du galon », s'amusa-t-elle toute seule alors que Mehmet et Lenka rendaient compte de leur filature d'Ulrich et de la surveillance de sa famille. Cela fit sursauter Salvère.

— Un officier de Saddam ? Qu'est-ce qu'il vient faire au milieu de tout ça ?

— C'est juste le beau-père du candidat que nous filons, répondit un peu naïvement Lenka.

— Rien ne va jamais de soi, répondit Salvère. Mehmet, vérifiez sur nos fichiers et ceux d'Interpol le CV de ce Hassan. Et si nécessaire auprès du renseignement militaire. Modifions la surveillance. Si Roeder était à la Fabrique de Dresde, il y a des chances pour que le contact ne soit pas rompu. Il doit suivre de près l'enquête sur la mort de Barbara. Nous ne pourrons pas écouter ses conversations téléphoniques, la juge européenne ne peut nous y autoriser et les magistrats allemands s'y opposeront dans le cas d'un candidat à une élection. Je vais voir ça avec Dragan. Et sur l'Inconnue du lac ?

— Les premières réponses des polices nationales sur le portrait-robot arrivent, répondit Adrijana. Toutes négatives, notamment celle de la France sur laquelle on comptait étant donné la langue employée dans le mot qu'elle a laissé. Le couple avait l'air d'apprécier les beaux hôtels, Elsa va en appeler quelques-uns en plusieurs lieux d'Europe. Nous verrons bien s'ils ont eu pour client le couple Müller ou Herr Schumacher. C'est peut-être l'Inconnue qui réglait les notes. Il n'y a rien sur les relevés de compte bancaire de Gert, mais il a pu passer par des comptes inconnus de nous.

Après que Deniz lui eut demandé de vérifier une rumeur sur le passage à tabac d'un dissident inconnu d'un mouvement inconnu quelque part en Saxe, Adrijana quitta la Kollwitzplatz en début d'après-midi. Elle devait réceptionner une livraison de meubles et un grand écran qu'elle avait commandés. Une fois chez elle, elle ouvrit les fenêtres qui donnaient sur une cour arborée à l'arrière du bâtiment, et se plongea dans un roman. Une fois les livreurs partis, il était déjà plus de 18 heures, elle quitta son appartement et remonta l'Auguststrasse jusqu'à ce restaurant qu'on ne pouvait trouver ailleurs qu'à Berlin. À l'extérieur, sous les arbres et les closeries, des dizaines de tables accueillaient des jeunes couples ou des familles de ce quartier où les galeries d'art se multipliaient. À l'intérieur, lorsqu'il faisait froid, le restaurant lui faisait penser à une cantine pour petits employés ou étudiants du temps de la République de Weimar. Mais sa préférence allait au restaurant du premier étage. Inimaginable. Une ancienne salle de bal où la jeunesse et la petite bourgeoisie des années d'avant la guerre venaient faire la fête avec orchestre sur scène, comme en attestaient les nombreuses photos accrochées à l'entrée. Rien n'avait été changé, l'aspect un peu décati avec ses lourdes tentures vert émeraude, ses cuirs rouges abîmés et ses lampes en verre jaunies, ramenait le consommateur un siècle auparavant, lorsque la capitale fêtait encore l'avènement de la République, les libertés naissantes et la fin d'une horrible guerre qui jamais, pensait-on, ne se reproduirait. C'est là qu'elle allait retrouver pour dîner des amis du temps où elle travaillait au BfV. C'est là qu'elle rencontra Alex.

Elle arrêta de fredonner en arrivant au bureau lorsqu'elle se rendit compte que tout le monde la regardait. L'atmosphère était plutôt sérieuse, il devait y avoir du neuf. Elle alla rejoindre Deniz qui, lui, ne semblait pas du tout avoir envie de pousser la chansonnette. Il avait eu un long entretien avec la juge européenne. Un entretien positif. Manon Dufresne avait été convaincue par le cahier comptable de Barbara dont le commandant lui avait envoyé quelques pages en avant-goût. Le total des sommes détournées, dépassant la centaine de millions d'euros, l'avait impressionnée. Elle tenait à procéder à une expertise graphique et, sitôt que celle-ci confirmerait l'écriture de Barbara, elle autoriserait tout ce que Deniz lui avait demandé et, avant tout, l'accès aux comptes bancaires, aux relevés téléphoniques et à toute opération ayant trait à Barbara von Haselbohm. La magistrate était également d'accord pour contacter le parquet de Salzbourg afin d'ouvrir une enquête sur le décès de Gert Schumacher et de sa supposée maîtresse, et notamment demander qu'il soit procédé à l'autopsie du corps de cette dernière. Mais sur la surveillance d'Ulrich Roeder, Salvère n'avait rien obtenu.

Ce n'était pas tout. Le parquet financier de Bratislava était en train de vérifier les comptes des différentes sociétés appartenant à Ondrej Janov. Il s'avérait que l'oligarque avait des parts dans des entreprises en France et en Italie, qu'il possédait des comptes dans ces deux pays, mais également aux Pays-Bas. Un de ses collaborateurs avait répondu aux questions des enquêteurs slovaques sur un marché truqué passé avec une ville du sud de la France. Les magistrats slovaques avaient requis l'aide du parquet de Luxembourg qui venait d'ouvrir une instruction. Dans ce cadre juridique, Europol avait toute latitude pour effectuer les recherches qui se révéleraient nécessaires.

— Eh bien, c'est la meilleure nouvelle que j'entends depuis que nous avons commencé. Vous devez être aux anges, dit Adrijana.

Deniz l'assura que c'était le cas, mais il souriait à peine. Elle commençait à le connaître, quelque chose clochait. Peut-être avait-il quelque remords sur le procédé employé pour trouver le cahier. À cette idée, il éclata de rire en secouant la tête.

— Faut-il envoyer des enquêteurs à Bratislava pour interroger Janov et ses collaborateurs ? interrogea Adrijana.

— Ça ne me paraît pas être l'urgence. Wolfgang Brenner a dépêché trois de ses adjoints pour assister la brigade financière. Ils sont mieux formés que nous à ce genre d'affaires, Brenner nous tiendra au courant. Janov est toujours muet, et entouré d'une nuée d'avocats. Pour le reste, il faut se préparer, mettre Boris, en plus de Mehmet et Lenka, sur la surveillance d'Ulrich, s'occuper de la soirée passée par Barbara avec celui qui peut fort bien être un dirigeant de l'organisation. Et puis, ajouta-t-il un peu moins sûr de lui, formulez une requête à l'intention du renseignement allemand. S'il y a quelque chose à savoir sur Hassan, ils doivent déjà être au courant.

Adrijana acquiesça, surprise, satisfaite qu'on respecte enfin les prérogatives des différents services de police. Elle savait aussi ce que cela signifiait. Deniz craignait moins les fuites, ou il était trop pressé pour continuer à tout contrôler.

En attendant les conclusions de Dragan sur les détournements, le commandant annonça rentrer à Paris.

Adrijana réunit tout le staff et distribua le travail. Les analystes seconderaient Dragan, à l'exception de Mehmet qui reprendrait la surveillance de Roeder avec l'aide de Lenka et de Boris. Thomas continuerait la liaison avec Cornelia Ebstein, passant chaque jour à la préfecture de police, et coordonnerait les recherches sur Barbara. Elle-même se chargeait de Gert et de l'Inconnue du lac. Et également de la « rumeur » sur le tabassage en Saxe qu'elle ne savait par quel bout prendre.

Puis elle appela Elsa Minetti pour faire le point sur l'enquête alpine. La policière italienne s'afficha sur l'écran avec une toute nouvelle coiffure, frange et coupe au carré, qui ne lui allait pas vraiment.

— C'est pour fêter ma promotion, je pensais que ça ferait plus commandante, mais j'ai l'air de Louise Brooks après un régime forcé à la choucroute. À propos de régime, j'ai encore foiré. Mais comment boire un verre d'eau avec des *spaghetti alla puttanesca*. Ce serait comme faire macérer des anchois dans de l'eau bouillie.

Adrijana ne s'autorisait jamais un commentaire sur la vie privée de ses collègues de travail. Mais cette fois, contaminée par la bonne humeur d'Elsa, elle se le permit.

— Rassure-toi, les coiffeurs sont ouverts demain.

— Oui, mais ces Bataves ont autant de goût pour la coiffure que pour la gastronomie. Bon, passons, j'ai un truc pour toi.

Si toutes les réponses des polices nationales sur l'Inconnue du lac avaient été négatives, les recherches sur les hôtels fréquentés par le couple Müller avaient porté leurs fruits.

— En Italie. Enfin, si l'on peut appeler ainsi cette région de Suisses déguisés en Italiens. Un hôtel de la station de Dobbiaco.

— Dobbiaco ? Où est-ce ?

Elsa lui situa, comme si elle lisait un guide, la commune du Haut-Adige au pied des Dolomites, face aux Hohe Tauern, un massif des Alpes proche de Cortina d'Ampezzo.

— Ce village a une particularité intéressante. Il est proche de trois frontières, l'autrichienne, la suisse et la slovène. Commode pour une personne traquée... Bref, l'établissement en question est un ancien château transformé en hôtel.

— Encore ! s'exclama Adrijana. Comme à Zell-am-See.

— C'est le fantasme médiéval de ces foutus nazillons. Les châteaux forts ! En fait, ce n'est qu'un hôtel et on y entre certainement comme dans un moulin.

Le couple Müller y avait séjourné pendant dix jours, puis avait sans doute choisi un autre lieu de villégiature pour une semaine avant de se rendre à Zell-am-See, leur destination finale et fatale.

— L'hôtelière a identifié Schumacher et notre Inconnue sur les documents que je lui ai envoyés. Nous en avons profité pour lui faire améliorer le portrait de l'Inconnue. Elle garde d'eux un souvenir assez précis, suite à un incident durant leur séjour, incident que nous a confirmé la police locale. Il semblerait qu'un serveur ait commis une maladresse en servant le petit déjeuner sur le balcon de leur chambre. Schumacher s'est emporté et l'a frappé. Le serveur a d'abord porté plainte, puis l'a retirée devant les excuses présentées par notre Gert et l'indemnité proposée.

— Super! On va enfin avoir le visage complet de l'Inconnue du lac. Penses-tu qu'on renvoie une demande aux polices nationales?

— On va perdre notre temps. Ce que je vois en train de se dessiner sur l'écran, c'est le visage d'une belle femme. Souviens-toi des éléments que tu nous as fournis après avoir vu son cadavre. Un mètre quatre-vingts, fine, forte poitrine, très soignée de sa personne, manucurée, etc. On va y travailler, mais une femme comme ça ne passe pas inaperçue. Entre Dobbiaco et Zell-am-See, où sont-ils allés? Il y a des chances pour qu'ils soient restés dans la région. En faisant le tour des grands hôtels, des restaurants, des boutiques de luxe et peut-être des commissariats locaux, on peut trouver quelque chose. Si tu es d'accord, j'en parle à Deniz et je pense que je vais m'offrir un petit voyage dans le coin.

Adrijana fut soulagée qu'Elsa se charge de la partie alpine de l'enquête, cela arrangeait bien sa vie privée. Alex et elle avaient échangé leurs numéros de téléphone, mais c'en était resté là. Il ne lui était pas nécessaire de procéder à une longue introspection pour donner un nom à ce qu'elle éprouvait. Le coup de foudre. Son intuition lui susurrait que c'était réciproque. Restait à s'en assurer. Rien n'indiquait qu'au premier rendez-vous, elle ou lui ne seraient pas déçus. Elle aurait été bien incapable de dire ce qui lui plaisait chez Alex, son sourire, son air doux, ses façons délicates… Rien que des banalités. Ce dont elle était sûre, c'est qu'elle n'avait jamais connu cette sensation. Depuis cette soirée, il ne se passait pas une heure sans qu'elle pense à lui. Bien qu'un peu gênée, elle avait demandé à celle de ses amis du BfV dont elle était le plus proche tout ce qu'Alex n'avait pas dit de lui. Elle avait ainsi appris qu'il était divorcé, quadragénaire et père de deux grands adolescents tout à fait autonomes, qu'il vivait seul une semaine sur deux et consacrait l'essentiel de son temps au BfV où il travaillait sur les réseaux d'extrême droite depuis que la chancelière s'était inquiétée de la faiblesse du renseignement à ce sujet. Ses sympathies politiques penchaient plutôt du côté de la social-démocratie et des Grünen, ce qui n'était pas pour déplaire à Adrijana. Elle voyait encore ses mains, leur expression, les gestes délicats qu'elles dessinaient dans l'air, la finesse de ses doigts. Tout chez lui laissait présager une tendresse touchante. Elle l'appela.

14

HDS

Tom ne trouvait rien à redire, ça faisait vraiment illusion. Il est vrai que, pour son physique comme pour le reste, Lina était en avance sur son âge. Le maquillage et les talons hauts « empruntés » à sa mère, les lunettes de soleil cachant son regard, tout cela lui avait fait prendre cinq ans. Il n'y connaissait pas grand-chose en couture, mais il s'étonna que des vêtements puissent autant transformer une silhouette. Il se garda néanmoins d'en faire part à Lina, le sujet était trop glissant.

— Alors qu'est-ce que tu en penses ? Ça le fait, non ?

— Le rouge à lèvres, il est pas un peu trop rouge ? Ma mère n'en met que pour aller au restaurant.

Elle ignora la remarque. Elle était bien trop fière de son travestissement si réussi qu'en fait elle ne pensait pas avoir pris des années mais plutôt ressembler à ce qu'elle serait vraiment si sa mère n'était pas toujours derrière elle avec ses avis négatifs. Lina était fin prête. Il n'en allait pas de même pour les autres membres de la bande. Son impression se confirmait : plus ils grandissaient, plus l'intérêt pour le Vaisseau amiral déclinait. Lorsqu'elle avait proposé aux copines,

– les garçons il ne fallait même pas y penser –, de se faire passer pour des étudiantes afin de pénétrer dans l'école d'ingénieurs et tenter d'atteindre la cour intérieure, les candidates s'étaient récusées à l'exception de cette brave Patty que la plus renommée des maquilleuses de cinéma n'aurait pu transformer en autre chose que ce qu'elle était, un gros bébé.

Heureusement Tom la soutenait. C'était le plus fidèle de tous, mais il manquait un peu de détermination. Il n'avait pas besoin d'entrer dans la Haus, en rêver lui suffisait, il ajoutait une scène à leur périple à chaque nouvelle discussion comme si on lui avait demandé d'écrire un scénario. Ils avaient le même âge, mais elle sentait bien que si le but final leur était commun, leurs raisons différaient. Lui s'imaginait pirate voguant à travers les couloirs interdits à la recherche d'un trésor improbable. Elle voulait s'affirmer, prendre place dans un monde dont son jeune âge lui interdisait l'accès. Penser par elle-même, décider, réaliser. L'entreprise l'excitait et l'inquiétait aussi. Mais elle avait bien réfléchi. Si elle se faisait prendre, elle serait bonne pour une sévère admonestation des parents, voire des autorités. Ce qu'elle avait lu en faisant des recherches était bien clair : à son âge, elle n'était pas responsable légalement. Et puis, à part une engueulade, que risquait-elle pour avoir pénétré dans un bâtiment en déshérence ?

Mais puisque tout le monde se dégonflait, elle n'avait rien raconté de ses plans et ne ferait profiter personne de sa réussite. À part Tom bien sûr, qui devait faire le guet et rester en contact téléphonique avec elle. Par prudence, il aurait mieux valu attendre l'hiver, lorsque le soleil se couche tôt. Mais ils n'avaient pas l'âge d'attendre. L'hiver prochain, c'était un avenir bien trop lointain.

Ils étaient tous deux parés et Tom avait été d'un apport décisif. Persuadé qu'il faudrait à Lina une carte d'étudiante pour entrer et naviguer à l'intérieur du bâtiment, il avait cherché dans sa nombreuse famille quelqu'une qui étudie dans la faculté. Il n'avait pas trouvé, mais la petite amie d'un de ses cousins suivait un cursus à l'école des ingénieurs mécaniciens, ce qui lui donnait accès à la bibliothèque du bâtiment. Il avait fallu attendre l'anniversaire de son grand-père et insister pour qu'elle soit invitée. La trouille au ventre, il avait fouillé dans son sac et dérobé l'indispensable sésame qu'il avait immédiatement photographié avec son téléphone. La carte avait aussitôt rejoint le sac de sa propriétaire. Lina était assez adroite pour transformer l'image, changer la photo et rendre quasi authentique ce faux document. Leur idée n'était pas de se précipiter vers la cour intérieure, mais d'opérer d'abord quelques repérages pour savoir comment s'y prendre. La première tentative était fixée au lendemain, jour sans classe.

~

En passant au péage de l'autoroute qui la conduisait de Bratislava à Vienne, Paula pensa que, finalement, elle aurait peut-être préféré en savoir moins sur l'organisation. Car la description que Pietro lui avait faite de celui qu'elle allait rencontrer ressemblait bien à celle d'un exécuteur des basses œuvres. Pietro avait ri lorsqu'elle avait employé cette expression, lui précisant que si basses œuvres il y avait, il en était le chef. Ce qui ne l'avait pas plus rassurée, au contraire. De même le fait de ne pas le rencontrer à Berlin, où ils étaient pourtant tous deux, mais dans la capitale autrichienne, à quatre-vingts kilomètres de Bratislava. Lorsque Gerhardt lui avait annoncé ce rendez-vous, décidant une fois de plus de son emploi du temps, il lui avait précisé que c'était en lien avec l'oligarque incarcéré. Elle avait bien sûr protesté, n'ayant jamais été en contact avec lui et réprouvant d'autant plus ses méthodes que son passage dans le congélateur du château d'Hubice lui avait laissé une haine féroce envers Janov. Mais c'est justement pour ces deux raisons qu'elle était conviée à ce rendez-vous viennois où le vieux président du parti, Anton Slezeck, serait également présent. De la même façon qu'elle avait demandé son avis à Pietro, lors d'un déjeuner à Berlin, elle avait appelé le président pour connaître sa position. Par téléphone celui-ci avait été prudent, mais il avait usé d'un argument fort : il s'agissait d'en finir une fois pour toutes avec les gens de Janov. Évidemment, dans ce cas…

Son cher et tendre s'était mis de la partie. Alors qu'à peine revenue de Strasbourg, elle lui annonçait repartir à Vienne, il était entré dans une colère rare chez lui. Il en avait assez de ses absences, n'était ni la nounou ni le précepteur des enfants, avait réservé un restaurant pour eux deux ce soir-là. Elle s'attendait à une telle sortie un jour ou l'autre et se doutait que le jour choisi serait forcément le mauvais. Ce fut le cas. Elle n'était pas d'assez bonne humeur pour jouer les consolatrices, sachant pertinemment que ce dont son mari avait assez, c'était de passer dans le parti pour une « couille molle », expression délicate dont il s'était entendu affubler. Depuis quelque temps, elle comptait en finir avec cette union qui ne lui procurait plus aucun plaisir mais présentait deux avantages pour le moment incontournables, il s'occupait de tous les menus tracas que génère obligatoirement l'éducation des enfants, alors qu'elle se réservait le rôle de confidente et d'arbitre des conflits, y compris avec le père. Et il était plutôt photogénique et présentait bien lorsqu'elle avait besoin de lui en campagne électorale. Divorcer ne serait peut-être pas bien vu par ses électeurs. Il fallait qu'elle y réfléchisse sérieusement.

Elle connaissait bien Vienne, mais sans les données de localisation qu'on lui avait fournies, elle n'aurait jamais découvert ce joli bâtiment, sans doute ancien relais de chasse, dans un parc éloigné du centre. Lorsqu'elle prononça le prénom d'Anton, comme convenu, le restaurateur l'introduisit dans une salle annexe, assez étroite et pourvue d'une seule table où se tenaient le président et le « chef des basses œuvres » qui répondait au prénom d'Erland. Sans patronyme, bien sûr, comme Gerhardt. Âgé de la cinquantaine, il n'avait rien du fort des Halles qu'elle avait imaginé. Mais son visage musclé, empreint d'une détermination froide que confirmait son regard impersonnel, déplut tout de suite à Paula.

Le président Slezeck, d'habitude affable avec elle, prit ce ton guerrier qu'il employait dans les meetings. Il était urgent de régler un problème majeur. L'heure était venue, elle allait pouvoir montrer sa fidélité au parti et prendre ainsi, définitivement, la tête dans la course à la succession. Elle comprit que ce discours ne lui était pas adressé. Pourquoi diable Anton avait-il ainsi besoin de montrer patte blanche à celui qui n'était, aux dires de Pietro, que le responsable du service d'ordre et des besognes plus ou moins sales qu'elle préférait ignorer ? Mais elle se tut et écouta ce que son mentor avait à dire.

— Nous sommes furieux. Plusieurs collaborateurs d'Ondrej Janov qui ont été arrêtés avec lui commencent à parler. Cet entourage, fait de mafieux au petit pied et de financiers sortis des grandes écoles de l'intelligentsia européenne, ne semble pas résister à la première paire de claques reçue. D'après ce que nous rapportent des magistrats amis, ils donnent des noms, des numéros de compte, des organigrammes. De nouveaux juges ont été nommés, ils sont aux commandes et n'ont que l'expression « lutte contre la corruption » à la bouche.

— Et alors ? Qu'avons-nous à craindre ? demanda Paula avec son franc-parler.

— Le parti, rien. Tu le sais, j'y ai veillé. L'empire de Janov, beaucoup, mais ça c'est son problème. Nos amis de Berlin craignent en revanche que, dans sa folie de toute-puissance, Janov ait négligé les précautions habituelles.

— Je ne sais même pas de quoi il s'agit, qu'est-ce que je peux y faire ? protesta Paula.

Slezeck laissa la parole au dénommé Erland. Il s'exprima en allemand, mais avec un accent qu'elle supposa scandinave.

— Vous connaissez Aliona Hossa, épouse Kollar. Elle était à l'université avec vous.

— C'est exact, confirma Paula qui n'aima pas du tout cette entrée en matière.

— Vous l'avez sans doute perdue de vue depuis l'université. Elle est l'épouse du directeur général du groupe immobilier de Janov, un financier formé à Londres. Lui seul peut nous nuire, Janov ne parlera pas. Kollar est incarcéré et sa femme est sous protection policière depuis que la brigade financière épluche les comptes de l'entreprise. Cela nous inquiète. Pour le moment, il s'est abstenu de toute révélation sur l'aide que nous lui avons apportée, mais nous ne lui faisons pas confiance. Nous pensons qu'il serait plus raisonnable que sa femme et sa fille soient placées sous notre protection. Son avocat leur fera comprendre la situation, à lui et à elle. Mais nous n'avons pas l'intention de négocier leur accord, alors nous avons mis en place un plan dans lequel vous jouez le rôle principal. Je suis à Vienne avec une équipe ad hoc. L'opération est pour demain.

~

Assis à la terrasse d'un petit établissement d'allure très écolo-berlinoise où l'on parlait plus anglais qu'allemand, Gerhardt sentit la chaleur émanant du trottoir monter de ses mocassins jusqu'à son panama. Cela lui était désagréable, mais il savait que Teresa appréciait de prendre son café au soleil comme elle passait l'hiver sous les rayons ultraviolets des instituts de beauté. Gerhardt n'aimait pas s'occuper d'intendance. Sa responsabilité à lui, c'était la liaison avec les partis et les questions politiques, il laissait volontiers les questions d'argent à Teresa qui était douée et bien formée en la matière. Mais de temps en temps, il était nécessaire qu'il soit mis au courant de certaines opérations. Jamais lorsque tout allait bien, toujours lorsque quelque part la mécanique financière des stratèges risquait de prendre l'eau.

Il y avait déjà la Slovaquie et le manque à gagner causé par les erreurs de Janov. Heureusement, ils avaient senti le roussi bien avant que l'oligarque ne perde les pédales. Avec son efficacité habituelle, Teresa avait rapidement rompu les liens, effacé les traces et, lorsque cela s'était avéré indispensable, fait appel à Erland pour les problèmes qui ne pouvaient être résolus autrement. Erland qui avait dû à nouveau partir à Vienne et compromettre Paula Bokova, la protégée de Gerhardt. En un sens, ce n'était pas plus mal. Elle avait maintenant les mains sales et se trouvait ainsi sérieusement attachée à l'organisation. D'un autre côté, il y avait toujours le risque que les choses tournent mal et que la stratégie mise en place avec la complicité du président Slezeck tombe à l'eau malgré l'intervention de Paula dont on aurait pu se dispenser. Mais le Colonel tenait à la mouiller et Erland, bien sûr, s'en faisait un plaisir.

Gerhardt avait tenté de minimiser le rôle qu'elle devait jouer, arguant qu'il doutait de ses capacités opérationnelles parce qu'elle n'avait jamais été impliquée dans ce genre de manœuvre.

— Ne t'inquiète pas pour ta pouliche, tout s'est bien passé, lança une voix par-dessus son panama.

Il n'eut pas besoin de lever la tête et d'ôter ses lunettes pour mettre un corps sur cette voix nasillarde qui jurait avec l'élégance et la sveltesse de sa propriétaire. À tort sans doute, il accusait le strabisme de Teresa d'avoir enfermé dans les chiffres et les algorithmes cette belle femme de quarante-cinq ans aux cheveux noirs coupés très court. Lorsqu'elle portait un pantalon, il lui trouvait parfois des allures de garçon. Un garçon aimant les femmes, supposait-il, mais le

Colonel n'avait jamais répondu à son interrogation. L'orientation sexuelle des compagnes et compagnons de l'organisation, il s'en fichait, d'autant que de nos jours, ce n'était plus un élément sur lequel compter pour tenir quiconque. Encore qu'un petit coming out imposé à un récalcitrant, ça faisait toujours son effet. Et puis, Gerhardt aurait bien aimé savoir par simple curiosité personnelle. Il entretenait de bonnes relations avec Teresa, mais elle restait toujours perchée un niveau au-dessus de lui, et ça l'irritait. Parce qu'en aucun cas l'intendance ne pouvait se trouver au-dessus de la politique. Et, lui aurait répondu sa femme s'il lui en avait parlé, parce que c'était une femme. Gerhardt aimait être de la vieille école.

— L'opération est un succès. Aliona Kollar et ses enfants sont en sûreté et le mari a été prévenu. Erland a été parfait, comme d'habitude, et ta jeune amie slovaque a terminé la mission, qu'elle a assumée avec brio.

— Tant mieux, tant mieux. Un café, je suppose, demanda-t-il en levant le bras pour attirer l'attention du serveur.

— Avec plaisir, mais je vais être brève, je dois partir dans un quart d'heure. Le Colonel m'a demandé de t'informer sur trois points qui te concernent au premier chef. J'ai fait le nécessaire pour que les fonds soient disponibles pour ton amie dès qu'il m'en donnera l'ordre. J'ai constitué la fondation qui recueillera les dons nécessaires à Pietro pour créer son laboratoire européen. Tout est net et public, reste à trouver les membres du conseil d'administration, mais c'est de votre ressort, à Pietro et toi.

Gerhardt attendit le troisième point, mais celui-ci ne vint pas. Il regarda autour de lui et s'aperçut que le garçon s'était mis un peu à l'écart, derrière leur table, pour fumer une cigarette. Teresa attendit qu'il ait fini.

— Troisième point, le plus ennuyeux, qui me demande beaucoup de travail : le Colonel veut que je refonde les raisons sociales et le circuit des paiements.

— Quoi ? s'étonna Gerhardt. Mais pour quelle raison ?

— À cause du carnet de notes de l'autre imbécile. Impossible de savoir où il est passé. Le Colonel ne veut pas prendre de risque.

Lorsque Teresa l'eut quitté au volant de son cabriolet Audi blanc qu'il jugeait trop voyant, Gerhardt commanda un second café, le temps de réfléchir. C'était bien la première fois qu'il apprenait de la bouche de Teresa une opération dépassant son domaine des finances. Pourquoi le Colonel ne lui en avait-il pas parlé directement ? Ce n'était quand même pas parce qu'il le tenait pour responsable dans l'affaire de Dresde ? C'eût été un comble ! Sans lui, personne ne se serait rendu compte de ce qu'il se passait. Ni Teresa ni Erland n'avaient vu quoi que ce soit. Et pourquoi prendre une mesure qui allait ralentir pour un temps leur action ? Cela le contrariait. Oserait-il en parler au Colonel ? Il le faudrait bien, leurs relations avaient toujours été franches depuis tant et tant d'années, depuis une époque où ni Teresa ni Erland n'existaient.

~

Ce n'était pas aussi simple qu'elle l'avait pensé, pas comme dans les films où l'actrice s'autorise en majesté toutes les audaces. Elle était passée une première fois devant l'entrée, mais avait continué sans s'arrêter, par peur que son émotion la trahisse. Au bout de la rue, sous les fenêtres de Tom qui ne pouvait maintenant la voir puisqu'il était planté face à l'école d'ingénieurs, elle vérifia une nouvelle fois que la fausse carte d'étudiante tenait la route. Puis elle fit demi-tour, obligée de se présenter à cette foutue entrée si elle voulait ne pas décevoir Tom.

Ce fut pourtant très simple, personne ne lui demanda sa carte. Elle se trouvait maintenant dans le hall de la faculté, un peu désemparée, craignant encore que son attitude trahisse son imposture. Ne sachant que faire, elle entra dans le premier couloir venu et fit machine arrière en voyant arriver un homme en uniforme. Elle se força à respirer normalement, à regarder autour d'elle dans ce grand hall bruyant où elle était revenue. Rigoureusement symétriques à celles de l'entrée principale du bâtiment, trois hautes portes vitrées donnaient sur la cour intérieure. Lina comprit tout de suite qu'elles étaient condamnées par de lourdes barres et certainement verrouillées. Par où passait donc l'équipe de maintenance ? Dans un angle, près du grand escalier, elle repéra une mini-cafétéria. La chose la plus intelligente à faire serait de s'y installer pour observer les allées et venues au lieu de rester plantée dans le hall où elle sentait tous les regards posés sur elle. Elle avait beaucoup perdu de son assurance, imaginant déjà, si elle s'asseyait à une des tables hautes de la cafétéria, un étudiant ou une étudiante venant la brancher, l'interrogeant sur ses cours, sur son cursus, sur des questions dont elle n'avait aucune idée. Non, elle ne pouvait pas jouer l'étudiante, elle serait tout de suite démasquée. Elle imagina des scénarios de substitution, se dire fille d'un enseignant.

Oui, mais lequel ? Et s'il traversait le hall à ce moment-là ? Se faire passer pour une lycéenne de terminale venue prendre des renseignements, dans l'idée de s'inscrire l'an prochain dans cette école ? Tout à coup lui revint à l'esprit un film où une cambrioleuse se travestissait en femme de ménage pour naviguer dans les couloirs d'une banque. Toute à son plaisir de se déguiser, Lina avait opté pour des habits sophistiqués qui ne convenaient pas au rôle.

C'était sans solution, il lui fallait ressortir avant que quelqu'un ne l'interroge sur sa présence en ces lieux. Mais avant de partir, elle devait au moins repérer l'issue ouvrant sur la cour intérieure. Le premier couloir emprunté était dépourvu de passage. Elle essaya le couloir opposé, c'était la même chose. Entre ce couloir et l'accès central, se trouvait une cage d'escalier autour d'un ascenseur. Et si l'accès se faisait un étage plus bas ? Sa décision fut vite prise, elle appela l'ascenseur qui était heureusement vide et appuya sur le bouton le plus bas. Elle pourrait toujours dire qu'elle s'était trompée. Mensonge inutile, le sous-sol était vide, et elle trouva la porte qu'elle recherchait. Par un carreau vitré, elle put s'assurer qu'elle donnait bien sur la cour grâce à un escalier ramenant au rez-de-chaussée. Cette seule vue l'excita. Si près du but ! La porte était fermée à clef. Lina en savait assez, elle fit demi-tour.

Elle pensait trouver Tom angoissé par tout ce temps qu'elle avait passé dans le bâtiment, qui lui semblait des heures, mais non, il était tranquillement appuyé contre un arbre, rêveur comme toujours.

— J'ai toutes les infos, lui lâcha-t-elle, satisfaite de son incursion dans le lieu du délit. Mais il y a un os.

~

Paula était impatiente de voir arriver Pietro dans ce restaurant chic de la Friedrichstrasse où ils avaient rendez-vous. Elle ne pouvait garder ça pour elle, ayant du mal à en évaluer la gravité. Sans l'autorisation de Gerhardt, elle se serait tue. Elle mesurait à leur juste valeur les avis de l'intellectuel italien et, s'il n'avait eu ce comportement de ténor entrant sur scène, elle en aurait bien volontiers fait son éminence grise. Peut-être plus d'ailleurs. Elle en avait besoin, et pour arriver à la tête du gouvernement, et pour conduire ensuite les affaires publiques. Mais le costume était bien trop étroit pour lui qui se voyait comme le penseur du siècle. Parfois, elle se demandait jusqu'à quel point on pouvait lui faire confiance, à quel moment son ego hypertrophié franchirait les limites de l'acceptable. Il est vrai que, si elle l'avait connu se rengorgeant comme un pigeon, un pigeon brillant mais un pigeon tout de même, elle avait aussi apprécié sa discrétion, son ton mesuré, son analyse aussi fiable qu'une horlogerie suisse.

Lorsqu'il se fut installé, qu'il eut fini de consulter la carte des vins et de raconter les cépages et les terroirs entre lesquels il hésitait, elle commença à évoquer l'expédition slovaque depuis Vienne. Il sourit.

— C'était ma suggestion, la coupa-t-il, fier de lui.

Dans ses moments de grande suffisance, elle avait envie de le gifler. Elle doutait qu'il lui dise la vérité. C'eût été un peu puéril de se vanter de pareille influence, mais elle ne pouvait lui accorder ce crédit sans vérifier. Il se fit un plaisir de lui préciser dans quelles conditions il avait soufflé l'idée, laissant bien entendu à Erland l'élaboration technique du plan qu'il connaissait cependant, la bagarre provoquée au bas de l'immeuble pour détourner les policiers de faction, la lourde armoire livrée pour boucher le passage dans l'escalier, les deux hommes munis de parapluie qui les attendaient à l'entrée de service pour escorter l'épouse et les deux enfants dans le van. Elle se tut.

— Tu m'en veux ? lui demanda-t-il, le sourire aux lèvres.

— Ce n'est pas la question. Nous ne sommes pas en train de tuer le temps autour d'un jeu de société. Pourquoi m'avoir impliquée ?

— Évident, non ? répondit-il en reprenant l'air sérieux. Si notre analyse est bonne, tu es la mieux placée parmi tous les leaders des pays européens pour accéder au premier poste de l'État. Et ton pays est assez petit et assez désorganisé pour expérimenter nos… ton programme. Ce financier, Kollar, parle et ton parti est fichu, les juges remonteront jusqu'à la cité qui t'a élue et au financement de ta campagne. Ils ne pourront peut-être rien prouver, mais la presse se fera un plaisir de tout balancer. Les collaborateurs d'Erland ont fouillé le passé de ce Kollar, ses proches, sa famille… Ils ont fini par tomber sur une photo de remise de diplôme de sa dame où ils ont reconnu ton charmant visage. Erland m'a consulté. Tu connais sa femme et tu peux rendre un service estimable à l'organisation. Pourquoi aurais-je hésité à suggérer ta présence ?

— Parce que si cet épisode grand-guignolesque avait échoué, j'étais foutue aussi. Je te rappelle que c'est un délit passible des assises. Et j'ai surtout l'impression que vous vouliez me mouiller.

— C'est exact, c'est une garantie, répondit franchement Pietro. Mais d'après l'enregistrement que j'ai écouté de ta conversation avec Aliona, il n'a pas été si facile de la convaincre. Sans toi, c'était chose impossible.

— L'enregistrement ? Vous m'avez enregistrée ! s'écria Paula en dépit de la retenue qu'imposait le lieu.

— Bien sûr. L'occasion était trop bonne.

Elle faillit se lever et quitter l'établissement. Elle bouillait de rage de s'être fait piéger de cette façon. Ce type lui parlait comme à une amie et lui confiait sans le moindre remords avoir abusé de sa confiance. Il était inutile de demander s'ils constituaient un dossier sur elle. Il savait auparavant pour Aliona, ils avaient désormais un enregistrement. Elle n'avait même pas le choix de tout plaquer. Elle hésita à marquer sa colère d'un geste fort, mais Pietro était déroutant de franchise. Il avait sans doute l'habitude d'aller et venir d'un côté et de l'autre de la ligne rouge de la morale et du droit, et finissait par trouver cela naturel. Pas elle. Elle tenait plus qu'à toute chose à son indépendance qu'on venait d'entraver. Lui, cet Italien avec qui elle dînait, en était responsable. Sa raison lui commanda néanmoins de rester assise. Il devina ses pensées.

— Ne prends pas ça comme une épée de Damoclès. C'est au contraire une chance unique. La stratégie que nous préparons ensemble pour ta conquête du pouvoir est très ambitieuse. Tu n'imagines pas les moyens dont dispose l'organisation. Si tu convaincs le Colonel, ils seront à ta disposition.

— Comment s'appelle-t-elle ? Qui la dirige ? demanda-t-elle, toujours emplie de colère. Quel est exactement ton rôle ?

— Oh ! Tant de questions. Ce que je peux te dire, c'est qu'ils adorent le secret et se méfient de tout. Gerhardt m'a approché lors d'un colloque, il y a bientôt dix ans. Depuis, je travaille avec lui, il a en charge la relation avec les partis politiques et m'aide à construire un centre européen où nos idées et nos programmes sont élaborés. Nombre de responsables politiques s'en gaussent, pensant rebondir sur des conjonctures fortuites, genre un délit quelconque dû à un migrant, pour faire avancer leur cause. Moi je dis qu'à ce rythme, rien n'aura changé quand je serai arrière-grand-père. Il faut provoquer l'actualité et, si elle n'est pas assez parlante, parler à sa place, écrire l'histoire avant même qu'elle ne se fasse. Pour cela, il nous faut maîtriser les réseaux sociaux, influencer les médias et ce n'est pas un petit bidouilleur, la tête pleine de haine, qui y parviendra. L'organisation est d'accord avec moi. J'ai besoin de mécènes pour embaucher une centaine de personnes et inviter dans mon centre des personnalités prestigieuses. Voilà pour mon rôle. Quant à l'organisation, en dix ans, je n'ai connu que Gerhardt et, par un hasard improbable, Erland. N'ayant aucune prétention à gagner une élection, je n'ai jamais été invité par le grand chef que tu vas bientôt rencontrer.

La rencontre fut repoussée sans qu'aucune date ne soit proposée. Si l'agenda était ainsi bouleversé, c'est que le Colonel devait se déplacer pour une autre entrevue, de la première importance. Il y avait bien longtemps qu'il n'avait plus traversé les frontières et cette perspective ne l'enchantait guère. Un tel voyage mobilisa fortement Gerhardt et Erland, rien ne devait être laissé au hasard et l'idée première émise par Gerhardt de profiter de ce déplacement exceptionnel pour rencontrer des camarades de plusieurs pays fut tout de suite abandonnée. Le Colonel trouva trop hasardeux d'emprunter une autre identité, ce qui interdisait d'envisager le train ou l'avion. Le voyage se ferait donc en automobile à travers l'espace Schengen sans frontières. Des relais seraient prévus, deux au moins, à l'aller comme au retour, mais en changeant d'itinéraire. Gerhardt devint fou avec cette histoire, Erland éliminant sans cesse des routes, des lieux, des arrêts parce qu'il n'était pas certain de pouvoir y assurer la sécurité. Il décida finalement que le plus efficace serait de procéder à des changements de véhicule tous les trois cents kilomètres. Sur chaque tronçon, rouleraient une berline et un van à un kilomètre l'un de l'autre. Les étapes seraient Nuremberg et Innsbruck à l'aller, Bolzano et Munich au retour. Le Colonel avait lui-même choisi les villes car, s'il ne voulait rencontrer personne, il souhaitait revoir ces cités aimées qui lui étaient depuis si longtemps interdites et le seraient peut-être ensuite à jamais. On choisirait des résidences de chaîne hôtelière où le grand nombre de chambres ne permettait pas à la conciergerie de connaître les hôtes. Deux des passagers de la berline se feraient enregistrer, remplacés dans la chambre par le Colonel.

La logistique nécessitée par un tel voyage alarma tellement Gerhardt et Erland qu'ils se permirent d'insister pour que ce soit son interlocuteur, qui, lui, pouvait prendre l'avion, qui vienne retrouver le Colonel à Berlin. Il serait tout à fait possible de louer un jet privé. Mais avec ce ton glacial qu'il prenait pour signifier la fin de toute discussion, le Colonel refusa catégoriquement, justifiant tout de même, ce qui disait à quel point il était affecté, l'obligation dans laquelle il se trouvait. Son interlocuteur était plus âgé que lui, partiellement handicapé, et tout le monde devait lui être redevable des efforts qu'il avait toujours, et sans la moindre réticence, consentis pour une organisation dont il était l'un des fondateurs. « Et puis, comment osez-vous imaginer qu'après l'avoir meurtri dans ce qu'il avait de plus cher, on prétende lui suggérer de se déplacer pour venir entendre nos excuses ? » Aucun des deux hommes ne s'amusa à répliquer.

Restait à fixer la date qui suscita de nombreuses journées de négociation. L'interlocuteur se refusa d'abord à recevoir son vieil ami le Colonel. Il prétexta sa fatigue, son handicap, sa douleur, sa vieillesse, sans jamais émettre le moindre reproche, la moindre colère. Puis il affirma qu'un tel voyage n'était pas raisonnable et que leurs conversations téléphoniques suffisaient largement. Mais le Colonel, avec ce sens de l'honneur qui l'avait toujours guidé, maintint son offre et emporta l'affaire. Une autre difficulté consistait à préserver l'anonymat de l'interlocuteur. Mis à part Gerhardt, Teresa et Erland, personne à Berlin ne connaissait son existence et le Colonel entendait que cela reste en l'état. Comme, en son absence, Gerhardt ne pouvait quitter la capitale allemande, il fallait envisager que, parvenu à destination, le Colonel se débrouille, et se présente seul face à des gens qui, pour être des amis, n'en étaient pas moins courroucés. Le Colonel balaya l'objection d'un geste. L'honneur et l'amitié tranchaient.

15

Deniz

Son expérience l'avait maintes fois prémuni contre le miracle de la pièce de procédure qui résolvait tout, l'interrogatoire révélateur, la filature exposant au grand jour les connexions entre délinquants. Mais il ne s'attendait pas à celle-là : Dragan, qui avait en charge l'étude du cahier comptable de Barbara, lui apprit… qu'il n'était pas à Barbara. Sur la demande de la juge, il avait fait procéder à une analyse graphologique. L'expert était formel, aucune ressemblance entre l'écriture des autres documents faisant partie du paquet anonyme et celle du cahier. Deniz faillit se frapper la tête contre les murs. Il était si sûr de sa prise, qu'il n'avait même pas comparé avec l'attention requise l'écriture des documents bancaires et des polices d'assurance qui accompagnaient le cahier comptable. Il est vrai que les phrases manuscrites y étaient plutôt rares, « Lu et approuvé », « Bon pour accord ». Et puis le cahier portait en page de garde le nom de Barbara.

Cela mettait à l'eau les engagements de la juge Dufresne, on pouvait dire adieu à l'autorisation de perquisitionner, aux demandes de pièces auprès des banques et des opérateurs de télécom. La magistrate ne pouvait se fonder sur les seules déclarations d'une informatrice, Lenka, pour ouvrir une instruction contre une association de malfaiteurs à l'encontre d'une personne présumée victime d'un pervers sexuel.

Deniz eut un doute. Et si ce cahier était un faux ? Il ne voyait pas bien l'intérêt d'une telle manœuvre, mais tout était possible dans cette affaire trop sinueuse. À moins… À moins que Barbara n'ait caché ce cahier pour rendre service à quelqu'un. Et ce quelqu'un avait toute chance de se nommer Gert Schumacher. Il demanda à Thomas de se rendre au plus vite à Dresde chez Schumacher père pour obtenir un exemple de l'écriture de son fils. Puis, en compagnie d'Adrijana, il appela Dragan à La Haye en visioconférence.

— Votre programme sur les détournements commence à donner quelque chose ? Avez-vous comparé avec le cahier ?

— Nous avons presque terminé, mais je peux déjà vous donner des éléments pour le moins surprenants. D'abord sur le montant de l'opération. Pour comprendre, il faut comparer avec les statistiques générales sur les délits de piratage qu'établit le service de Brenner. 60 % des entreprises européennes ont reçu un jour ou l'autre des demandes de rançon ou ont été attaquées. Le montant moyen d'une de ces attaques pour une seule entreprise avoisine les 9 millions d'euros. Les montants que nous avons sur le cahier donnent un total de 105 millions d'euros sur un peu plus de deux cents opérations. Soit une moyenne autour de 500 000 euros par opération. C'est bien entendu très important, mais très loin des autres opérations menées en Europe par différents hackers.

— Tu veux dire, l'interrompit Adrijana qui se perdait

dans tous ces chiffres, qu'il est étrange que l'organisation ait demandé si peu ?

— Exactement. Mais ce n'est pas le plus étrange. Nous avons assez facilement déchiffré le code utilisé pour les « objets » portés sur le cahier de Barbara, c'est un amateur qui l'a conçu. En bref, l'objet suggère un lieu, probablement la ville où siège l'entreprise, son secteur d'activité, mais pas son nom. Par exemple, pour désigner Berlin, il a choisi « ours », pour Milan « Juventus », et pour les secteurs d'activité, un dessin de roue dentée pour les industries. À mon avis, il ne voulait pas trop cacher les choses. Bref, en recoupant les lieux avec nos informations sur les plaintes déposées, nous ne trouvons que douze entreprises communes.

— Pouvez-vous être plus clair ? s'impatienta Deniz.

— À part douze billetteries sportives, qui toutes sont suivies de la lettre « U » signifiant sans doute *Unterschlagung*, détournement, aucune des entreprises du cahier ne semble avoir porté plainte. La moyenne des sommes détournées sur ces douze billetteries s'élève à 4,2 millions d'euros, bien plus que pour les autres.

— Et alors, qu'en déduisez-vous ?

— Je ne suis pas certain que pour les près de deux cents autres entreprises, il s'agisse de rançons.

— Quoi ? s'exclama Adrijana.

— Si l'on traduisait l'initiale « B » par *Beitrag* et non par *Bezahlung* ? suggéra Dragan. Dans ce cas, il ne s'agit plus de paiement de rançon, mais de cotisation.

Deniz et Adrijana se regardèrent, tous deux secoués par cette nouvelle hypothèse. Tous leurs raisonnements précédents étaient soudain remis en cause.

— Vous avez de meilleurs arguments ? s'inquiéta Deniz.

— Lorsqu'on superpose la carte des implantations géographiques des sociétés « cotisantes » et la carte des résultats électoraux des partis extrémistes, on s'aperçoit qu'elles sont étrangement similaires. Près de la moitié en Allemagne et en Italie, un tiers dans les pays de l'Est. D'autre part, les sommes « cotisées » sont très inégales, dans une fourchette comprise entre 2,8 millions et 78 000 euros hors billetterie. C'est l'inverse de ce que font les hackers, ils choisissent leurs cibles en fonction des failles dans leur système de sécurité, pas en fonction des pays, et ne vont pas se contenter de quelques dizaines de milliers d'euros. Je ne vois pas pourquoi ils feraient un choix par lieu et pourquoi ils demanderaient si peu.

— On peut vérifier ?

— D'après les lieux et les secteurs d'activité lorsque ça concerne des localités où se trouvent peu d'entreprises, nous pensons avoir identifié quatre « entreprises cotisantes ». Là aussi, c'est étrange. Il y a deux entreprises assez petites. L'une d'elles a un chiffre d'affaires de moins de deux millions d'euros. Nous allons nous procurer leurs bilans auprès des services fiscaux si la juge nous y autorise. Et, si vous en êtes d'accord, nous les appellerons en nous faisant passer pour des assureurs qui leur proposent des moyens pour lutter contre la cybercriminalité.

— Il faut prier pour que l'expert reconnaisse dans le cahier l'écriture de Gert, dit Deniz. Alors nous aurons le feu vert de Manon Dufresne. Merci Dragan. Cette nouvelle piste nous sortira peut-être du flou dans lequel nous sommes.

— Un détail encore. Les billetteries sportives, je vous l'ai dit, ça ne colle pas avec le reste. Nous allons les appeler puisqu'elles ont porté plainte. Mais sur la ligne de débit leur correspondant dans le cahier, il y a un autre élément troublant. « G » que vous pensez être Gert, de même que les trois autres initiales ne touchent pas de commissions.

— Pourquoi ?

— Aucune idée, mais ça fait deux opérations bien différentes, d'un côté douze détournements de fonds sur des billetteries en ligne qui ont porté plainte et sur lesquelles nul ne perçoit de commission. De l'autre, des entreprises qui versent une somme à l'organisation dont environ 5 % reviennent à Gert et trois autres personnes inconnues.

— Vous avez comparé avec les données de la clef de Milosz ?

— C'est ce qu'il nous reste à faire. Le peu que nous avons déjà entré correspond au cahier.

Perturbés par ces nouvelles, Deniz et Adrijana réunirent l'équipe. Si Dragan voyait juste, il convenait de tout reprendre à zéro. Deniz aborda les points un à un, en commençant par le rôle de la Fabrique de Dresde, perçue auparavant comme un centre de piratage financier. L'idée que les enquêteurs d'Europol s'en étaient faite partait des déclarations de Lenka et de la clef que Milosz avait fournie en hackant l'ordinateur de Gert.

— Milosz n'a jamais procédé personnellement à une opération de rançon ou à un détournement de billetterie, précisa Lenka. Les piratages qu'il effectuait grâce à son logiciel espion ne visaient que les profils de citoyens.

— Mais les détournements de fonds des billetteries sportives ? interrogea Mehmet.

— Il a découvert que certains des informaticiens qui travaillaient avec lui en opéraient. Barbara était forcément au courant. Et ce qu'il a copié sur l'ordinateur de Gert l'a confirmé.

— Dresde n'était qu'un centre visant à établir des centaines de milliers de profils de citoyens ? Il n'y aurait donc pas d'autres fabriques ? Et la Biélorussie alors ?

Les questions de Thomas restèrent sans réponse. Tous les regards se portèrent sur Deniz et Adrijana dont l'expression trahissait la perplexité. Des « cotisations », avait suggéré Dragan, ça voudrait dire des entreprises dont les patrons sympathisaient avec les idées de l'organisation et la finançaient. Cela donnait un tout autre visage à l'organisation. À moins qu'elle n'ait procédé à des pratiques plus classiques de chantage.

— On comprend l'importance de ce cahier, remarqua Adrijana. Et c'est peut-être pour ça, et non pour les erreurs commises à Dresde, que Gert a été exécuté.

— La réaction d'Elsa était fondée, lâcha Deniz. Même Toto Riina ne ferait pas ça. Elle pense qu'un chef mafieux ne liquiderait pas ses troupes pour effacer toute trace alors qu'aucune menace n'est en vue. Ainsi, l'organisation n'aurait pas éliminé Barbara, Gert, Mattheus et les deux gros bras pour nous empêcher de remonter jusqu'à elle, mais parce qu'ils détenaient un document bien trop compromettant ? C'est possible, mais inefficace puisqu'ils n'ont pas récupéré le cahier. Savent-ils d'ailleurs qu'il existe ? Non, ça ne va pas, il y a quelque chose qui nous échappe et l'hypothèse d'un règlement de compte entre tendances qui se disputent la source de financement ne peut être écartée. Il est urgent d'obtenir les mandats de la juge.

Autant de nouveautés légitimaient une longue balade à pied. Deniz devait remettre de l'ordre dans ses pensées à la lumière du beau travail accompli par Dragan. Mais il ne voulait pas le faire seul, échanger avec Adrijana serait plus productif. Il passa d'abord un coup de fil à Elsa Minetti pour lui dire combien elle avait vu juste.

— Mais je ne comprends pas le rôle de Gert, de Mattheus et de Barbara dans cette affaire, avoua Deniz.

— Au contraire, c'est plus crédible. Ils craignent que Milosz ait eu des informations sur ce fichier. Ils ne savent pas qu'il travaille déjà avec nous par l'intermédiaire de Lenka. Ils l'éliminent lui et ceux qui sont le lien entre Milosz et eux.

— Oui, peut-être, concéda Deniz qui restait convaincu que quelque chose leur échappait. Notamment sur la raison pour laquelle ce cahier se trouvait en possession de Barbara von Haselbohm.

Adrijana adorait traverser Berlin à pied, elle accepta avec plaisir la proposition de Deniz. Ils descendirent d'abord la Kollwitzstrasse, bruissant joyeusement à cette heure des brassées de jeunes qui occupaient les terrasses des restaurants. Aucun des deux policiers ne prononça un mot, occupé chacun à refaire le film sur un scénario différent. Ils rejoignirent la Schönhauser Allee tout aussi animée.

— Mais pourquoi avoir inscrit tout cela dans un cahier, même crypté ? dit comme pour elle-même Adrijana. Et pourquoi était-il en possession de Barbara ? C'est prendre un très gros risque…

— Et pourquoi Barbara et sans doute Gert avaient-ils accès à de telles informations ?

— Parce que c'étaient eux qui se chargeaient de récolter les fonds. Mais pourquoi inscrire tout cela noir sur blanc ? demanda à nouveau Adrijana.

— Ils se disaient peut-être que c'était une assurance. Mais dans ce cas, elle n'a pas été très efficace.

— À moins qu'ils n'aient pas eu le temps de s'en servir ?

— Après tout ce temps ? L'expertise nous en apprendra plus mais si c'est l'écriture de Gert, cela fait des mois qu'il a donné ce cahier à Barbara. Pourquoi ne l'a-t-elle pas utilisé ? Et avec qui a-t-elle dîné quelques jours avant sa mort ?

— Il ne faut pas exclure que son assassin soit le violeur du Tiergarten, rappela Adrijana.

Toutes ces questions sans réponse les replongèrent dans le mutisme. Ils traversèrent l'Alexanderplatz sans s'en rendre compte. Deniz repensa alors à Ondrej Janov. Ses entreprises devaient figurer au nombre des donateurs, il fallait que Dragan trouve le moyen de faire un rapprochement. Le commandant devait-il interroger l'oligarque ? Malgré le rôle joué dans son arrestation et l'assistance apportée par Wolfgang Brenner aux juges locaux, Europol n'avait aucune part à l'instruction. Tout cela était encore trop confus. Ils passèrent une nouvelle fois devant le bosquet où on avait découvert le corps de Barbara et dînèrent au Neuer See, sans avancer davantage dans leur réflexion. La nuit porterait conseil.

Dans le tramway qui le ramenait à son hôtel, il découvrit un texto d'Isabella lui demandant de la rappeler. Il craignait le pire. Il fit une halte au bar et but une vodka d'un coup sec, ce qui n'était guère dans son habitude. Puis il se pressa de regagner sa chambre afin de composer le numéro de sa compagne. Il y avait beaucoup de bruit autour d'elle et elle prit un ton enjoué qu'il trouva forcé. Elle lança un « Arrête » peu convaincant qui n'était certainement pas destiné à Deniz. Il imagina bêtement qu'un homme était en train de lui mordiller l'oreille. Elle lui dit qu'elle était occupée et qu'elle le rappellerait le lendemain bien qu'il insistât. Il se contraignit à penser à autre chose, reprenant une fois de plus les éléments à la lumière des lectures qu'en faisaient Dragan et Elsa. L'organisation « H », il tenait à l'initiale, ne serait pas une association de pirates réunissant des fonds pour financer les partis extrémistes, mais une amicale de droite sponsorisée par des entreprises ? Alors pourquoi tous ces morts ? Et que préparait-elle ?

Il avança d'autant moins dans sa réflexion que la seule image qu'il avait en tête était celle d'Isabella, le seul scénario celui de cette nuit où il n'était pas avec elle, où un autre homme l'accompagnait peut-être. Il ne voulait pas que les scènes se forment dans son esprit, mais son imagination le tortura et prit le dessus. Isabella appuyée au comptoir d'un bar parisien, vêtue d'une de ces robes fourreaux sexy qu'elle affectionnait, un homme derrière elle, collé contre elle, pendant qu'elle lui répondait au téléphone. Il dut se faire violence pour arrêter là. D'où lui venait cette phobie que le corps de sa compagne ne soit qu'un jouet dans les mains d'un autre homme ? Est-ce que cela tenait à sa singularité de genre ? Il essaya de se remémorer s'il avait eu de telles appréhensions avec ses précédentes compagnes. Non, non, il ne voyait pas. C'était lié à Isabella. Mais il ne l'accusa pas, s'inquiétant plutôt de la relation érotique que lui-même entretenait avec elle. Il hésita à la rappeler. C'était bien sûr inutile, elle ne répondrait pas. Pas plus qu'elle ne lui dirait le lendemain ce qu'elle avait fait de sa soirée. N'étaient-ils pas de fait séparés ? Il n'arriva pas à s'endormir, se rhabilla, descendit au bar boire deux verres de vodka, fit un tour sur la Rosenthaler Platz toujours animée malgré l'heure tardive, et remonta se coucher, épuisé mais trop tendu pour trouver un sommeil réparateur. Lorsque le téléphone sonna, il ne savait plus quelle heure il était ni dans quelle ville il se trouvait et se dépêcha de décrocher pour répondre à son amour. Ce n'était qu'Adrijana. Il était près de 10 heures du matin.

Pendant qu'il dormait, l'équipe avait avancé. Thomas, qui, la veille, avait convaincu avec difficulté Herr Schumacher de lui confier un écrit de son fils, était passé prendre de bon matin un mot de Gert adolescent. Le graphologue avait émis un premier avis, c'était la même écriture que celle du cahier. Sur un simple mail de confirmation, Manon Dufresne accepta de ne pas attendre le rapport final d'expertise pour autoriser toutes les demandes du pôle. Elle avait joint son homologue à Berlin qui, en accord avec le parquet allemand, ne voyait aucune objection à la mise en place d'écoutes. Y compris sur le candidat Roeder, formellement identifié par Lenka comme faisant partie des hackers de la Fabrique. Deniz fut surpris par cet accord allemand, et par la rapidité avec laquelle les autorisations avaient été obtenues. Il ne comprit pas pourquoi mais avait suffisamment d'interrogations en tête pour se passer de celle-là.

Boris exposa son plan : lui et ses techniciens avaient besoin d'une bonne heure pour installer dans l'appartement d'Ulrich Roeder micros et caméras. Ils avaient déjà effectué les repères préalables, notamment sur la serrure de la porte d'entrée. D'après les observations de Lenka et Mehmet, ils devaient attendre que les enfants soient à l'école et la mère à l'hôpital. Lorsque Ulrich partit faire campagne sur un marché avec ses militants, l'équipe put passer à l'action. Pour ne pas se faire remarquer du voisinage, ils éviteraient la traditionnelle camionnette d'artisans intervenant pour une fuite d'eau, ainsi que l'entrée par la porte principale de l'immeuble. Celui-ci, comme tous ceux du quartier, possédait à l'arrière une cour boisée communiquant avec les cours voisines, notamment celle de l'église Sainte-Marie. C'est par là que Boris comptait agir, avec un agent faisant le guet au cas où un membre de la famille, ou le père qui se baladait souvent dans la rue, s'annoncerait.

Deniz avait toute confiance en Boris, il assista à son exposé mais réfléchissait à tout autre chose. Les membres du pôle lui avaient fait part de leurs hypothèses. Adrijana pensait que la thèse des cotisations tenait la route mais que l'organisation, ayant besoin de fonds plus importants, s'était mise à pratiquer le détournement des billetteries sportives. Elle en avait les moyens grâce aux informaticiens de ses fabriques, et il était facile d'obtenir un logiciel *ransomware* vendu maintenant avec notice d'utilisation sur le darknet. S'ils s'étaient contentés de douze billetteries, c'est que la Fabrique avait dû fermer boutique. Quant aux cotisations, il n'était pas étonnant qu'elles soient recensées et un cahier évitait tous les désagréments dus à la numérisation, notamment l'incursion d'un pirate du genre de Maryam. Gert était peut-être le trésorier de « H ». Partant en vacances d'hiver avec sa dernière conquête, il avait très bien pu confier le cahier à Barbara qui l'avait gardé avec elle sur son lieu de confinement, inconnu du pôle. Puis, de retour à Berlin, elle avait fabriqué une cache adéquate dans son propre appartement.

Dragan, qui avait vérifié que plusieurs entreprises de l'oligarque slovaque figuraient bien parmi les donatrices, était maintenant certain qu'il s'agissait de cotisations. Volontaires ou non, cela restait à déterminer.

La Fabrique de Dresde, et d'autres s'il en existait, aurait donc abrité des informaticiens chargés principalement de constituer des fichiers de citoyens pour ensuite les abreuver de fake news, de vidéos complotistes et de propagande en faveur des candidats aux élections politiques soutenus par l'organisation. Accessoirement, le besoin de financement supplémentaire se faisant sentir, Gert aurait été chargé de détourner des fonds, en ciblant les sites de billetterie les moins sécurisés. Lenka trouvait cela tout à fait plausible puisque Milosz et ses collègues travaillaient essentiellement sur les fichiers. Mais tout le monde approuvait la conclusion de Thomas, si les choses s'étaient passées ainsi, alors les morts de Barbara, de Gert et de son amie et l'accident de Mattheus n'avaient aucun lien avec l'organisation.

C'était bien cela qui chiffonnait Deniz, et Adrijana partageait ce trouble. Les coïncidences étaient trop fortes, trop nombreuses. Deniz restait persuadé que Gert avait été assassiné. Il n'avait pas que son intuition pour l'expliquer. S'il refusait la thèse officielle du suicide, c'était principalement en raison de l'Inconnue du lac. Elle l'obsédait, il sentait qu'un mystère planait autour de cette femme qui n'avait pu se trouver par hasard sur le chemin destructeur de Gert. Le double suicide impliquait un amour puissant entre les deux jeunes personnes, un amour si puissant qu'ils s'étaient trouvé une raison commune, puissante elle aussi, pour en finir avec la vie. Mais laquelle ? Le père de Gert ne connaissait pas cette femme et, d'autre part, ne semblait pas avoir été un obstacle dans la vie de son fils qui en profitait sans restriction. Avec les rémunérations que lui versait l'organisation sur les cotisations, il avait de quoi vivre comme un prince. Lenka le décrivait comme un jouisseur, ambitieux, orgueilleux, prenant par la violence ce qu'il désirait, autant de « qualités » qui dessinaient l'inverse d'un candidat au suicide. Dans tous les éléments qu'avait recueillis Thomas sur Gert, aucun n'indiquait une relation suivie avec une femme. L'Inconnue était donc une relation soit toute récente, soit épisodique, ça ne collait pas avec le grand amour et le double suicide. L'autopsie avait peu de chance d'en dire plus, sauf si elle avait été brutalisée ou droguée avant sa mort. Dans ce cas, le mot qu'elle avait laissé ne collerait pas non plus.

Deniz se perdait en conjectures et si l'enquête avançait, comme venait de le démontrer Dragan, elle avait adopté le rythme des escargots. Un rythme à lui faire perdre tout son crédit à La Haye. Tant d'argent et de cadres de son département travaillant sur des enquêtes où ne pointait pas l'ombre d'un acte terroriste ! Détournements, chantages, meurtres peut-être, mais à part dans les intuitions du commandant Salvère aucune pression sur un gouvernement en place, aucune action pour créer l'insécurité comme cela avait été le cas à Chemnitz. Bientôt le sujet viendrait à l'ordre du jour du comité de direction d'Europol et, avec les seuls éléments dont il disposait, il se ferait clouer au pilori. Il ne doutait pas, mais sans preuve et sans soutien, c'était assez décourageant. Dans ce contexte, mieux valait garder des arguments forts en réserve et taire l'opération en train de se monter au Moyen-Orient contre l'État islamiste ou plus exactement ce qu'il en restait. S'il réussissait, il ne conserverait sans doute pas le budget du pôle, mais sauverait sa carrière.

Son téléphone sonna, il pâlit en lisant le nom de l'interlocutrice, répondit simplement « Je te rappelle tout de suite » et quitta les bureaux en oubliant, pour la seconde fois, d'emprunter la sortie arrière. Il traversa la Wörther Strasse, cherchant un banc qu'il trouva dans le square, près de la statue érigée en hommage à l'artiste Käthe Kollwitz. Ses mains transpiraient lorsqu'il composa le numéro.

— Bonjour Deniz, tu vas bien ? lui demanda une voix posée.

Il faillit répondre négativement, mais s'en abstint, préférant éluder. Il ne put que prononcer un « Bonjour » angoissé, pressé d'entendre ce qu'Isabella avait à lui dire.

— Désolée de ne pouvoir te parler face à face, mais c'est compliqué de se croiser à Paris. Je suis allée chercher mes affaires, l'appartement est tout à toi. Je voulais t'en prévenir avant que tu rentres. Nous n'avons jamais prononcé le mot de séparation, je veux le faire. Deniz, c'est fini entre nous. Je le regrette, j'ai beaucoup de mal, mais ce sera mieux comme ça.

Il savait qu'un jour il entendrait ces mots, mais le monde ne s'en écroula pas moins autour de lui. Il devint blanc, eut du mal à respirer, sa gorge se serra au point qu'il ne put répondre.

— Deniz ? Deniz, c'est mieux comme ça, je suis désolée, pour toi, pour nous. Je t'imagine en ce moment, j'ai mal, excuse-moi, je raccroche, je vais pleurer.

— Oui, oui, oui, répéta-t-il sans savoir à quoi il répondait, entendant le bip les séparer à jamais.

Il resta un long moment assis sur son banc, incapable de penser. Des images passées le terrassèrent pendant d'infinies minutes, l'impression qu'il y avait un monde d'avant mais plus de monde aujourd'hui. La terre ne bougeait plus, le soleil immobile écrasait sa tête. Il s'en voulait, il en voulait au monde entier, il n'avait plus la force de vouloir. On lui ôtait la vie, une myriade de constellations se conjuraient pour empêcher tout avenir. Il n'était rien, il était seul.

Son téléphone sonna, un espoir soudain, mais il ne répondit pas à Adrijana. Il la vit passer avec Thomas et Lenka, ils allaient sans doute déjeuner, l'heure n'avait plus d'importance. Il quitta le square, marcha lentement, sans force, sans énergie, et se retrouva devant son hôtel sans savoir comment il était arrivé là. Il ne se désintéressait pas de l'enquête, il n'y pensait même plus.

16

Lenka

Comme elle aurait voulu entrer dans l'appartement ! Cette tension, elle l'avait connue à sa première filature, mais elle s'était amoindrie avec les jours. Participer à l'installation des caméras espions l'aurait fait rebondir. Lenka avait découvert qu'elle aimait ça. Comme une drogue. Un truc qui accélère le cœur et apporte une étrange satisfaction une fois fini, une satisfaction dans le boulot pour elle qui n'avait rien d'autre. Mais on lui avait confié le guet. C'était déjà ça. D'abord dans un véhicule, faisant semblant de téléphoner, puis téléphonant vraiment à Mehmet qui était dans le logement des Roeder. Ensuite dans la rue, levant de temps en temps la tête comme si elle cherchait une location. Puis à nouveau dans la voiture où elle avait reçu l'ordre de quitter la place une fois l'installation terminée.

La fouille n'avait rien donné d'excitant. Rien, à part des documents de propagande, des notes de réunions sans intérêt. Elle n'était pas assez expérimentée pour observer, des heures durant, l'écran grand format partagé en quatre pour les quatre caméras positionnées chez Ulrich. Mais elle avait pu suivre ce que voyait Boris, puis Mehmet. Elle n'avait pas imaginé à quel point cela pouvait être gênant de violer ainsi la vie intime des gens. Lorsque madame Roeder avait ôté ses vêtements avant d'aller prendre sa douche, elle avait tendu la main pour en couvrir les yeux de Boris. Mais le regard dur de celui-ci lui avait rappelé que c'était le travail. Il lui fallait encore construire une distance qu'elle n'avait pas, qu'elle se sentait loin d'avoir. Mehmet lui avait conseillé d'arrêter le visionnage en même temps que Boris, mais elle était attirée par les images, persuadée qu'ils risquaient de manquer le moment où il se passerait quelque chose d'utile pour eux. En rentrant chez elle, ses yeux avaient du mal à fixer les magasins, les gens, les automobiles. Elle voyait trouble. Un cachet avait été nécessaire pour calmer le mal de tête lancinant. Elle s'était endormie les quatre écrans devant les yeux et avait dû en rêver toute la nuit car, au réveil, ils étaient toujours là. Ça ne l'avait pas empêchée de recommencer le lendemain, mais cette fois en suivant les conseils de pause de Mehmet. Cette partie de l'enquête était la sienne, c'était à elle de découvrir les méfaits d'Ulrich. Elle tendait l'oreille à chaque appel téléphonique, surtout lorsqu'elle comprenait que le candidat conversait avec d'autres membres du parti. Mais les Roeder menaient une vie sans histoire, s'occupaient des enfants lorsqu'ils rentraient de l'école, se racontaient leur journée sans intérêt pour les enquêteurs, regardaient leur écran une fois les enfants couchés et faisaient l'amour assez souvent mais, heureusement pour Lenka, dans l'obscurité de leur chambre. Dix jours après, rien ne s'étant passé, elle ne jetait plus qu'un coup d'œil furtif à l'écran, déçue. Boris lui avait laissé un tour de garde, la surveillance nécessitant une présence de chaque heure, même la nuit où tout le monde dormait.

Autour d'elle, le bureau de la Kollwitzplatz tournait au ralenti. Dans l'attente des résultats de l'autopsie de l'Inconnue et de l'identification des cartes de crédit du restaurant où Barbara avait dîné pour sa dernière soirée en ce bas monde, nombre d'agents avaient pris des congés bien mérités. Le commandant était rentré à La Haye ou chez lui à Paris et ne donnait pas de nouvelles. Il avait exigé la plus grande discrétion, ce qui signifiait ne pas informer la police berlinoise de l'existence du cahier de Barbara et des découvertes qu'il avait engendrées. Même prudence envers les magistrats slovaques enquêtant sur l'oligarque. Le bureau était aussi morne que les écrans. Puis tout arriva d'un coup.

L'équipe de Dragan avait achevé de compiler les informations du cahier, des plaintes des douze billetteries en ligne et de la clef USB portant des données issues de l'ordinateur de Gert. Le résultat ne faisait que confirmer la thèse de deux ressources très différentes, d'une part les cotisations et, d'autre part, les détournements ne concernant que les billetteries. Les comptes d'exploitation de quelques entreprises « donatrices » récupérés par Dragan ne laissaient apparaître aucune des sommes recensées qui, s'il s'était agi de vols ou de piratages, auraient dû être provisionnées en l'attente des indemnités des assurances. Le capitaine avait appelé les quatre sociétés identifiées sans résultat pour trois d'entre elles, soit parce que ce n'étaient pas les bonnes, soit parce que leurs patrons avaient su déjouer les questions. Avec la quatrième, la plus petite, c'était plus intéressant. Dragan avait informé le directeur de cette cimenterie hongroise qu'il était au courant, sans lui dire comment, pour les 78 000 euros manquant dans la trésorerie de son entreprise. Son interlocuteur avait paniqué, niant d'abord, puis se contredisant, puis refusant obstinément que le faux assureur vienne le voir. Il avait clos la conversation sur des menaces. Les renseignements pris sur son compte confirmaient ses relations avec les entreprises du bâtiment appartenant au conglomérat de l'oligarque slovaque. Cotisation ? Commission sur un marché ? Chantage ? Ce qui était certain, c'est que les 78 000 euros apparaissaient noir sur blanc dans le cahier de Gert, mais pas sur les comptes des entreprises de Janov comme l'avaient confirmé les magistrats slovaques.

L'autopsie de l'Inconnue du lac avait été réalisée non sans mal. Il avait fallu déterrer le cercueil, la juge autrichienne ayant fait procéder à l'inhumation avant que le mandat de sa collègue européenne ne lui parvienne. Le rapport du légiste ne faisait mention d'aucune violence à part quelques hématomes qu'on pouvait attribuer à la chute dans la baignoire et, pour celles du bras, à une résistance à Gert, explicable au moment fatal. La femme consommait des drogues dures en quantités importantes, régulièrement et depuis longtemps. On possédait maintenant son portrait-robot, son âge, entre trente et trente-cinq ans, ses mensurations et son empreinte génétique. De quoi faire avancer son identification et aider Elsa, qui se préparait à partir dans les Alpes avec un agent technicien.

Lorsqu'elle rentrait chez elle, ou allait faire ses courses, Lenka continuait à emprunter un passage étroit entre deux immeubles pour vérifier qu'elle n'était pas suivie. Elle demanda à Adrijana si c'était encore nécessaire, et la commandante lui conseilla de laisser tomber sauf si elle s'éloignait du quartier. S'éloigner du quartier ? L'idée ne lui en était jamais venue. Elle se rendit compte qu'elle ne vivait désormais plus que pour l'enquête. Elle n'avait pas eu le temps de penser à elle, à son avenir, de se demander ce qu'elle avait envie de faire. La proposition de Salvère avait précédé ce moment qui maintenant lui manquait. Comme lui manquait Hanna, son amie de Dresde à qui Thomas s'était chargé de donner des nouvelles, Lenka n'étant pas encore autorisée à la contacter. Une musique chaude et entraînante commençait à se faire entendre quelque part dans son oreille interne comme si son cerveau tenait en lisière les souvenirs des temps joyeux. Elle avait encore peur de sortir du périmètre géographique dans lequel elle évoluait, la Wasserturm, la Kollwitzplatz, et une rue du quartier de Friedrichshain où vivait Ulrich. Mais aussi du périmètre mental, l'agression, Milosz, l'enquête. Elle ne connaissait de Berlin que ce qu'elle en voyait à la télévision locale qu'elle suivait auparavant pour parfaire son allemand, aujourd'hui par intérêt pour cette vie locale foisonnante. Un reportage sur les nuits de Berlin, un peu atrophiées par la crise sanitaire et ses conséquences économiques, lui donna envie d'aller boire un verre au 808, situé au dernier étage d'une tour de la Budapester Strasse d'où l'on avait une vue d'ensemble sur le centre de la ville. Pas seule, bien sûr. Mais avec qui ? Elle pensa d'abord proposer à Adrijana de l'accompagner. C'était sa cheffe et leurs rapports, bien que cordiaux, sensibles même depuis le temps du débriefing, n'allaient pas jusqu'à la camaraderie. Elle aimait bien Mehmet, mais il était pris par sa vie de famille et ses deux enfants en bas âge. Il n'y avait que Mark, le discret et gentil analyste qui la regardait avec des yeux si timides. Il accepta tout de suite. Il fut surpris qu'elle veuille faire tout le chemin à pied, mais elle avait envie de voir la ville. Berlinois de naissance, Mark lui raconta ce qu'il savait des différentes époques de construction, des destructions de la guerre, des plans si opposés des urbanistes de l'Est et de l'Ouest. Ils traversèrent le Tiergarten, passage essentiel pour elle qui n'avait plus marché dans une forêt depuis tant de temps. Dans le club, il s'avéra que l'analyste n'était pas aussi timide qu'il en avait l'air. Il connaissait pas mal de monde, il lui présenta quelques têtes et lui avoua passer nombre de ses soirées dans des lieux de ce genre. Elle en fut surprise, comme lorsque, après un troisième cocktail, il tenta de l'embrasser. Elle laissa ses lèvres toucher les siennes, en maintenant une main sur la poitrine du jeune homme pour tenir son corps à distance. Et lui murmura à l'oreille « C'est trop tôt ». À sa place, elle se serait envoyée bouler. Trop tôt, alors qu'il soupirait depuis des semaines ! Elle espéra qu'il comprendrait, mais ne s'en soucia pas trop. Elle insista pour rentrer en métro et descendit pour la première fois dans ces stations dont, lui expliqua Mark, une même ligne traversait jadis deux pays différents, la RFA et la RDA. Pour des raisons de sécurité, elle exigea qu'il la raccompagne chez elle. Tout au long du trajet, un peu enivrés, ils s'amusèrent à repérer d'éventuels espions dans un jeu de cache-cache où leurs corps ne manquèrent pas de se frôler. Il entra dans le couloir de son immeuble pour vérifier qu'aucun agresseur ne s'y trouvait et, là, c'est elle qui posa ses lèvres sur les siennes en lui souhaitant une bonne nuit.

Le lendemain, elle pensa à cette soirée qui lui avait ouvert tant de portes. Elle se sentait comme un bouton de rose s'ouvrant doucement au soleil. Une lenteur agréable comme un plaisir contenu, retardé. En plus, il y avait du neuf dans l'enquête, bien qu'elle ne perçût pas l'intérêt de l'information. Adrijana avait obtenu le pedigree d'Abdul Azziz Hassan, le beau-père d'Ulrich dont la surveillance ne donnait toujours aucun résultat. L'homme avait un passé pour le moins nébuleux. Colonel de l'armée de Saddam Hussein, il avait été affecté au renseignement extérieur peu de temps après sa formation. À ce titre, il avait multiplié les voyages en Russie et dans nombre de pays du pacte de Varsovie du temps de sa splendeur. Dont de fréquents passages à Berlin, avant et après la réunification allemande. La chute du dictateur irakien ne lui avait inspiré aucun esprit de résistance, il avait quitté son pays avant même que Saddam ne soit découvert dans sa cache souterraine. Ensuite il y avait un blanc. Entre 2006 et 2008, date de son installation dans la capitale allemande, ni les renseignements de la Bundeswehr ni les services de l'OTAN n'avaient pu le situer, de même que sa famille qui l'avait suivi en exil. Comment avait-il pu obtenir si vite le statut de réfugié, c'est ce que son dossier au service de l'immigration n'expliquait pas. Il n'avait pourtant rien caché de ses activités passées, qui ne pouvaient faire de lui un opposant à Saddam. Il est vrai que le gouvernement irakien n'avait pas toujours été tendre avec les notables du régime précédent et qu'aucun procès équitable, selon les normes du droit international, ne pouvait être garanti. À la surprise de Lenka, Adrijana demanda ouvertement si le beau-père et le gendre étaient vraiment en conflit. Cela méritait que l'on vérifie, bien que pour Lenka, son statut de réfugié d'un pays arabe rendait inconciliables les rapports entre les deux hommes. La surveillance du colonel Hassan avait le mérite de remettre Lenka sur le terrain, ce qu'elle affectionnait de plus en plus. Toujours en équipe avec Mehmet qui avait le souci de la former. Ce n'était pas le cas de tous les membres de l'équipe, notamment Boris qui s'en tenait avec elle aux rapports hiérarchiques sans courtoisie superflue.

N'ayant toujours pas trouvé un appartement correspondant aux vœux du couple qu'ils étaient censés former, Mehmet et Lenka se retrouvèrent dans le café turc où le tenancier les accueillit avec cette hospitalité dont elle n'avait pas l'habitude. Ils arrivèrent avec une pile de journaux immobiliers qu'ils dépouillèrent lentement en prenant leur déjeuner. Comme la première fois, Abdul Azziz Hassan vint boire son café mais ce jour-là Mehmet se débrouilla pour entrer en contact avec lui par l'intermédiaire du patron. C'était un homme distingué et affable, malgré les rides de son visage qui trahissaient des malheurs répétés ou, comme le suggéra par la suite Mehmet, des soucis lourds et récurrents. Ses yeux, d'un noir brillant, impressionnèrent Lenka. Affable, mais pas commode. Le colonel leur indiqua deux logements vacants et se laissa entraîner dans une discussion sur la famille que le jeune couple entendait former. Lui-même avait une fille et deux petits-enfants qui logeaient dans l'immeuble voisin, il pouvait garantir la qualité de vie du quartier et l'excellence de son école. Son allemand était des plus corrects, mâtiné d'un accent qui donnait au *Hochdeutsch* des horizons nouveaux. Alors que Mehmet inventait une enfance en Turquie, Hassan évoqua sans détour son propre passé de Bagdadi. Mehmet déclara son intérêt pour ce quartier ancien et son désir d'une visite des deux appartements, ce que le colonel se proposa gentiment d'organiser. Les futures rencontres étaient assurées. Lenka, qui n'avait que modérément osé parler, apprit beaucoup de cette prise de contact. Pourquoi il était inutile d'éveiller les soupçons d'Hassan en l'interrogeant sur ses activités en Irak que les policiers connaissaient déjà. Et pourquoi parler de son gendre dès le premier échange eût été malheureux. C'est pourtant ce qu'elle avait envisagé.

De retour au bureau, Mehmet se chargea d'obtenir la mise sur écoute du téléphone de l'Irakien et s'assura les services d'un arabophone. S'il entretenait des relations directes avec Ulrich ou s'il parlait de lui avec sa fille, le pôle serait immédiatement renseigné. Trois jours après, la connexion était établie et un policier supplémentaire avait rejoint la Kollwitzplatz. Lenka était émerveillée par l'efficacité d'Europol, et ne se posa plus de questions sur l'intérêt d'un travail qui constituait désormais son présent et son avenir. Elle proposa à Mark qu'il lui fasse découvrir d'autres aspects de la nuit berlinoise.

Cette nuit-là, dans les couloirs de son immeuble, ce fut lui qui tenta de l'embrasser, mais elle le repoussa sans ménagement. Elle avait pas mal bu, ce qui ne lui était pas arrivé depuis Dresde. Il se retira boudeur, mais elle n'en avait rien à faire. Dans son état de semi-ébriété, elle s'affala tout habillée sur son lit, regretta de ne pas avoir d'alcool chez elle, et laissa des images incontrôlées traverser son esprit. De sa petite enfance, ne lui restaient que les déménagements, les soins qu'exigeait le handicap de son père qui jamais ne parlait, jamais ne lui avait manifesté le moindre sentiment ou ressentiment. Même chose pour son frère qui, comme elle dès qu'elle eut treize ans, s'échappait le plus souvent possible du domicile familial et fréquentait pour des trafics minables des petites frappes sans relief, croyant ainsi se donner un genre. Les souvenirs forts la ramenaient presque tous aux humiliations subies par les parents, l'expulsion du logement, la maladie de la mère traitée comme une folle parce qu'aucun médecin n'avait su diagnostiquer la maladie de Lyme. On l'avait assommée de neuroleptiques, vidant le foyer de toute humanité. Il avait fallu attendre plus de dix ans avant qu'une jeune médecin d'un centre de santé de Bratislava fasse faire des analyses révélant la borréliose. Tout ça à cause d'une simple piqûre de tique dans une quelconque forêt tchèque. C'était à en pleurer !

Pourquoi ses parents étaient-ils enfants uniques ? Pourquoi n'avait-elle pas eu, comme les autres enfants à l'école, un grand-père, une grand-mère, des tantes et des oncles, des cousines et des cousins avec qui jouer ? Pourquoi n'avait-elle eu qu'un seul souhait, celui de quitter cette cité pourrie, rompre tous les liens, absolument tous ? Elle se souvenait de ses premiers petits amis, belles gueules mais comportements affligeants, nuls en tout même pour le sexe. Ne pensant qu'à leur propre plaisir sans la moindre attention pour le sien. Et puis Milosz, ce fracassé de la vie encore plus abîmé qu'elle. D'où lui était venue l'énergie de s'en sortir ?

Leur première rencontre n'avait rien eu de romantique. Des hurlements dans le couloir de son immeuble, un de leurs voisins, diplômé alcoolique, se faisait passer à tabac par trois types. Ce n'était pas la première fois qu'elle assistait à ce genre de scène que la prudence recommandait de ne pas regarder. Mais Milosz avait retenu le plus furieux de ses comparses qui, avec ses gros godillots, voulait bourrer de coups de pied le corps allongé du vieux. Plus tard, lorsqu'ils se fréquentaient, elle l'avait vu se battre à maintes reprises, sans cette envie de faire mal qui gagnait les autres. Elle l'avait aussi vu intervenir brutalement pour empêcher un viol. Dans cet univers de violence, celle de Milosz ne l'avait pas choquée. Elle n'avait pas non plus recherché sa « protection ». Il y avait chez lui quelque chose d'assez fort, une dignité, un respect de lui-même sans lequel elle n'aurait pu lui accorder sa confiance. Elle le savait bien, ce qui les avait rapprochés c'était de ne pas s'enfoncer, de ne pas se laisser dominer par la vie et les mœurs de la cité, d'être sûrs qu'un jour, comme ils étaient venus, ils s'en iraient.

Milosz. Un type bien. Selon ses critères à elle, car les gens qu'elle fréquentait aujourd'hui ne lui auraient pas prêté plus d'attention qu'à un chien pouilleux. Milosz, sans qui peut-être elle serait encore là-bas. Milosz, qu'ils avaient battu, torturé. Malgré l'aide et les conseils d'Adrijana et de la psychologue, elle ressentait ce soir encore sa culpabilité.

17

Adrijana

Un appel de la préfecture apprit à Thomas que le commandant Salvère s'était à nouveau accroché avec la Kommissar Ebstein. Comme il était difficilement joignable, Adrijana résolut d'accompagner le capitaine Wintersee à Tempelhof pour aplanir ces nouvelles dissensions entre Europol et les Berlinois. La préfecture avait repris son effervescence d'antan, lorsque le virus n'avait pas encore réduit à l'inactivité les voyous de tout bord. Cornelia Ebstein accueillit les deux policiers avec cordialité, mais ne tarda pas à s'emporter contre les « sautes d'humeur du boss ». Elle avait eu vent des recherches sur les cartes de crédit de clients s'étant trouvés dans le même restaurant que Barbara et souhaitait être informée des résultats obtenus par Europol. Elle avait donc tout naturellement appelé le commandant qui lui avait opposé une fin de non-recevoir.

— Je vous plains, avait-elle lâché aux deux officiers. Comment faites-vous pour travailler avec un cinglé pareil ?

Thomas et Adrijana s'étaient demandé ce qui avait bien pu se passer pour que la Kommissar réagisse ainsi.

— Il m'a expliqué que je devais me concentrer sur mon

psychopathe, que le reste ne me regardait pas. Et que les informations ne circulaient que dans un sens, de nous vers vous. Sur un ton que vous ne pouvez pas imaginer. C'est un malade, ce type! conclut-elle de sa voix forte en rigolant comme si la réaction antipathique de Salvère ne méritait que le dédain.

Pour avoir eu quelques conversations avec Deniz ces derniers jours, Adrijana ne comprenait que trop Cornelia. Elle n'avait jamais senti le commandant aussi irritable. Lorsqu'elle lui avait opposé quelques objections sur sa certitude que l'assassinat de Barbara était le fait de l'organisation, il avait été à deux doigts de s'emporter. Le commandant était d'une humeur exécrable, et donnait maintenant l'impression de se désintéresser de l'enquête sur « H » comme s'il était pris par des occupations bien plus importantes. En descendant l'escalier de Tempelhof, elle composa le numéro d'Elsa.

La commandante, qui le pratiquait quotidiennement depuis des années, avoua qu'elle ne reconnaissait plus Salvère. Elle confia à Adrijana qu'il avait publiquement rabroué Max de Saint-Pierre pour avoir dérapé lors de l'interpellation d'un receleur ayant armé un groupe djihadiste. Ce qui avait meurtri le capitaine c'était moins d'avoir été épinglé par Salvère que l'air las avec lequel celui-ci l'avait fait, comme s'il n'y avait pas de remède à l'insuffisance, voire au manque d'intelligence de Max. Deniz avait confié à Elsa que leur travail ne servait sans doute pas à grand-chose, les nationalistes populistes rassemblant toujours plus de voix à chaque nouveau scrutin, les populations ouvrant maintenant leurs oreilles à leur propagande de haine. En bref, il paraissait démotivé et déprimé.

— Mais je crois que la claque que lui a mise Brenner a été sa pire humiliation.

— La claque ? Quelle claque ?

— Sur Gert Schumacher…

— Je ne suis pas au courant, répliqua Adrijana, soudainement inquiète de n'avoir pas reçu toutes les informations relatives au pôle.

— D'après ce qui se raconte ici, dans les couloirs bien sûr, Brenner a piqué une colère, expliquant que, jusqu'à preuve du contraire, il n'y avait nul acte de terrorisme avéré concernant la Fabrique de Dresde, qu'il s'agissait en fait de cybercriminalité et que cela relevait de son département. Ça s'est passé dans le bureau de Stefanakis qui est certes leur supérieur à tous deux, mais tout le monde sait qu'il est ami avec Deniz.

— Comment ça s'est terminé ?

— Si tu regardes objectivement les faits, Brenner est dans son droit. Stefanakis a coupé la poire en deux, obligeant Deniz à s'appuyer sur le service de Brenner, plus compétent en ce qui concerne les flux financiers entre îles offshore. On a transmis hier à son bureau cette partie du dossier de Schumacher.

Décontenancée par les propos d'Elsa, Adrijana s'était interrompue au milieu de l'escalier monumental. Elle raccrocha sans pour autant bouger, malgré l'expression surprise de Thomas qui l'attendait en bas. Elle avait toujours, surtout publiquement, soutenu le commandant. Mais là, ça partait en vrille. Si l'interprétation que Dragan faisait du cahier était la bonne, alors un objet du délit, les détournements de fonds, se réduisait à une part congrue qui ne justifiait pas une telle enquête de la part d'Europol. Enquête qui risquait de passer intégralement au département de Brenner. Que resterait-il alors ? Une suspicion de meurtres, ceux de l'Inconnue du lac et de son amant, que rien pour le moment ne venait étayer, et c'était tout. Rien sur Ulrich que Lenka pensait avoir reconnu mais qui, même si l'on arrivait à démontrer qu'il avait travaillé à la Fabrique, ne pouvait être inculpé de terrorisme pour cela. Le cahier ? Salvère n'avait toujours pas informé la juge des déductions de Dragan, la piste semblait bien faible. Le meurtre de Barbara von Haselbohm, c'était la pire hypothèse du commandant. Tout indiquait la piste d'un serial killer, mais lui s'obstinait, allant jusqu'à entraver l'enquête de la Kommissar Ebstein en ne lui révélant pas ce qu'Europol savait d'elle. Si l'on ajoutait à tout cela la démobilisation récente de Salvère, démobilisation sans doute due au fait qu'il avait pris conscience de la légèreté de leur enquête, il y avait de quoi s'interroger.

Adrijana s'accorda une journée pour peser le pour et le contre et, le lendemain, décida d'informer la Kommissar, sans en référer au commandant, d'un certain nombre d'informations sur Barbara. Elle ne lui révéla ni sa participation à la Fabrique ni, bien sûr, la perquisition illégale et la découverte du cahier. Mais elle lui apprit qu'Europol voulait identifier l'homme avec qui avait dîné la victime, d'où les recherches sur les cartes de crédit. Un portrait-robot un peu trop sommaire avait pu être établi grâce au restaurateur et l'on attendait le témoignage des clients qu'on cherchait à identifier en remontant leurs paiements. Cornelia Ebstein saisit tout de suite que l'enquête parallèle menée par Europol avait des proportions qu'elle ne soupçonnait pas.

— Mais qu'a fait cette malheureuse victime pour autant vous intéresser ? demanda-t-elle à Adrijana. L'avis de recherche d'Europol ne mentionne qu'une audition comme témoin…

— Nous ne savons pas exactement, éluda Adrijana, mais peut-être trop de choses répréhensibles pour se faire oublier.

La Kommissar prit la phrase elliptique à sa juste valeur. Barbara von Haselbohm était sous surveillance d'Europol jusqu'à son assassinat par un serial killer qui jurait dans l'affaire comme un éléphant dans un jeu de quilles. Elle remercia Adrijana pour sa confiance.

La commandante apprécia l'absence de Salvère qui lui laissait ainsi les coudées franches dans la conduite des enquêtes. Son goût pour la légalité et les affaires menées selon les processus établis et le respect du règlement ne l'empêchait pas d'apprécier l'initiative individuelle. Et le commandant, avec l'autorité et la compétence du mâle certain que sa fonction interdisait toute remarque sur ses décisions, collait au cadre encore trop administratif d'Europol. Adrijana pensait qu'il ne sollicitait pas assez l'intelligence et la responsabilité des agents. Elle avait quitté le renseignement, rempli d'hommes imposants occupant le sommet hiérarchique, pour cette raison. Gravissant les échelons, elle supportait de plus en plus mal l'arrogance de ces messieurs préoccupés avant tout de leur carrière, de leur place sociale, de leur environnement aussi assuré que le repas du soir préparé par madame car, n'est-ce pas, ils avaient beaucoup de travail, et finissaient tard. Deniz, parfois, ne dépareillait pas. Ses silences, ses omissions, ses certitudes sur l'enquête en cours en étaient un bon exemple.

Il finit par revenir à Berlin après deux semaines d'absence. Il savait comment se vêtir, mais son élégance ne put cacher la perte de nombreux kilos. Tout le monde le remarqua, comme son étonnant bronzage, mais personne n'en dit mot. Adrijana crut lire une nuance d'amertume dans la ride qui maintenant séparait ses deux sourcils. Sa collègue Elsa ne s'était pas trompée, quelque chose en lui avait changé. Il avait des moments d'absence où il semblait se désintéresser complètement des propos qu'on lui tenait. Et une fois, elle eût juré qu'il venait de pleurer. Il s'anima néanmoins lorsque Lenka lui rapporta toutes les informations à sa disposition sur le colonel Hassan. Ou plutôt l'absence d'informations.

— Voilà un parcours qui présente trop de trous pour être crédible, réagit-il. Évaporé durant deux ans, puis obtenant dans des délais record le statut de réfugié. Il possède un compte bancaire, alimenté pendant qu'il officiait en Irak, grâce auquel il vit. Il appelle sa fille pour lui parler de la vie quotidienne, mais ne mentionne jamais son gendre. Les communications que vous m'avez transmises se font sur un ton mesuré qui me fait penser à des malfrats préparant un coup tout en se sachant sur écoute. Il parle comme un retraité qui n'a plus aucune implication dans la vie sociale, mais donne un avis qui ne supporte pas la réplique. Je veux une surveillance vingt-quatre heures sur vingt-quatre, et munissez-vous du matériel nécessaire pour capter ses conversations dans la rue ou avec ses proches.

Le commandant était toujours aux commandes, pensa Adrijana. Plus autoritaire qu'auparavant. Elle omit de l'informer du portrait-robot qu'elle avait confié à la Kommissar Ebstein. Ça ne pressait pas.

Le soir même, elle avait rendez-vous avec Alex et se sentait sur un petit nuage. Ils se découvraient tous les deux avec l'appétit de fins gourmets. Leurs lectures, leur passé, leurs balades, leurs relations sexuelles, tout était l'objet d'accointances, de sympathie, de bonheurs partagés et de cette once de magie que rien ne peut expliquer. Un monde nouveau, un monde libre, un monde ouvert qui n'en finissait pas de les étonner. Alex avait en plus l'outrecuidance d'être beau, qualité qu'elle lui reprochait avec émerveillement comme si on lui avait servi le seul ange de Berlin.

Ils parlaient de rien, ils parlaient de tout, même de leur travail en respectant la distance nécessaire. Mais lorsqu'elle lui raconta l'apathie nouvelle de son patron et son intérêt soudain pour un colonel irakien, elle vit Alex redevenir policier.

— Excuse mon indiscrétion, mais ton colonel ne s'appelle pas Abdul Azziz Hassan ?

Elle fut surprise et cela valait pour Alex réponse affirmative. Ils se jaugèrent tout à coup comme s'ils étaient un couple de magistrat et d'avocat travaillant sur le même dossier et sans se concerter s'imposèrent brusquement le silence.

Son mug de café à la main, Adrijana observa Lenka évoluer dans la salle. En quelques semaines, elle avait pris de l'assurance, trouvé ses marques dans l'équipe. Elle ne comptait pas ses heures, assurant à la fois le suivi de sa formation, le travail à la Kollwitzplatz et la présence sur le terrain. C'est à cette dernière que songeait la commandante après l'indiscrétion d'Alex. Deniz avait raison de ne rien laisser au hasard concernant le colonel en attendant que le BfV réponde à leur demande d'information, et Lenka ne se plaignait pas de la surveillance renforcée. La commandante l'invita à visionner avec Mehmet et elle tout le dossier Hassan, en reprenant depuis le début.

Elle resta un moment face aux différents portraits qui s'affichaient sur l'écran. Le colonel n'était pas un homme ordinaire. Elle n'aurait su dire si la dureté qui en émanait avait pour origine des horreurs vécues ou une cruauté naturelle, mais elle ne pouvait s'empêcher de supputer cette cruauté, malgré un flegme apparent. À moins que la peur n'en soit la cause.

— Mehmet, est-ce qu'il t'a semblé être sur ses gardes ?

— J'y ai pensé, mais il n'en présente aucun signe. Il ne se retourne pas, n'est jamais fébrile, et lorsque nous avons discuté avec lui nous avons trouvé un homme calme, serviable, sans prévention, sans jamais aucune familiarité.

— Je me fais sans doute un roman, ajouta Lenka, mais je pense qu'il n'est pas né dans l'opulence. Il a dû en baver pour s'élever et n'a pas envie de déchoir. C'est peut-être pour cela qu'il a quitté son pays. On ne peut pas le savoir ?

— Difficile, répondit Adrijana qui depuis la veille se demandait en quoi cet homme intéressait les services intérieurs allemands. Il faudrait connaître son parcours entre 2006 et 2008. S'il a navigué en Syrie ou en Russie, on ne saura rien. Repassez-moi les enregistrements de ses appels.

Deniz n'avait pas tort. Les échanges avec ses enfants étaient dépourvus de chaleur, d'humour, de légèreté, comme s'il ne les appelait que pour vérifier une situation ou régler un problème alors qu'ils ne parlaient que des petits-enfants ou des nouvelles du jour. Les conversations étaient brèves, il ne s'étendait jamais. C'était étrange, mais il existait des hommes comme ça, peu expressifs, qui ne partageaient jamais leurs émotions sans être pour autant des criminels.

— Il n'appelle pas son gendre, il ne le rencontre pas, ils n'échangent sur aucune messagerie. Nous avons à peu près tout essayé. À moins qu'il ait un autre téléphone ou qu'existe un code entre eux.

— Ou qu'il passe par sa fille lorsqu'ils se voient dans le quartier, suggéra Lenka. C'est toujours aux mêmes heures. Avant qu'elle ne parte au travail lorsqu'elle est de service l'après-midi, ou après, lorsqu'elle est de service le matin.

— Essayez de capter leurs conversations. Si on tombe sur quelque chose on emploiera plus de moyens, mais pour le moment ce serait disproportionné. Et pour Ulrich, on attend encore quelques jours puis on enlève les caméras.

— Mais c'est notre seul lien avec Dresde, objecta Lenka à Adrijana qui haussa les épaules en signe de résignation.

La démobilisation ne touchait pas que Salvère. La jeune commandante avait du mal à maintenir en vigilance maximale une équipe qui ne savait pas vraiment ce qu'elle cherchait. Si organisation terroriste il y avait, ce que Deniz tenait un peu déraisonnablement pour acquis, on aurait pu remonter jusqu'à elle par Ulrich Roeder qui ne pouvait avoir coupé tout contact avec ceux de la Fabrique. Or rien, pas le moindre milligramme d'indice. Europol n'avait pourtant pas lésiné sur les moyens. La moindre parcelle de son environnement, la moindre seconde de son temps étaient observées à la loupe, décortiquées, analysées. Même s'il avait repéré en partie la surveillance dont il faisait l'objet, il ne pouvait feindre à ce point. Deniz n'avait pas apprécié qu'Adrijana se mette à douter des capacités de Lenka, car c'était sa reconnaissance, et uniquement cela, qui avait déclenché tout ce cirque. Pour rien. Sur son insistance, le commandant l'avait laissée s'entretenir avec Lenka et l'analyste de l'équipe spécialisé dans la reconnaissance faciale. Bien que n'ayant aperçu Ulrich à Dresde que quelques instants, et à contre-jour, la jeune femme maintenait ses déclarations et les tests que lui avait fait passer l'analyste montraient effectivement une grande capacité physionomiste.

Il y avait beaucoup trop de pistes disparates à mener dans ce travail, du paisible colonel à la retraite au cadavre non identifié de Salzbourg, du suicide douteux de Gert à l'assassinat de Barbara. L'équipe ne pouvait pas continuer à douter de tout, jusqu'à la compétence des policiers autrichiens et à la probité des magistrats slovaques, sans jamais réussir à dénicher le moindre indice. C'était usant, mais Deniz s'obstinait dans ses injonctions alors que lui-même semblait pris par le doute au point d'éviter Berlin. Quoi qu'il en soit, elle ne pouvait pas tenir tous les enquêteurs sous pression constante et multiplier indéfiniment les heures supplémentaires.

Bizarrement, c'est à Wolfgang Brenner qu'elle pensa lorsque, à une terrasse ensoleillée de Moabit, une bière bien fraîche posée devant eux, elle confia à Alex sa lassitude sur son enquête en cours.

— Surtout ne baisse pas les bras. Ce que vous faites est inestimable.

Elle resta un moment sans répondre. « Ce que vous faites », qu'en savait-il ? Elle n'avait pas trop envie de parler boulot avec lui, mais elle le lui demanda.

— Des échos, rien que des échos, je ne connais ni les instructions, ni les détails. Mais ton patron a une certaine réputation. Il en irrite un grand nombre, mais nombreux sont ceux, dont je fais partie, qui approuvent sa façon de ne s'interdire aucune analyse, aucune direction d'enquête et de n'avoir aucune de ces pudeurs qui m'horripilent, du genre « Chez nous ? Mais ce n'est pas concevable ! ». Regarde le temps que nous avons mis à nous débarrasser des vieux cadres qui considéraient le nazisme comme une parenthèse honteuse de notre histoire, une affaire de famille dont on ne doit pas parler. Nous venons à peine, depuis quelques mois, de décrocher la mission de surveiller une extrême droite potentiellement dangereuse pour notre Constitution. Il a fallu attendre que leurs militants envahissent le Reichstag et tuent un préfet pour qu'on nous laisse les coudées franches. Ne crois pas que tout soit réglé. Il y a encore des informations qui nous remontent et qu'on regarde passer comme des oiseaux migrateurs.

— Comme quoi, par exemple ?

— Adrijana ! Tu sais bien que ce n'est pas une question possible.

Elle rajusta ses lunettes de soleil, but une gorgée de bière et tenta de penser à autre chose, même si cet éloge de son patron était un peu en contradiction avec ses réflexions présentes. Elle fixa l'imposante carcasse industrielle qui se dressait face à eux et n'allait pas tarder à leur faire de l'ombre. Encore un de ces squats occupés par des artistes qui venaient d'être expulsés, et qui finirait sans doute dans les mains de promoteurs immobiliers pour qu'ils édifient des immeubles de standing. Il n'y avait pas si longtemps, elle allait encore y écouter des concerts et assister à des projections de films underground. Elle entrait par une lourde porte en fer donnant sur les caves et… Elle termina sa bière, posa un billet de dix euros sur la table, saisit Alex par la main et lui fit traverser la Torstrasse.

— Où allons-nous ? demanda-t-il sans résister.

— Assouvir un vieux fantasme, ce que je n'osais faire à vingt ans.

18

HDS

Suivant les consignes, ils ne se donnaient jamais rendez-vous deux fois dans le même lieu, et cette fois Gerhardt avait choisi les puces de la Strasse des 17. Juni. C'était un axe très fréquenté, tout au bout de la partie occidentale du Tiergarten, où les Berlinois aimaient à venir chiner le dimanche matin après une balade dans le grand parc. Teresa était arrivée dans son cabriolet blanc si remarquable, vêtue d'une combinaison dont le tissu rappelait les années pop, années de ses quinze ans où il n'imaginait certes pas la vie qui allait être la sienne, la chute du Mur, la réunification si brutale. Pour s'entretenir aisément à voix basse dans ce brouhaha sympathique, elle lui donna le bras. Cette proximité n'était pas pour déplaire à Gerhardt. Il trouvait flatteur qu'on les prenne pour un couple bien qu'il fût en âge d'être le père de Teresa. Son odorat éduqué lui fit reconnaître « J'adore » de Dior, il s'empressa d'en complimenter sa compagne. Mais Teresa semblait toujours monnayer son temps, il dut lui conseiller de se calmer, il leur faudrait bien descendre et remonter les allées formées par les étals pour aborder tous les sujets qu'ils avaient à débattre. Le premier ne faisait pas partie de l'ordre du jour, si l'on pouvait appeler ainsi les points qu'ils se proposaient de traiter à chaque rendez-vous. Teresa tenait à avoir l'avis du dirigeant le plus proche du Colonel sur la prudence redoublée de ce dernier, qui lui faisait soupçonner un brin de paranoïa bien qu'elle n'osât employer le mot.

— Durant toutes ces années passées à ses côtés, il m'est arrivé plusieurs fois d'être fatigué d'avoir à défaire et à recommencer ce qu'on venait d'achever parce que subsistait un risque. Je dois reconnaître qu'il avait raison à chaque fois.

— Janov n'a pas parlé, Kollar est sous notre contrôle et j'ai bientôt fini de tout nettoyer. De ce côté-là, tout est clean.

— Il craint beaucoup qu'Europol se mêle de nos affaires. Leurs enquêteurs sont un peu trop présents en Slovaquie. Ils assistent le groupement des magistrats et sont peut-être intervenus bien en amont, avant même l'arrestation de Janov. Ce qui inquiète particulièrement le Colonel, c'est qu'ils s'intéressent également aux suicides de Zell-am-See, sous mandat du parquet européen. Pour le moment, nous n'en savons pas plus, mais il est peu probable qu'une juge européenne fasse rouvrir une enquête close concernant des suicides sans la relier à une autre affaire. Par Gert Schumacher, ils sont peut-être remontés jusqu'au dossier de la police de Dresde et, si c'est le cas, ils doivent fouiller autour de l'agression des jeunes Slovaques.

— Ça fait longtemps qu'on a fait le ménage là-dedans. Un ménage radical, non ? Je ne vois pas ce qu'ils pourraient découvrir.

Teresa s'arrêta devant un stand où s'amoncelaient dans de larges bacs des centaines d'images, papiers, tableaux, tous encadrés. Son œil exercé avait décelé une photo représentant une plage, britannique sans doute, où les baigneurs paraissaient figés sous une lumière singulière. Elle tourna et retourna le cadre, discuta avec le vendeur qui s'était approché, mais renonça.

— Intéressant ? s'enquit Gerhardt qui connaissait les talents de collectionneuse de son amie.

— Très intéressant. Un grand nom de la photo, mais le tirage n'est pas signé. Et sur le Tiergarten ?

— Difficile d'en parler avec lui. Tu imagines combien cette histoire peut l'affecter. Nous avons nos entrées à Tempelhof et nous suivons de près l'évolution de l'enquête. Les policiers patinent. Pour l'instant la commissaire en charge de l'enquête penche toujours pour le psychopathe.

~

Ce qui devait arriver arriva. Sans heurt, sans précipitation, sans retard. Personne ne pouvait fixer de date, et pourtant cela eut lieu le jour dit. Paula savait qu'il n'opposerait aucune résistance mais qu'il ne ferait jamais le premier pas. C'était bien dans le style de Pietro de se laisser courtiser mais peut-être qu'avec sa culture catholique, il n'osait l'espérer d'une femme mariée. Après un de leurs dîners à Berlin, ils avaient pris le même taxi pour rentrer, déposant Paula en premier comme l'exigeait la courtoisie. Arrivée à son hôtel, elle avait réglé le chauffeur, Pietro en avait été surpris mais n'avait rien dit. Il hésitait encore à descendre, elle avait dû lui tenir la portière ouverte et cela avait suffi à le convaincre qu'il avait bien saisi l'invitation. Le lendemain, elle ne regrettait rien, bien au contraire. Elle avait été ferme quant à ses intentions, qu'elle lui exposa alors qu'ils étaient encore au lit. Il ne s'agissait pas d'une passade, d'un amant d'un soir. Depuis qu'elle était mariée, elle s'était gardée de prendre des amants. Mais elle avait arrêté une décision qui ne devait rien à leur rencontre. Elle allait divorcer. Avec ses responsabilités publiques, elle n'avait pas décidé à la légère, sans se donner le temps d'examiner les conséquences possibles sur son avenir politique. Dans son pays, le poids de l'Église n'était pas si lourd, ses brebis pas assez intégristes pour reprocher durablement à une élue ses choix de vie. Il était néanmoins nécessaire de maîtriser la communication, d'informer elle-même les médias pour couper court aux rumeurs et d'annoncer les conditions de sa séparation à une date encore éloignée des prochaines élections. Un divorce quand on ne s'aimait plus, cela ne choquerait personne. Et l'on montrerait des photos des enfants riant autour des deux parents séparés mais toujours bons amis. Son mari n'avait pas eu le choix, il avait accepté la garde alternée des enfants. L'amant ne ferait surface qu'après un laps de temps assez décent pour qu'on ne la soupçonne pas d'adultère. Lui n'était pas marié, n'avait pas d'enfant, tout allait bien de ce côté-là. Pietro avait été impressionné par l'énoncé à froid de ce processus si bien agencé. S'il n'y avait eu ces premiers ébats sur l'intensité desquels on ne pouvait se tromper, il aurait eu le sentiment de n'être qu'un objet de communication au service du divorce de sa nouvelle compagne. Il ne pouvait qu'admirer sa préparation et sa détermination. Il avait eu l'occasion, la nuit durant, de lui exprimer son amour, il ne s'était pas dédit au réveil, heureux de voir que leurs liens dureraient et qu'elle avait déjà envisagé leur vie publique. C'était un matin radieux.

Paula ne joua pas de leur intimité pour en apprendre plus sur l'organisation. Les questions qu'elle reposait aujourd'hui avec la même volonté d'obtenir des réponses, elle les avait déjà formulées à maintes reprises les jours précédents.

— Tu sais que Staline, avant même la guerre de 14, était un des financeurs des sociaux-démocrates, lui répondit Pietro. Sa tendance politique tenait le capitalisme en assez piètre estime pour ne pas se soucier des méthodes du camarade Iossif Djougachvili. Les attaques de banque en faisaient partie. Afin de préserver la clandestinité des membres, la triade avait été choisie comme mode d'organisation : ils formaient des cellules de trois personnes, dont une seule avait accès à un membre d'une autre triade. Ainsi lorsque l'un d'eux était pris, s'il ne résistait pas aux interrogatoires musclés de l'Okhrana, la police politique du tsar, il ne pouvait donner que deux, voire trois noms, et comme peu d'entre eux parlaient, il était difficile de reconstituer le réseau. C'est la même triade qui prévalait dans les organisations communistes résistant aux nazis. Toi, tu connais déjà trois noms. C'est assez, non ? Moins tu en sais, moins tu en diras.

— Mais as-tu conscience que je vais rencontrer le Colonel sans savoir qui il est ni ce qu'il représente ?

— Tu verras bien alors.

— Je n'aime pas cette façon de faire. Ni qu'ils m'aient piégée en enregistrant ma conversation avec Aliona. J'ai beau me triturer les méninges, je ne vois pas comment effacer cette preuve de ma complicité autrement qu'en le leur demandant. Qu'est-ce que tu en penses ?

— Rassure-toi, ils ne s'en serviront jamais contre toi. Même si tu t'éloignes de nos idées. S'ils le faisaient, ils se dévoileraient. Ce n'est qu'une garantie pour que tu restes muette sur notre action et sur les fonds qui vont t'être alloués. Aliona ne dira rien, elle et son mari auraient trop à perdre.

— Es-tu certain d'être suffisamment dans le secret des dieux pour m'assurer que les magouilles de Janov ne nous retomberont pas dessus ?

— Le risque zéro n'existe pas, mais j'ai confiance en la capacité des amis de Gerhardt à mener le nettoyage. Ce sont vraiment des pros.

— Quand la rencontre avec le Capo aura-t-elle lieu ?

— Je n'en sais rien, ce n'est pas de mon ressort mais, même entre nous, n'appelle pas le Colonel comme ça. De ce que j'en sais, il est tout l'inverse d'un mafioso.

~

Chaque fois que cela lui était possible sans se faire repérer par sa mère, Lina tentait une nouvelle incursion dans l'école d'ingénieurs. Elle eut un jour des sueurs froides lorsqu'un huissier, plus zélé que les autres, fit voguer son regard de la carte au visage de Lina et du visage de Lina à la carte, dans un aller et retour qui dura infiniment. Mais elle passa. Son intérêt ne se portait plus que sur la cage d'escalier descendant au sous-sol, même si, pour détourner l'attention, et par curiosité naturelle, elle se baladait un peu partout dans les étages. Elle dut rapidement convenir que la porte donnant sur la cour était toujours fermée à clef et qu'on ne pouvait tabler sur aucune négligence en la matière. Son seul complice, maintenant que les autres avaient heureusement déserté car le secret s'imposait, n'avait pas plus d'idée qu'elle pour obtenir la clef. Tom suggéra d'en appeler une nouvelle fois à sa grand-mère, proposition idiote et bien née dans un esprit de puceau que Lina rejeta. Nourrie dès le plus jeune âge aux thrillers, elle ne voyait qu'un moyen : la séduction.

— Quoi ? fulmina Tom. Tu veux séduire un gardien ?

Cette pratique lui paraissait totalement absurde, parce que Lina n'était pas en âge de prétendre y parvenir et parce qu'il ne savait pas très bien en quoi cela consistait. Il imaginait déjà son amie se laisser embrasser par un vieux dégueulasse, mais là s'arrêtait son audace.

— Y a pas que des vieux, corrigea Lina. Il y a même des huissiers tout à fait charmants.

Tom refusa bien sûr d'accréditer un scénario si dangereux, arguant qu'une fois chapeau et lunettes ôtés, Lina paraîtrait ce qu'elle était, une jeune adolescente.

Lina n'eut pas à recourir à un tel stratagème, qu'elle ignorait d'ailleurs comment mettre en œuvre. Elle avait déjà noté l'heure et le jour de la semaine où l'équipe de nettoyage de la Haus se présentait dans l'école. Elle attendit son retour pour voir un pompier raccrocher une clef au tableau de la conciergerie. Conciergerie qui se trouvait parfois vide de son gardien lorsque celui-ci vaquait à d'autres occupations. Se convainquant que le risque de se faire prendre était minime, elle entra dans la loge avec témérité, se saisit du sésame, partit ensuite au pas de course vers la sortie. Elle avait en tête d'en faire faire un double et de remettre l'original en place de façon à pouvoir ensuite décider de la meilleure heure pour passer à l'action.

Raccrocher la clef fut moins aisé. Le gardien n'avait plus trop l'air de vouloir bouger. Lorsqu'il se fit remplacer, elle passa le plus simplement du monde devant le guichet, où elle déposa la clef. Le nouveau gardien penserait que son prédécesseur avait oublié de la suspendre à sa place.

~

Paula n'était pas sûre que Pietro retienne ses mains. Par deux fois déjà, elle avait dû lui rappeler de ne pas passer son bras autour de son épaule, de ne pas la prendre par la main dans la rue. À son attitude, elle voyait que l'idéologue n'avait jamais été candidat à une élection, il le revendiquait, tenant plus à son indépendance qu'aux honneurs des édiles s'il fallait pour cela être en permanence sur ses gardes.

— Pas en permanence, lui rétorqua Paula. Mais nous ne sommes pas ici en vacances. Je compte sur toi pour une totale discrétion, y compris avec Gerhardt.

Il s'y tint le jour où ils déjeunèrent tous les trois dans une rue improbable de Pankow. Ce déjeuner était important pour Paula car, à défaut de savoir à quel moment elle rencontrerait le Colonel, elle comptait une nouvelle fois exiger d'en savoir plus sur l'organisation et Pietro ne lui avait pas donné tort. Comme à son habitude, elle ne tourna pas autour du pot pour interroger Gerhardt.

— En quelque sorte, vous fonctionnez comme une banque. Vous avez des participations par-ci, par-là, et vous accordez votre argent aux dossiers qui vous semblent promettre un bon retour sur investissement.

— La métaphore est intéressante, remarqua Gerhardt. C'est cela qui vous inquiète ?

— Trop de choses m'inquiètent. Est-ce que, comme moi avec votre enregistrement, vous tenez d'autres dirigeants politiques en Europe ?

— La formule n'est pas correcte. Nous ne tenons personne, nous aidons. Toute référence à une activité malfaisante est erronée et, en outre, désobligeante. Considérez-nous comme un lobby qui a ses idées, ses intérêts et sait les défendre. Nous n'avons pas plus de raison d'utiliser cet enregistrement, que vous de nous trahir. Ce n'est pas un moyen de pression contre vous, c'est une assurance pour nous.

— Où s'arrêtent les banquiers, où commencent les politiques ? interrogea Paula.

— Nombre de partis n'ont pas besoin de notre aide. Mais nous proposons des solutions qui abondent les trésoreries encore faibles de nos amis. Nous servons d'intermédiaire et de facilitateur. Vous savez également combien nous pouvons être efficaces sur les réseaux. Soyez assez audacieuse pour convaincre le Colonel et vous mesurerez combien notre apport peut être utile.

Son manque de self-control l'irritait, mais Paula devait se l'avouer, elle était intimidée. Dans quelques minutes, Gerhardt arriverait pour la conduire à son rendez-vous avec le Colonel. La veille, par messagerie cryptée, elle avait dialogué avec le président Slezeck, relation ancienne du Colonel, à qui elle avait demandé son avis sur le plan qu'elle allait présenter. « C'est parfait, Paula. J'approuve totalement ta stratégie. En fait, avait repris Anton Slezeck en rigolant, je n'y ai rien compris. Les réseaux sociaux, c'est trop compliqué pour moi. »

Elle était intimidée, mais en rogne aussi. Car pourquoi lui fallait-il obtenir l'imprimatur d'un étranger, dépourvu de tout mandat électif, de toute aura médiatique et certainement de tout charisme ? Qu'il soit un mâle rajoutait à sa mauvaise humeur. C'était différent de ses rapports avec Slezeck, non dénués de tendresse et d'admiration réciproque. Elle se promit que, sitôt qu'elle aurait pris de l'ampleur médiatique, qu'elle serait adoubée comme cheffe de l'opposition, elle ne traiterait plus directement avec ces messieurs de Berlin, renverrait l'ascenseur et couperait les ponts. Mais pour l'instant, sa réussite restait liée à eux, elle ne pouvait pas se passer de leurs services, même si cela lui rappelait un peu la situation qu'elle avait connue avec Janov lors de sa première élection.

Elle avait pensé que la rencontre aurait lieu au siège de l'organisation qu'elle allait enfin connaître. Gerhardt la détrompa. Y avait-il seulement un siège ? se demanda-t-elle. La Mercedes de Gerhardt fila vers le nord de la ville, et ce n'est qu'à ses abords qu'il lui désigna l'Ernst-Thälmann-Park comme point d'arrivée. Elle trouva cela comique, Ernst Thälmann étant le chef des communistes qui avaient si maladroitement tenté de résister à Hitler avant de trouver refuge auprès de Staline. Autour du parc s'élevaient des tours de cité typiques de la RDA et, pour se rendre au lieu de rendez-vous, ils durent monter les marches qui menaient à un large parvis où le dirigeant communiste avait son mémorial dans le plus pur style réaliste soviétique. Une statue d'un ridicule achevé, jugea Paula, dont ne ressortaient de la pierre brute qu'un visage forcément déterminé, un poing levé et un drapeau surdimensionné. En matière de symboles, c'était bien chargé. Ils prirent une allée arborée qui s'ouvrait vers l'ouest, Paula marchant devant, impatiente maintenant. Un croisement se présenta, elle se retourna pour que son compagnon lui indique la bonne voie, mais il n'y avait plus personne derrière elle, il l'avait abandonnée sans la prévenir qu'il ne participerait pas à l'entretien. Elle observa les allées et bosquets. Dans son champ visuel se trouvait un homme coiffé d'un chapeau à rebord étroit, assis sur un banc, en train de lire son journal. Tout du paisible retraité. Le parc était désert, il ne pouvait donc s'agir que du Colonel, mais un enfant d'une dizaine d'années assis à ses côtés l'en fit douter. Elle s'avança néanmoins, fixant l'homme qui ne la regardait pas. Elle hésitait et ce jeu absurde commençait à l'exaspérer lorsque, arrivée devant le banc, elle vit le garçon se lever et informer son *Grossvati* qu'il allait faire du roller.

— Il ne peut pas rester tranquille, dit l'homme. Vous avez des enfants ?

— Oui. Oui, répéta Paula qui doutait encore d'être face au Colonel.

Il n'était pas jeune, mais l'insulte des ans semblait l'avoir épargné. Un visage régulier, strict, les yeux couverts de lunettes aux verres foncés, il semblait s'être appliqué à ne présenter aucun signe distinctif, aucune dissymétrie, et portait un costume banal dont la couleur brune se confondait avec la végétation. Sa fine cravate ne dépareillait pas avec l'impression générale de sobriété et d'effacement, qui contrastait en revanche avec le tailleur bleu roi de Paula. Elle s'assit. Il reprit sa lecture.

— Heureux de faire votre connaissance, madame. J'ai lu votre communication. C'est simple, clair et efficace. Mes félicitations. On m'a habitué à des documents pleins de phrases grandiloquentes et de promesses de Grand Soir dont vous avez su vous abstenir. Le projet est crédible. Mais saurez-vous le porter ?

L'atmosphère de ce parc nostalgique, l'absence de tout promeneur, la singularité de la prise de contact et cette question directe dans le plus pur style professoral déroutèrent un instant Paula. Il s'attendait à quoi ? À ce qu'elle s'écrie « Je suis la meilleure » ? Elle prit le temps de rectifier sa position trop contractée, de réfléchir quelques secondes à sa réponse. Dans l'allée, un couple de jeunes amoureux venait de faire son apparition.

— Vous voulez connaître mes arguments ? En premier lieu, je suis une femme. Ce qui veut dire une certaine dose d'abnégation et en même temps des réactions froides et assez violentes pour ne pas se laisser déconsidérer. En second lieu, je suis jeune, je n'ai pas cette forme de résilience politique, ces « ça ne marchera pas » que j'entends trop souvent de la part de mes aînés. En troisième lieu, j'ai la chance d'arriver à un moment de l'histoire hautement favorable à nos idées. En quatrième lieu, je constitue avec Anton un duo efficace, lui me conseillant, me réfrénant, et moi fonçant. Enfin, et avant tout, je le veux.

Le Colonel n'eut aucune réaction. Pas de visage tourné vers elle, pas de sourire en coin, pas de front contrarié. On aurait juré qu'il ne s'intéressait qu'à son journal.

— C'est bref, mais suffisant. Vous sollicitez de notre part des moyens en fonds et en cadres. Pourquoi ces derniers ?

— Disons que nos premiers adhérents se partagent en deux groupes pas forcément distincts. Le premier est celui des impulsifs qui râlent en faisant la queue chez le boulanger, le second celui des arrivistes qui n'ont pas les moyens de faire carrière dans la société et pensent que le parti y remédiera. Il faut des meneurs, des grandes gueules, des troupes, ceux-là, nous les avons. J'ai besoin de communicants, de spécialistes des réseaux, d'économistes, de gestionnaires des affaires publiques. Pas en grand nombre, mais les meilleurs. Les fonds peuvent aider à les recruter, mais ça ne suffira pas. Au début tout au moins. Lorsque notre mouvement aura suffisamment percé, je ne doute pas du ralliement des hautes sphères, mais pour l'instant elles nous boudent.

— Si j'en crois vos parrains, qui ne tarissent pas d'éloges à votre sujet, vous êtes fin prête.

C'était le moment, Paula s'y était préparée, répétant les phrases qu'elle allait prononcer, ce dont sans aucun doute Pietro et Gerhardt l'auraient dissuadée.

— Je suis prête. Mais, en bonne juriste, je suis aussi attachée à ne pas compromettre l'avenir par des actions douteuses qui me reviendraient ensuite au visage comme un boomerang. J'aime savoir avec qui je travaille, connaître son nom et ce qu'il représente.

Le visage banal conserva sa sérénité.

— C'est une prudence que je conçois. Votre président ne vous démentirait pas. Avec ce mégalomane d'oligarque, il a su prendre des précautions qui se sont révélées judicieuses. Vous n'aurez à vous occuper ni des fonds ni de leur usage.

Des noms vous seront suggérés, ensuite vous déciderez et réglerez vous-même leur emploi. Une fois au pouvoir, vos proches seront sollicités pour les commandes publiques et je ne doute pas que vous y répondrez correctement. Il n'y aura rien d'illégal ou de douteux. Quant à nous, nous sommes invisibles et jamais intrusifs. Je doute parfois que nous existions, je ne saurais pas même nous donner un nom.

Sur un léger signe de tête du Colonel, l'enfant aux rollers revint devant le banc. Celui qu'il avait appelé Grossvati se leva et partit sans saluer. L'entretien était terminé.

19

Deniz

Il n'y arrivait pas. Deniz ne pouvait passer le week-end chez lui, dans cet appartement qu'il avait acheté pour leur couple, qu'Isabella avait mis tant d'énergie et de passion à aménager, conduisant les travaux, concevant la décoration, réalisant elle-même les finitions. Sur les murs aux couleurs douces, sur ses photos qu'elle avait laissées accrochées, sur ces espaces où elle avait vécu, où elle l'avait aimé, il lisait les jours heureux mais une colère froide l'empêchait de les regretter. Il n'était pas question, pas crédible de faire marche arrière, Isabella ne le lui demandait pas, il n'avait pas l'intention de le lui proposer. Leur histoire était terminée, il n'y avait pas de compromis possible, il ne pensait pas à la faire revivre, quel que soit le prix à payer pour les mauvais jours à venir.

Quelques semaines plus tôt, jonglant avec leurs emplois du temps respectifs, son ami Christophe Bruneschi et lui avaient fixé une date pour un dîner commun à Paris. Un dîner à quatre. Christelle, l'épouse de Christophe, serait bien là. Mais pas Isabella. Jusqu'au dernier moment, il hésita à se décommander. Il craignait Christelle qui, au vu de son allure calamiteuse, enfourcherait immédiatement son habit de médecin pour ausculter son corps avant que l'amie ne s'occupe de son âme. Mais il ne se voyait pas rester chez lui à ruminer les souvenirs des temps heureux. Et Christophe attendait un compte-rendu de son voyage clandestin. Il fila sous la douche, convaincu qu'il lui faudrait de toute façon, un jour ou l'autre, affronter cette pénible épreuve : parler d'Isabella à des tiers.

Aussitôt la porte ouverte, Christelle le serra fortement dans ses bras, sans mot dire. Puis, lui tenant les mains, elle recula pour l'examiner.

— Tu as affreusement maigri ! Combien as-tu perdu de kilos ?

— Huit, reconnut-il, résolu à ne rien feindre pour que l'épreuve passe au plus vite.

— Huit ! Un dixième de ton poids. Tu as vu ton médecin ?

Il secoua la tête et se laissa entraîner dans le bureau où son amie exigea de prendre sa tension. En passant devant le salon, il l'aperçut. Il ne manquait plus qu'elle. Annick Lebèque, leur vieille amie commune avec qui il avait mené l'enquête sur le meurtre de Maryam Binebine. Et, bien sûr, son compagnon devait traîner dans les parages. Charmante soirée en perspective.

Il eut d'abord droit à un sermon, une ordonnance et une plaquette de médicaments qu'il regarda avec méfiance.

— Des anxiolytiques. Il faut absolument que tu retrouves le sommeil. Et tu vas faire les analyses prescrites. Maigrir à ce point, ça peut entraîner de sévères complications.

— Je n'en ai pas besoin, tenta-t-il de protester en montrant les médicaments.

— Je sais. Tu es un superhéros et aucun cataclysme ne peut t'affecter. Mais tu vas les prendre par amour de moi.

Annick, dont l'ami était heureusement en déplacement à l'étranger, et Christophe se dispensèrent de toute remarque et la conversation s'engagea sur la crise sanitaire dont les conséquences occupaient à temps plein le député européen. Deniz leur en fut reconnaissant, mais resta sur la défensive, persuadé que le mot de solidarité inutile, la question intime irritante allaient surgir inopinément. Ce fut finalement lui, entre fromages et dessert, qui aborda le sujet. Il prépara ses phrases pour leur garantir la plus grande sobriété.

— Nous ne reviendrons pas en arrière. Notre vision de l'avenir, nos envies personnelles sont incompatibles.

Le dire lui fit du bien, comme si formuler la chose, c'était l'acter. Même s'il n'était pas encore totalement convaincu que leur rupture fût définitive. Ses amis n'émirent aucun jugement, ne firent aucune tentative en vue d'une réconciliation comme il l'avait redouté. Leur réconfort fut muet, il l'apprécia.

À la fin du repas, il se retira dans le bureau avec Christophe, un verre de cognac à la main, que Christelle lui déconseilla en vain.

— Félicitations. Tu as réussi à le voir et ton voyage est resté clandestin.

— J'ai pris une semaine de congés officiels, répondit Deniz. Personne ne s'est étonné de mon absence, ni de ma destination de vacances. Il te transmet son salut. Il a tenu parole, je suis revenu avec tous les documents promis. Maintenant, c'est à vous de jouer.

Le surlendemain, dans les bureaux de la Kollwitzplatz, il participa à une réunion qui le replongea dans l'univers de l'enquête, ce dont il avait bien besoin. Adrijana présenta d'abord le résultat des recherches sur les initiales du carnet comptable. Le « G » et le « B » désignaient sans aucun doute Gert et Barbara. Leurs comptes bancaires respectifs ne portaient nulle trace des sommes inscrites sur le cahier, mais les achats d'œuvres d'art de Barbara, datés grâce aux certificats des galeries trouvés dans la cache de la Lietzenburger Strasse, étaient la preuve de dépenses supérieures à ses revenus déclarés dont Thomas connaissait le montant grâce aux services fiscaux. Son compte officiel présentait en outre la singularité d'avoir pour principaux débits le remboursement des crédits pour l'appartement et la voiture, et des versements sur l'assurance-vie. Les quelques retraits en liquide ou les achats par carte de crédit étaient bien insuffisants pour expliquer son train de vie, notamment ses voyages, sa garde-robe, l'achat des œuvres d'art présentes dans l'appartement. Le compte de Barbara présentait néanmoins une apparence de crédibilité, ce qui n'était pas le cas de ceux de Gert. Il en avait un très grand nombre, à Dresde mais également dans d'autres villes ou via des banques en ligne. Adrijana observait Deniz comme si elle attendait qu'il prenne la parole à ce sujet, mais il garda le silence.

— L'un de ses comptes, précisa Thomas, a présenté un découvert conséquent, comblé trois jours plus tard par un virement en provenance d'une banque émiratie d'un montant tout rond de 50 000 euros. Une imprudence dont il ne s'était jamais rendu coupable au préalable. Avec l'aide du département de Brenner, nous avons obtenu, non sans mal, la coopération partielle de cette banque. Le compte appartient à une société dont l'existence se perd dans le brouillard des îles Marshall. Nous avons demandé, sans grand espoir de réponse, l'intégralité des mouvements de ce compte.

— Cela pourrait accréditer la thèse du suicide, remarqua Adrijana. C'est sur ce compte qu'apparaissent ses dernières dépenses, dont la réservation de l'hôtel de Zell-am-See. Il a agi comme s'il n'en avait plus rien à faire.

Pour les autres initiales, il était tentant de voir dans le « M » la présence de Mattheus. Le « C » et le « D » restaient des mystères. Quant au « H », censé représenter l'organisation ou un de ses chefs, il ne correspondait qu'à deux occurrences dans le fichier des noms de personnes affichées en permanence sur l'immense tableau de la salle commune. Hans, le chef « militaire » de la Fabrique qui supervisait Lilian Petrovitch, l'assassin de Maryam. On ne connaissait de lui que son prénom, grâce aux confidences qu'avait faites Milosz à Lenka. L'autre « H » était le colonel Hassan.

— Celui-là, on peut l'éliminer, suggéra Mehmet.

— Et pourquoi donc ? demanda Deniz sur un ton assez discourtois.

— Parce qu'il est sous notre… notre surveillance, bégaya Mehmet. Ses activités sont plutôt celles d'un retraité désœuvré.

Le commandant se tourna vers lui, le toisa, et lâcha sur un ton qui n'admettait pas la réplique :

— J'ai pris le temps de lire vos rapports. Lorsque deux suspects comme Ulrich et son beau-père apparaissent blancs comme neige, vous vous dites qu'ils le sont. Et moi je dis qu'ils sont d'une prudence qui vous a abusés. Cela laisse soupçonner qu'ils ont gros à cacher. Si vos écoutes ne donnent rien, c'est qu'ils ont un moyen de communication qui vous échappe. Trouvez-le, et vite.

Adrijana enchaîna rapidement sur la suite de l'ordre du jour, sans doute pour ne pas laisser Mehmet dans la confusion. La Kommissar Ebstein avançait sur la piste de son serial killer. Son équipe avait découvert que le mode opératoire très singulier du tueur du Tiergarten présentait des similitudes fortes avec deux assassinats perpétrés six ans auparavant dans la ville frontalière de Görlitz, en Saxe, au bord de la rivière Neisse. Des enquêteurs étaient sur place.

La réunion s'acheva avec cette information qui n'apportait rien à l'enquête sur l'organisation. Deniz, déjà fatigué et peu aimable, se sentait encore plus irrité qu'en arrivant. Adrijana lui désigna une salle à l'écart, il la suivit.

— J'ai appris par une de mes relations au renseignement intérieur qu'Hassan faisait l'objet d'une enquête chez eux. Mais je n'en sais pas plus.

— Mehmet et Lenka en surveillance d'Hassan, ça ne va pas. Ils se font rouler dans la farine. Et Boris n'a pas le niveau. Il faut leur adjoindre un enquêteur plus expérimenté. Mettez Thomas, ordonna-t-il sans se soucier du ton de reproche qu'il employait.

Il sentit que l'enquête était à un tournant. Si elle continuait à ce rythme, elle finirait par se noyer dans les eaux froides de la Spree. À La Haye, il avait convaincu Elsa d'attendre la fin des investigations berlinoises pour demander, si telle était toujours sa résolution, la suspension de son détachement à Europol. Son départ pour les Alpes assurait un répit. Secondé à La Haye par Inès da Paz, qu'il avait mise dans la confidence de sa trouvaille sur Daech, et n'ayant nulle envie de retourner à Paris, il décida de s'installer à Berlin.

Assis dans le fauteuil en cuir blanc de sa nouvelle chambre d'hôtel, il se répétait depuis une bonne demi-heure qu'il était temps de descendre au restaurant pour dîner. Mais, phénomène étrange pour lui qui n'avait jamais connu pareil état, il continuait à n'avoir aucun appétit. Des scènes passées percutaient son cerveau, souvent celles où Isabella apparaissait dans toute sa splendeur, dans cette audace qu'elle avait à s'afficher si féminine quand tant de convives se plaisaient à en douter, ressassant les tristes grivoiseries habituelles pour éviter d'affronter leur trouble. Ce n'était qu'une succession d'images fortes, de répliques sans dialogue, de beautés écrasées par la fugacité du temps, son impossible recommencement. Ces moments de laisser-aller alternaient avec la colère, contre elle qui avait pu mener leur relation dans l'impasse par son intransigeance. Furieux de se sentir aussi peu maître de lui-même, il s'arracha de son fauteuil pour descendre au bar commander un verre de vodka. Il n'en eut d'abord pas conscience, mais la machinerie rêveuse fonctionnait en sous-main, pour lui remettre en mémoire qu'il était déjà venu dans cet hôtel des années auparavant. Il était assis exactement à la même place et attendait qu'elle descende de la chambre pour l'amener dîner. Une attente un peu anxieuse du regard des autres, c'était au début de leur liaison lorsque tous deux parcouraient l'Europe à la rencontre d'artistes avec lesquels Isabella correspondait. Dans cet environnement cossu, où tout sentiment agressif semblait prié de s'estomper sur les panneaux de bois blond et les lainages aux motifs écossais, il s'était mis à observer chacun des clients, tentant de deviner ceux qui esquisseraient un sourire méprisant lorsqu'elle arriverait. Et elle était apparue, princière, attirant les lumières sur sa robe de soirée blanc ivoire, l'admiration pour sa démarche assurée, élégante, faisant voler d'un geste léger les boucles de ses cheveux blonds qu'elle portait ce soir-là sans queue-de-cheval ni chignon. Il était si amoureux qu'il n'avait plus songé au regard des autres.

Son téléphone vibra dans sa poche, le ramenant au présent. Il lut avec surprise le nom d'Alice Barrio-Alcon et hésita avant de décrocher.

— Bonsoir l'eurocommandant. Je ne te dérange pas ?

Il éluda, n'ayant pas lui-même réponse à cette question anodine posée par une voix claire et dynamique qui rompit en un instant le charme dans lequel son esprit se réfugiait.

— Rien d'important, mais j'ai repensé à notre conversation l'autre jour à Bastille. Je ne sais plus exactement ce que tu as dit, mais je suis restée avec l'impression que quelque chose clochait. La pensée humaine est extraordinaire, j'ai été incapable de retrouver ce qui m'avait interrogée dans tes propos, mais deux faits me sont venus à l'esprit pour les contredire. Ce n'est pas banal, non ? Contredire quoi, je n'en sais toujours rien.

Déjà perturbé par ses propres pensées, Deniz eut quelque difficulté à saisir où la Nonne voulait en venir. Il se contenta de lui demander quels étaient ces faits.

— Tu as peut-être suggéré comme évidente la corrélation entre la chute du mur de Berlin et l'apparition de manifestations de néonazis dans les Länder de l'Est. Je voulais apporter cette précision : l'édification du Mur et la politique ultrarépressive du parti communiste n'ont pas empêché des groupes nostalgiques de se former ou de continuer leur activité en RDA. Sans parler des anciens officiers SS récupérés par le renseignement. Les groupes néonazis ont été réprimés, mais la justice n'a jamais invoqué ce délit, préférant celui de « déviationnisme ». Les historiens ont découvert dans les archives de la Stasi de nombreuses preuves de l'existence de ces groupes et de leurs manifestations éphémères mais bruyantes jusqu'à la fin du régime communiste.

Deniz n'était pas vraiment d'humeur à jouer les historiens et ne s'intéressa guère à ce qui était pourtant pour lui une révélation. Il n'en remercia pas moins Alice, et reconnut qu'effectivement il pensait récente l'existence de ces mouvements surtout liés à la désindustrialisation massive et à l'apparition du chômage dans des régions qui en étaient auparavant dépourvues. Mais il ne s'appesantit pas, pensant clore la communication.

— Je suppose que tes propos, poursuivit cependant Alice, m'ont fait plus ou moins comprendre, avec retard je l'avoue, que tu observais les manifestations d'extrême droite qui se multiplient un peu partout comme le fait d'une sorte de mouvement concerté dû à une organisation pan-européenne.

Le mot « organisation » réveilla Deniz. De quoi se mêlait-elle, celle-là ? Certes, c'était lui qui avait fait appel à ses connaissances d'universitaire. Il se contenta de l'engager à poursuivre.

— Ça, c'est faux. Une interprétation erronée, affirma-t-elle péremptoirement. Tu as dû lire ce qu'écrit le philosophe Adorno sur le sujet. Il dit à juste titre que les partis d'extrême droite ne sont que « des techniques de pouvoir », sans véritable analyse de la société et des forces qui s'affrontent ou dialoguent entre elles. En fait, ils ne sont qu'une propagande, leur idéologie se résume à quelques slogans qui ne visent qu'à capter l'opinion.

— Et alors ? s'enquit Deniz qui ne souhaitait pas que la discussion s'oriente vers une longue conférence.

— Et alors, leur nationalisme bas de gamme a du mal à converger avec celui du voisin, parce qu'ici il naît de l'opposition entre Nord et Sud, comme en Italie, et là d'une décolonisation jamais assumée, comme en France. À l'intérieur d'un même pays, il se morcelle en différents groupes où chacun fait son commerce sur un slogan qui n'est qu'à lui. Avec en plus le fait que chacun s'incarne dans un personnage autoritaire, un ou une leader à qui le voisin fait de l'ombre.

Deniz abrégea la communication, s'interrogeant sur la raison réelle qui avait poussé la Nonne à l'appeler. Et fulmina contre elle pour des propos qui, une fois de plus, contestaient le bien-fondé du travail du pôle, et contre lui-même pour avoir oublié de lui parler de la rumeur sur les événements en Saxe.

Trois jours après, il dut quitter la capitale allemande. Le parquet européen venait d'obtenir une réponse favorable des juges slovaques à sa demande d'interrogatoire d'Ondrej Janov. Cette nouvelle dérida un peu Deniz. Il savait que l'oligarque refusait de répondre aux magistrats de son pays malgré les preuves accablantes qui s'accumulaient contre lui maintenant que la brigade financière épluchait les comptes de sa myriade de sociétés. Mais l'idée d'une confrontation directe avec Janov parvint à rallumer sa flamme. Accompagné d'Adrijana, qui tenait à participer à l'entretien avec ce personnage central, il prit l'avion pour Bratislava. Il s'était assuré qu'aucun Slovaque ne se retrouve face à celui qui n'était que témoin dans l'enquête d'Europol, et avait pris soin d'organiser l'interrogatoire dans la prison même, ce que le détenu avait accepté à condition qu'un de ses avocats soit présent. Cela ne dérangeait pas Deniz, il pensait que l'avocat pourrait appuyer sa proposition. Dans l'avion, les deux enquêteurs mirent au point leur stratégie. Le commandant espérait pouvoir obtenir de Janov quelques renseignements sur l'organisation qui, d'après les découvertes de Dragan, avait abandonné l'oligarque juste avant que démarrent ses ennuis judiciaires.

— Il se tait depuis le début de son incarcération, laissant ses avocats contester les procédures. Pourquoi nous parlerait-il à nous ?

— Son silence montre qu'il a encore assez confiance en son pouvoir pour gagner tout procès se tenant dans son pays. Ce qu'il redoute le plus, c'est une inculpation extraterritoriale.

L'expression de sa voisine de siège n'échappa pas à Deniz. Adrijana craignait, non sans raison, une nouvelle embrouille de son patron.

À l'aéroport de Stefanik, une voiture de la police les attendait pour les conduire au pénitencier. Le commandant pensait quitter l'espace urbain, il fut surpris de se retrouver en pleine ville et plus encore de découvrir un vaste bâtiment administratif de l'Empire austro-hongrois exempt des signes extérieurs d'une prison, notamment des barreaux aux fenêtres. L'établissement carcéral, qui abritait principalement des prévenus, avait été récemment édifié au centre de la cour intérieure selon un plan en croix des plus surprenants.

On les installa dans une salle petite, moderne, où le plus célèbre des détenus locaux ne se fit pas attendre. Ondrej Janov ne ressemblait pas aux photos que Deniz avait vues de lui. Ou, plus exactement, son visage régulier était si dépourvu de traits particuliers qu'il semblait tiré d'une cartographie simplifiée des physionomies humaines. Mais de ses yeux noirs émanait une intensité qu'aucune photo ne pouvait reproduire. Là résidait son identité, c'étaient eux, et seulement eux, qui attiraient le regard de ses interlocuteurs et leur disaient son intelligence et sa dangerosité. Son corps râblé accentuait l'impression de calme, de pondération, qu'il n'était pas difficile d'imaginer se transformant en une force soudaine et brutale. Il salua les policiers qui déclinèrent leur identité, s'amusa à leur faire remarquer que lui n'avait pas besoin de le faire, puis s'assit alors que son avocat restait debout.

Deniz ne s'étendit pas sur les charges qui pesaient sur lui pour l'assassinat de Maryam Binebine. Cela relevait maintenant de la justice française qui, après avoir obtenu celle de l'exécuteur Lilian Petrovitch, dit Pet, demandait sans succès l'extradition du commanditaire. Quant à l'Europe, et plus précisément Europol qui menait l'enquête – « sous ma direction exclusive », précisa Deniz –, elle s'intéressait surtout à des griefs ne relevant pas de la justice slovaque. Des griefs qui pouvaient, ou non, induire l'ouverture d'une instruction dont lui, Janov, serait la principale cible. Cela pouvait entraîner son transfert au Luxembourg. Janov quitta son sourire narquois et devint attentif. Deniz jugea que sa formulation avait fait mouche. Le commandant lui rappela cependant qu'il ne faisait pour le moment l'objet d'aucune enquête européenne et que, dans l'entretien présent, il avait le statut de témoin.

— Si j'ai bien compris vos déclarations à nos collègues slovaques, vous ne connaissiez pas Lilian Petrovitch.

— Pas avant que les policiers ne m'en parlent.

— Ni Mattheus Goulavski ?

— Nous avons déjà répondu à ces questions, intervint l'avocat. J'espère que vous ne vous êtes pas déplacés pour cela, parce que sinon l'entretien avec le témoin est clos.

— Non effectivement, reprit Deniz qui lâcha alors brutalement : nous venons pour l'organisation à laquelle nombre de personnes brutalement décédées ces derniers mois semblaient appartenir. Mattheus Goulavski, Gert Schumacher, Till Jagerberg.

— Quelle organisation ? s'enquit, moqueur, l'avocat. Nous voilà dans un complot international !

Deniz ne quittait pas Janov des yeux. Il sut qu'il avait réussi à établir le contact, mais la partie n'était pas gagnée pour autant. Il lui fallait en dire assez pour que le marché soit crédible.

— Je suis ici, poursuivit Deniz comme si Adrijana n'était que sa greffière, en tant que directeur de la lutte contre le terrorisme. Je ne m'occupe ni de holdings, ni de marchés publics frauduleux, ni de corruption. Uniquement de terrorisme.

— Je ne comprends pas, réagit Ondrej Janov sans se

départir de son calme. Il s'agit d'une nouvelle affaire qu'on veut me mettre sur le dos ?

— Entendez-moi bien, monsieur Janov. Les délits qui vous sont reprochés ici concernent la justice slovaque. Vous savez comme moi que vos affaires ont assez de ramifications dans d'autres États membres de l'Union pour induire une instruction européenne. Je ne suis pas sûr que mon enquête y trouve son intérêt. Elle préférerait se concentrer sur une organisation avec laquelle vous avez eu des contacts, à laquelle plusieurs de vos entreprises ont cotisé, mais dont vous n'êtes ni un dirigeant ni un membre. Nous pourrions considérer que vous n'y êtes pas impliqué et nul ne s'alarmera de notre position, étant donné l'importance des développements de notre enquête à l'extérieur de la Slovaquie.

— Nous ne comprenons pas votre demande, répéta l'avocat pour son client.

— Les choses sont simples, résuma Deniz. Le parquet européen n'a aucune raison de mettre le nez dans vos affaires. Il assiste actuellement la justice slovaque et peut s'en tenir là.

Janov n'avait pas cillé, mais son regard exprimait paradoxalement une grande mobilité. Deniz avait l'impression d'observer un renard hésitant à sortir de son terrier lorsqu'il voit le chasseur qui, lui, ne le voit pas. Le commandant ne doutait pas que l'oligarque était un homme de décision immédiate, aussi vif que le renard, aussi sûr de peser instinctivement les avantages et les inconvénients d'une situation inattendue. Janov était un fonceur, plus assuré de ses intuitions que des réflexions et analyses de ses conseillers. Il attendait d'en savoir plus.

— L'Europe et son opinion publique sont prévenues très négativement contre les affaires de terrorisme. Les moyens déployés sont conséquents et la justice sans pitié. Une organisation, que nous appellerons « H », prépare des actions de cette nature. Elle est intervenue sur le territoire slovaque, notamment dans une cité que vous connaissez bien. Lorsque cette organisation tombera, il n'est pas nécessaire que vous y soyez mêlé. Cela dépend de vous.

L'oligarque resta stoïque, mais Deniz sentait que son cerveau travaillait à grande vitesse, brûlant les feux et court-circuitant les liaisons neuronales.

— Avez-vous déjà visité notre belle capitale ? demanda enfin Janov. Je vous suggère de le faire avant que la nuit ne tombe. Mon ami ici présent est un excellent guide. À demain 10 heures, monsieur. Charmé d'avoir rencontré une si agréable commandante, ajouta-t-il à l'intention d'Adrijana avant de frapper à la porte pour regagner sa cellule.

C'était maintenant à Deniz d'avoir l'agilité du renard et, dans sa position officielle, ce n'était pas des plus simples. Il avait bien compris comment manœuvrer, mais il mesurait aussi les faiblesses de son jeu. Négocier avec l'avocat d'un truand de ce niveau hors d'une enceinte officielle, sans mandat des juges alors qu'une instruction lourde était en cours et que les magistrats slovaques avaient déjà mal pris sa venue, c'était se mettre en délicatesse avec la légalité. Adrijana le savait bien qui, sitôt Janov sorti, jeta un regard inquiet à son patron. Elle se contint, mais Deniz devina que c'était partie remise. L'avocat quitta avec eux la prison et, avant la dernière grille, leur suggéra le nom d'un hôtel loin des oreilles des gardiens. Dans le véhicule de police qui les attendait pour les reconduire à l'aéroport, Deniz expliqua à l'officier, avec ce ton de haut fonctionnaire qui n'admet point de réplique, que Janov s'était tu mais que lui et sa collaboratrice feraient un nouvel essai le lendemain. Réfrénant à peine un sourire entendu, le policier répondit qu'il n'en était pas étonné et leur proposa de les conduire à un hôtel voisin. Mais le commandant, qui dit bien connaître la ville pour y avoir séjourné en vacances, donna le nom de l'établissement suggéré par l'avocat. Assis à l'arrière du véhicule, il vit les deux Slovaques se retourner, surpris et incrédules. Il dut répéter le nom qui semblait choquer les deux hommes. Il comprit pourquoi lorsque le véhicule s'engagea dans un parc luxueux menant à un palace. L'avocat s'était amusé, Deniz s'en souviendrait.

Avec le ralentissement des activités touristiques dû à la peur qu'avaient toujours les Européens face à l'épidémie, ils n'eurent aucun mal à trouver deux chambres qui s'avérèrent être deux suites trop somptueuses pour des fonctionnaires. Adrijana pesta contre cet avocat corrompu qui se moquait d'eux et enchaîna en laissant éclater sa réticence.

— Question préalable, commença-t-elle, avez-vous informé la juge Dufresne que vous proposeriez à Janov le statut de repenti, dont je doute qu'il soit d'un grand intérêt pour la justice ?

— Vous avez raison et je ne cherche pas à en faire un repenti. Je vous l'ai dit dans l'avion. Cet oligarque sera jugé en Slovaquie et peut-être, mais j'en doute en raison de la faiblesse des preuves, en France. Mais il sait des choses qui nous intéressent pour lesquelles il serait vain de construire un dossier à charge. Ce qu'il craint surtout, c'est d'être extradé, parce qu'avec son complexe de toute-puissance, il pense s'en sortir avec la justice slovaque. Il n'a pas saisi que les temps ont changé et qu'il sera lourdement condamné. J'en profite pour lui proposer un marché où nous sommes les seuls gagnants. Il va mordre car l'organisation l'a laissé tomber et que, de toute façon, elle ne saura rien de notre accord.

Il ne fallait pas perdre de temps en récriminations, l'avocat pouvait se pointer rapidement. Ils s'installèrent dans le sofa vert bouteille de la suite du commandant pour s'accorder sur la conduite à tenir. Leur premier échange étala surtout leurs divergences, mais Adrijana se plia à l'ordre hiérarchique en formulant à haute et intelligible voix toutes ses réserves.

— Vous ne m'avez pas répondu. Avez-vous seulement informé la juge de notre volonté de négocier avec Janov ?

— Bien entendu, assura Deniz. La juge est aussi convaincue que moi du peu d'intérêt qu'il y aurait à ouvrir un pendant européen à l'enquête slovaque, surtout si les Français obtiennent l'extradition pour le meurtre de Maryam Binebine. Les tribunaux locaux ont toute compétence pour démonter le système Janov, et le service de Brenner les y aide amplement. Son silence ne s'explique que parce qu'il compte encore sur la complicité de ses relations judiciaires et politiques.

— Admettons. Mais comment pourriez-vous vous engager pour le parquet européen ? L'avocat va obligatoirement demander des garanties.

— La seule garantie, c'est moi. Je traite Janov comme un informateur, ce qu'il peut me dire nous fera avancer mais ne servira en rien l'instruction. Je n'ai pas à informer la juge du contenu de nos échanges, cela relève du simple travail de police.

Deniz vit bien que la commandante n'était pas convaincue et que sa réprobation restait intacte. Il avait encore en tête son « pour une fois, une seule fois » lancé avant la fouille nocturne au domicile de Barbara.

L'avocat appela Deniz de la réception et le pria de laisser son téléphone dans le coffre-fort de sa chambre. Il l'attendait dans un salon discret. À sa façon de parler au manager et au personnel, Deniz comprit tout de suite que, si le rendez-vous dans un palace avait le goût d'une bonne blague, ils étaient ici dans un établissement appartenant à Janov. À l'aide d'un appareil fourni par Boris, il vérifia l'innocuité des murs sous le regard amusé de son interlocuteur, qu'il pria d'accepter une fouille corporelle.

— N'ayez crainte, nous sommes ici en toute confidentialité. Je vous écoute.

Deniz répéta sa proposition, mais l'homme de loi ne voulut discuter que des formes de l'accord, laissant à son client le soin de l'accepter ou de le refuser. Il précisa cependant que jamais Ondrej Janov n'irait témoigner devant un tribunal pour répéter ce qui, éventuellement, se dirait le lendemain. Cela convenait à Deniz qui ne comptait pas sur le témoignage d'un homme aussi peu respectable pour asseoir l'instruction.

— Discutons donc de l'avantage de notre proposition…

— Ce n'est pas nécessaire, le coupa l'avocat. Mon client préfère que l'ensemble de l'instruction se déroule dans son pays. Nous sommes prêts à affronter un tribunal sur les faits absurdes qui lui sont reprochés. Votre offre ne nous intéresse qu'en ce qu'elle peut empêcher le prolongement de la période judiciaire qui le prive de la direction de ses affaires. Ne vous attendez cependant pas à des révélations. La chose qui vous occupe n'a été que partiellement approchée par monsieur Janov. Il est tout à fait disposé à aider la justice européenne, mais mesurez vos questions, il y aura peu de réponses. Et pour les garanties ?

Lorsque, dans sa suite, il avait expliqué à Adrijana comment il comptait s'y prendre, elle avait poussé des cris d'orfraie, jurant qu'il n'était pas question qu'elle soit associée à ce qu'elle ne pouvait nommer autrement qu'une forfaiture. Elle était restée ferme, précisant même que, si par une information qui ne serait jamais de son fait, l'inspection d'Europol venait à l'interroger, elle ne cacherait nullement la vérité et ne couvrirait pas le commandant. Deniz n'avait pas insisté, il était possible qu'elle eût raison. Il répéta le marché à l'avocat.

— J'ai bien compris, s'impatienta l'avocat. Mais quelle garantie offrez-vous ?

— Ma parole, lâcha Deniz avec autorité. Elle vaut mieux que mon acharnement si vous refusez ma proposition.

L'avocat fit la moue, jugeant le marché déraisonnable, ne s'engagea à rien et donna rendez-vous au lendemain si son client voulait bien les recevoir.

Adrijana accepta de participer à la rencontre avec l'oligarque. Celui-ci arriva, en apparence aussi décontracté que la veille, suivi de son avocat, et prit tout de suite la parole.

— Commandant, j'aime l'Europe qui a tant fait pour l'économie de mon pays. Et je veux sincèrement l'aider. Mais n'abusez pas de ma collaboration, vous n'êtes pas en situation de le faire. Que voulez-vous que je vous dise ?

— Que savez-vous du décès de Gert Schumacher ?

— Je ne connais pas cet homme, répondit Janov.

— Et Barbara von Haselbohm ?

— Pas plus.

— La Fabrique de Dresde ?

— Commandant, vous parlez par énigmes.

— Quel est le nom de l'organisation ? Qui la dirige ?

— Je ne sais pas à quelle organisation vous faites allusion. « H » ne m'évoque rien. Pas plus que « HDS ».

20

Lenka

Lenka avait reçu des camouflets dans sa vie. À l'école, à la cité, de la part de ses parents. Des humiliations cinglantes de ses différents patrons s'adressant à elle comme à une esclave. Rien de cela ne l'avait affectée. Elle fut donc surprise de constater qu'il n'en allait pas de même pour la leçon que leur avait donnée le commandant, à Mehmet et à elle, sur la surveillance de la famille Roeder-Hassan. Revenue de Bratislava, Adrijana la réconforta.

— Ne t'inquiète pas, c'est le métier. Quand tu fais quelque chose de nul, il n'est pas dans les usages de la profession de te le dire en te passant de la pommade. C'est franc et direct, mais ce n'est pas un blâme. Et tu as remarqué comme moi que Salvère n'est pas dans son état normal en ce moment. Peut-être prend-il l'enquête trop à cœur. Nous sommes tous un peu dépassés par son ampleur. De plus, dans ce cas précis, le commandant avait raison.

Oui, il avait raison et si cela n'avait pas surpris Lenka, novice en ce métier, Mehmet s'en voulait encore de ne pas y avoir pensé lui-même. Ulrich Roeder avait bien un autre moyen de communication. C'est Thomas qui avait découvert le pot aux roses en visionnant les enregistrements des caméras depuis le début.

— Regardez, avait-il montré au couple de policiers.

Mehmet avait vu, mais Lenka avait été obligée de demander ce qu'il fallait voir.

— Ulrich a couché ses enfants, l'appartement est calme et qu'est-ce qu'il fait ? lui fit remarquer Thomas.

— Il se détend avec un jeu vidéo. Ce n'est pas anormal.

— Sauf que ça ne dure pas plus de quelques minutes. Après il va tranquillement échanger les nouvelles de la journée avec sa femme ou se détendre vraiment en regardant la télé. Tu connais beaucoup d'accros aux jeux qui s'y précipitent comme s'ils allaient finir leur journée de labeur et n'y consacrent en fait que cinq minutes ?

Lenka ne comprenait toujours pas. Elle ne savait pas qu'on pouvait personnaliser le jeu, y introduire de nouvelles lignes qui permettaient, en toute confidentialité, de communiquer avec d'autres joueurs sélectionnés après leur avoir donné les clefs.

— Mais comment fait-on ?

— D'abord, comme tout le monde, on crée des alias qu'on partage avec d'autres joueurs. Mais, comme le jeu peut être développé par tout joueur, une plateforme collaborative si tu préfères, eux seuls possèdent les codes qui correspondent aux actions du jeu. Chacun d'entre eux peut alors informer qu'untel a fait cela à untel, ou donner l'ordre à tel autre de faire telle ou telle action. Les personnages peuvent également correspondre à des entités, des établissements, des institutions… Sans les codes, difficile de déchiffrer. Il faudrait avoir accès à son jeu. Dragan et ses agents vont avoir du travail…

Mehmet et Lenka, qui avaient pris leurs habitudes au café turc, se concentrèrent sur le colonel. La captation de ses conversations avec sa fille n'avait rien donné. S'il y avait un code dans le rhume du plus petit ou le peu d'appétit de l'aînée, il était rudement bien caché. Lenka avait remarqué qu'il n'était jamais question d'Ulrich dans ces échanges, son nom n'était même pas mentionné. Hassan continuait à avoir tout du retraité paisible. Comme il le leur avait proposé, il les avait mis en contact avec deux propriétaires d'appartements voisins que le couple avait visités avant de décliner, prétextant avoir trouvé un logement au sud du Görlitzer Park. Mais les amoureux appréciaient le café où ils prenaient souvent leur repas, devisant avec le colonel qui, sans jamais se répandre en confidences, mentionnait ses activités, le backgammon étant une de ses favorites, qu'il pratiquait avec des retraités venus du Moyen-Orient comme lui. Il ne buvait pas d'alcool, gardait des liens assez distants avec la mosquée, et parlait de ses enfants et petits-enfants comme un bon père de famille. Il avait perdu sa femme quelques années auparavant des suites d'une longue maladie sur laquelle il ne s'était pas étendu. Un cancer, avait vérifié Mehmet auprès des hôpitaux. Informé, Salvère n'avait cette fois pas fulminé contre eux. Il faut dire qu'il était plus enjoué et avait meilleure mine depuis son retour de Bratislava. Tout le pôle connaissait maintenant le nom de l'organisation : HDS. Sigle ou initiales d'un patronyme ? Les recherches sur sa signification n'avaient pour l'instant rien donné, mais il ne fallait pas désespérer.

L'enquête concernant l'assassinat de Barbara n'avançait guère. Les policiers berlinois envoyés à Görlitz étaient revenus avec la ferme conviction qu'il s'agissait bien du même psychopathe. Les enquêteurs saxons, pas plus que l'équipe de Cornelia Ebstein, n'avaient jamais révélé publiquement le détail des viols, mais ceux-ci étaient néanmoins sortis dans la presse frontalière, sans doute du fait de parents d'une des victimes. Le voyage des enquêteurs n'avait en revanche pas échappé à la presse allemande qui avait fait le rapprochement et affublait maintenant le serial killer du pseudonyme de « violeur saxon du Tiergarten ». Les patrouilles sillonnant le parc comme les policières joggeuses étaient toujours en place mais n'avaient rien découvert. L'affaire avait un tel retentissement dans l'opinion publique que la Kommissar jouissait toujours d'effectifs de police conséquents.

Coup sur coup, l'enquête s'accéléra. Le département de Wolfgang Brenner, compétent en matière de cybercriminalité, avait été d'une redoutable efficacité. L'aboutissement de longues négociations entre l'Europe et les pays offshore inscrits sur la liste noire de l'Union avaient obligé plusieurs d'entre eux à commencer à céder, parmi lesquels les îles Marshall. Brenner s'était engouffré dans la brèche pour obtenir des informations sur Gert Schumacher. Cela avait pris du temps, d'autant que les actionnaires et les administrateurs de sociétés créées dans cet archipel océanien pouvaient rester anonymes et qu'il n'existait pas de contrôle des changes. Wolfgang Brenner ne s'était pas contenté du traditionnel échange d'informations. Il avait dépêché dans la capitale une de ses enquêtrices. Avec l'aide d'un cabinet luxembourgeois, Schumacher avait monté une société de gestion du patrimoine forte de quarante millions d'euros répartis en actions de différents fonds et sociétés immobilières. Ses gains se montaient à près de 8 % annuels, exonérés de toute taxe comme il était d'usage dans cet État. Le travail consistait maintenant à remonter jusqu'à l'origine des fonds, mission ardue car ils transitaient par d'autres sites offshore et par des comptes clos sitôt les transactions opérées, l'affaire de quelques minutes.

Lenka fut étonnée de l'absence du commandant lors de cette communication d'importance faite au pôle par Adrijana. Il était en arrêt maladie, informa la commandante.

— Mais tu sais, nul n'est irremplaçable et, malgré ses talents indéniables, nous arrivons à fonctionner sans lui. Et en coopération avec les autres services de police.

La remarque s'avéra fort juste. Deux jours après, l'équipe fut à nouveau réunie pour apprendre une avancée majeure dans l'enquête. Cela se fit en visioconférence avec Elsa Minetti dont Lenka vit pour la première fois le visage rond et enjoué. La commandante italienne ne put s'empêcher de montrer à ses collègues enfermés à Berlin la riche nature des monts des Dolomites qu'elle voyait de sa fenêtre. Avec son accent italien, elle expliqua l'escale à Dobbiaco de Gert et de sa compagne.

— Ils ont loué une voiture à la fin de leur séjour et l'ont rendue au même endroit quelques jours avant leur arrivée à Zell-am-See. Pourquoi Gert a-t-il loué une voiture alors que la sienne est restée dans le parking d'un autre hôtel que celui où il résidait ? Je ne vois qu'une explication, Gert craignait que ses poursuivants reconnaissent son véhicule.

— Tu en sais plus ? demanda Adrijana.

Elsa Minetti afficha un large sourire, quasi enfantin, qui répondait déjà à la question.

— Ce Schumacher est vraiment trop con. Un gamin méchant, mais un gamin quand même. Le loueur de voiture a reçu une amende pour excès de vitesse datée du jour même de la location, à 18 heures 26, sur l'autoroute qui relie Milan à Gênes, ma ville natale. À en juger par le nombre de kilomètres parcourus portés sur le contrat de location, il n'a pas dû aller bien plus loin. Ils sont donc restés tous les deux plusieurs jours à Gênes.

— Tu es sûre ? Et comment sais-tu qu'ils étaient ensemble ?

Un sourire encore plus large, c'était donc possible, s'afficha sur le visage aux yeux rieurs d'Elsa.

— J'ai vérifié dans les hôtels de luxe, ça va plus vite. Aucun couple Müller n'est signalé à Gênes à cette époque.

— Mais… dit Adrijana qui commençait à s'exciter.

— Mais un couple Schumacher, oui. Ils sont restés cinq jours au Grand Hôtel Savoia, face à la gare centrale. Pour l'instant, je n'en sais pas plus.

Lenka fut séduite par l'entrain et la simplicité d'Elsa, un rayon de lumière et de souplesse dans l'univers professionnel où elle évoluait. Elle avait pensé que si ses collègues étaient si rigoristes, veillant à bien séparer vie publique et vie privée au point que boire un verre en sortant des bureaux semblait représenter plus qu'un délit, c'était dû à une profession sourcilleuse sur la confidentialité des informations traitées quotidiennement. Mark, le jeune analyste embrassé dans le couloir de son immeuble, ne dépareillait pas, flirtant avec timidité. Et tout à coup, soleil et musique avaient forcé les bureaux grâce à Elsa, à qui l'on devait autant qu'à Salvère, lui précisa Adrijana, les résultats positifs sur l'assassinat de Maryam Binebine. Lenka s'amusa à penser qu'Elsa n'aurait pas employé l'expression « résultats positifs ». Qu'aurait-elle dit ? Le succès, la victoire, on a tout déchiré ?

Sa bonne humeur lui fit répondre affirmativement à Mark qui lui proposait de retourner au 808. Mais elle ne put s'empêcher de le bousculer, lui suggérant de tenter une autre approche avec elle. Par exemple de déconner franchement et de la faire rire sans limite. Le pauvre Mark en resta tout pantois, mais il ne renonça pas et promit d'essayer.

Il n'y parvint pas, ou n'eut pas le temps d'opérer si franche transformation. Accoudé à la balustrade de la terrasse qui dominait Berlin, un homme d'une trentaine d'années, plutôt séduisant, fixait Lenka depuis plusieurs minutes. Il quitta sa pose nonchalante, se dirigea vers elle et engagea la conversation d'une manière des plus affligeantes.

— On se connaît, non ? Mais je n'arrive pas à situer…

Secouant négativement la tête, Lenka tourna les talons en saisissant le bras de Mark à qui elle demanda de la raccompagner illico. La simple idée qu'elle puisse être « reconnue » venait de réveiller en elle les plus profondes angoisses. Elle transpirait, se sentait mal au point de ne pouvoir rassurer l'analyste à qui elle prétexta une indisposition subite. Il penserait ce qu'il voudrait, mais elle s'enferma chez elle regrettant qu'aucune arme de service ne lui ait encore été attribuée.

21

Adrijana

Alex et Adrijana résistaient à se voir tous les jours, mais ils avaient du mal. Et se l'étaient avoué. Heureusement, leurs horaires de travail les amenaient souvent à finir trop tard pour envisager un dîner commun, sinon ils ne se seraient plus quittés. Lorsque la commandante revint de Bratislava, l'officier du BfV avait quelque chose à lui communiquer. Il le lui dit au téléphone, mais ce ne fut pas le premier sujet abordé lors de leurs retrouvailles le soir même. Il fallait d'abord qu'ils se regardent, qu'ils se sourient, qu'ils rient du bonheur d'être ensemble, qu'ils s'attirent et s'occupent ensuite de donner satisfaction à ce désir si vaillamment suscité. Cette partie du programme n'étant pas vraiment préméditée et son timing pas limité, ce ne fut que vers 2 heures du matin qu'ils se souvinrent tous deux qu'Alex avait une annonce à faire.

— En fait, j'ai réfléchi. Nous avons tous deux évoqué un nom, celui du colonel Hassan. Nous sommes, toi et moi, tenus à la confidentialité et, s'il y a information entre nos deux services, elle doit se faire par la voie hiérarchique. C'est ce que j'ai tenu à vérifier.

— Tu as vérifié que nous avions fait une demande d'information au renseignement intérieur ? Ce n'était pas la peine de te fatiguer, j'aurais pu te le dire.

— Non, ce que j'ai vérifié, c'est la réponse qu'on vous a apportée.

— Ça aussi, j'aurais pu te le dire. Nichts, rien, nothing, nada…

— Je trouve ça nul. Vous allez peut-être mettre des mois à trouver ce que nous savons, et vice versa. J'ai une proposition pas très orthodoxe à te faire.

Adrijana se douta du contenu de l'offre avant même qu'Alex la formule. Elle était étonnée et ne fit rien pour que son visage le cache. Il s'en émut immédiatement.

— Laisse tomber, je n'ai rien dit, oublions.

— Ne te vexe pas. Ma réaction n'a rien à voir avec ce que je crois être ta proposition. Nous exerçons le même métier, il me faut te considérer comme un interlocuteur professionnel. Je me demandais si ça me dérangeait. Mais c'est idiot. Tu n'es pas ma récréation, l'homme avec qui j'oublie tout. Comme moi, tu es un tout, je ne veux pas fréquenter qu'une partie, je ne veux pas ignorer la réalité, je t'aime trop pour ça. Bon, alors allons-y, négocions.

— Attends, je n'ai encore rien proposé, répondit-il, rayonnant car, en dehors des paroxysmes de l'étreinte, elle ne lui avait jamais parlé d'amour.

— Tu veux échanger des renseignements. Pourquoi pas ? Mais je dois en parler d'abord à ma hiérarchie, et comme je la connais en personne, je crois savoir qu'il ne dira pas non.

Alex rit franchement et ne put s'empêcher de la serrer

dans ses bras, tout en protestant que ce n'était pas ça, qu'il n'était pas nécessaire de consulter son directeur.

— Je t'offre de te dire ce que je sais, parce que je pense idiot que mon service ne collabore pas. Mais je ne veux rien en échange, à part ta discrétion sur ta source aimée.

— Ah, ah bon, bafouilla-t-elle de nouveau étonnée. Excuse-moi, c'est si peu dans nos usages…

— Pareil pour nous. Mais maintenant tu me connais. Et tu sais aussi que, sur ce genre de comportement, je partage l'appréciation des amis qui nous ont présentés. Un truc d'un autre temps… Bref, dans le dossier Hassan, il y a un mystère pour nous. Un mystère interne. Son dossier est arrivé en 2008 et a été directement traité par le directeur général. J'étais étudiant à l'époque et, comme tu le sais, le boss d'alors est aujourd'hui décédé. Tout nous laisse à penser que cette pratique antérieure maquille le recrutement d'un agent et que ce genre de dossier file illico dans le coffre-fort du grand boss. C'est sans doute son prédécesseur qui a obtenu pour Hassan son statut de réfugié, et non l'office ad hoc. Ce que je peux te dire, c'est qu'il était jadis officier de liaison de son pays avec le Pacte de Varsovie. Je pense qu'il a été approché par les services de l'armée, puis recruté par nous.

Alex fit une pause qu'Adrijana, très attentive, se garda bien d'interrompre. Il semblait hésiter à en dire plus.

— En fait, j'en suis sûr, corrigea-t-il. Il pense d'ailleurs que vous devez lui lâcher les baskets, vos deux jeunes agents vont finir par se faire repérer du voisinage.

— À ce point ! s'exclama Adrijana. Si tu me fais passer un message, c'est qu'il est agent traitant sous ta responsabilité. Est-il toujours en service ?

— Je te dis ça juste pour que vous ne perdiez pas votre temps avec lui. Passons à autre chose, suggéra Alex qui en avait déjà trop dit.

Adrijana se contenta de le remercier, mais elle pesa l'importance de l'information. Ainsi le calme retraité avait été recruté par le renseignement allemand. Bien des années étaient passées depuis, le recruteur n'était plus en poste, mais le recruté ? Cela confirmait l'obscurité du personnage et des relations qu'il entretenait avec son gendre. À moins que le gendre également... Elle y penserait demain, il ne fallait pas s'égarer en suppositions oiseuses.

Elle arriva le lendemain à la Kollwitzplatz encore troublée par l'information. C'était comme si elle avait trouvé sous la table une pièce dentée, sans pouvoir déterminer si elle appartenait au puzzle en cours de montage. Elle allait le rapporter immédiatement au commandant, mais il régnait dans la salle commune une agitation inhabituelle. Thomas la mit au courant. La veille, lors de son passage à Tempelhof, le capitaine avait eu connaissance d'une avancée décisive dans l'enquête sur le meurtre de Barbara von Haselbohm. Les policiers allemands avaient réussi à comparer les fiches fiscales des habitants du Land de Berlin et de ceux de la ville de Görlitz. La comparaison leur avait permis d'établir la liste des personnes ayant migré d'une ville à l'autre dans la période comprise entre le dernier crime dans la ville saxonne et le premier crime dans la capitale allemande. Le profil de toutes ces personnes avait été soigneusement étudié, enquête de voisinage à l'appui. Un seul nom faisait l'objet de toute leur attention. Jan Kolakowski avait suivi un traitement psychiatrique, avec internement, pour une névrose d'un type compatible avec la perversion sexuelle supposée de l'assassin. L'individu avait été appréhendé. En garde à vue à la préfecture de police, ce père de famille insignifiant niait tout, mais ne pouvait fournir un alibi probant pour aucun des différents crimes. Son épouse avait reconnu qu'il lui arrivait fréquemment de sortir après dîner pour des promenades « digestives ». La Kommissar Ebstein était sûre à 90 % de tenir enfin le meurtrier de Barbara.

— Bien, avait philosophé Deniz Salvère qui semblait être là par hasard, de passage, l'air de plus en plus éthéré mais toujours aussi obtus. Les coïncidences existent, mais tant que l'homme n'est pas mis en examen, nous continuons notre enquête sur l'assassinat de Barbara.

Il était néanmoins perturbé par cette garde à vue, et les nouvelles que lui confia en aparté Adrijana ne firent qu'accroître son trouble.

— Un agent du renseignement. Ou un ex-agent, répéta-t-il. Si le colonel Hassan a partie liée avec HDS, cela nous fait pénétrer dans une nébuleuse bien complexe. Soit il joue, ou a joué, double jeu, soit c'est un infiltré.

— Soit il n'a rien à voir avec tout ça, comme sa surveillance le laisse supposer, compléta Adrijana qui commençait à se lasser des « intuitions » du commandant.

Il ne releva pas, comme si elle n'avait rien dit. Elle était irritée de sa réaction. Il n'y avait pas de raison objective de s'acharner sur Hassan, mais le commandant, de plus en plus bizarre, n'en avait cure. Il s'était passé quelque chose, elle en était maintenant certaine. Son amaigrissement, son irritabilité, cette façon borderline qu'il avait de traiter les dossiers, lui faisaient douter de ses capacités jadis si reconnues. Obsédé par l'enquête, il n'hésitait plus à franchir les lignes. Cela avait commencé avec la perquisition illégale chez Barbara. La promesse faite à l'avocat de l'oligarque était la goutte d'eau qui avait failli faire déborder le vase pour un résultat des plus discutables. Adrijana était à deux doigts de provoquer une discussion franche avec Salvère, mais elle n'avait pas tous les éléments. Éloignée de La Haye, elle n'était plus au courant des jeux de pouvoir qui se tramaient au siège d'Europol et qui, visiblement, affectaient particulièrement son directeur. La capitaine Inès da Paz, contactée, ne lui en dit pas davantage, si ce n'est qu'il avait été singulièrement absent ces derniers temps, manquant même plusieurs réunions du comité de direction. Adrijana connaissait bien Inès. Elle brûlait de lui raconter ce qui se murmurait entre policiers, et on pouvait lui faire confiance en matière de rumeurs.

— Ça ne va pas te faire plaisir, mais j'y vais franco. Le pôle berlinois est un fiasco et, sitôt le budget de l'année achevé, il y sera mis fin. Peu nombreux sont les dirigeants d'Europol qui croient à cette organisation ultranationaliste à l'échelon européen. Deniz est sur la sellette. C'est ce qui se dit dans les couloirs.

— Oui, c'est franc, admit Adrijana, bousculée par l'assurance d'Inès. Et injuste. Nous avons tout de même permis l'arrestation de députés grecs, celle d'Ondrej Janov…

— Ça date maintenant. D'ailleurs Deniz sait à quoi s'en tenir. C'est ce qui explique ses absences répétées, sa méforme, sa mine renfrognée.

Adrijana tomba des nues. Dépitée par ces informations,

elle se mit à reconsidérer tout le travail de la Kollwitzplatz et l'entêtement de Salvère. On pouvait appréhender tout cela sous un autre angle. Une bande de malfaiteurs, en lien avec des nationalistes en mal de succès électoraux et surtout de fonds, avaient détourné des sommes considérables partagées entre eux et quelques élus. Il s'agissait d'une association de malfaiteurs d'un type nouveau comme il en naît régulièrement chaque fois qu'une opportunité de systèmes de détournement se fait jour dans les failles des législations ou de l'immense jeu numérique. Une mafia opérant dans quelques pays à l'est de l'Europe achetait des édiles pour son commerce délictueux, mais elle n'avait rien d'une organisation complotiste. Cette idée la déprima. Travaillaient-ils pour rien ou pas grand-chose, elle et toute l'équipe du pôle ? Deniz s'était-il laissé emporter par des vues chimériques, plus politiques que policières ? N'était-il pas à la recherche d'un fait de gloire qui dorerait son blason et le propulserait dans une carrière trop effacée pour son ego ?

Elle partit déjeuner avec Thomas pour le sonder sans toutefois rien dire de ses soupçons. Le capitaine, interrogé, s'avoua incompétent. Il faisait ce que sa hiérarchie lui demandait, appréciait les moyens considérables mis à la disposition du pôle et ne se posait pas de questions même s'il concédait qu'il ne voyait pas l'enquête avancer. On en était toujours aux supputations, avec quelques trouvailles notables comme le cahier de Gert, mais cela n'allait pas bien loin. Le beau travail d'Elsa sur le passage du couple à Gênes ne faisait pas vraiment avancer l'enquête. Après la montagne, le fantasque Gert et son amie avaient peut-être tout simplement eu envie de voir la mer. Peut-être bien qu'ils s'étaient suicidés, peut-être que Barbara avait été victime d'un sadique. Quant à Mattheus et aux deux gros bras, rien ne laissait entendre qu'ils avaient été éliminés par HDS. Il n'y avait pas plus insaisissable comme organisation que celle qui n'existait pas.

— Mais ce ne sont pas nos affaires, dit modestement le capitaine Wintersee. On nous demande d'enquêter pour savoir si, sous tout cela, il n'y a pas un gros poisson, on peut très bien, après investigations poussées, conclure que non. La seule chose dont je suis sûr, ajouta Thomas encore ému, c'est que la Fabrique a bel et bien existé et que ces salauds ont massacré Lenka et Milosz.

Elle repoussa l'explication avec Salvère, se jurant qu'au prochain fait découvert, s'il contredisait une fois de plus l'hypothèse de travail du pôle, elle s'y résoudrait.

Elle n'eut pas à attendre longtemps, mais ne sut que penser de ce qui se passa quelques jours après. Accompagnant Thomas à Tempelhof, elle fut mise au courant par Cornelia Ebstein. Le « bon père de famille » arrêté par son service n'avait rien avoué tout au long de sa garde à vue. Jan Kolakowski répétait ne pas comprendre ce qu'on lui reprochait et, devant l'absence de preuves concrètes, son avocat n'avait eu aucun mal à obtenir sa libération. Son passé psychiatrique et son absence d'alibi étaient des arguments dont le juge d'instruction ne pouvait rien faire. À l'affût pour une enquête qui passionnait une population inquiète, la presse avait révélé l'arrestation et l'identité du suspect numéro un. Une foule en colère avait cerné son domicile, obligeant les policiers à l'héberger sous protection, lui et sa famille, dans un hôtel situé à la périphérie de Berlin.

— Son domicile et celui de ses parents à Görlitz ont été perquisitionnés, son épouse et ses collègues de travail de la société d'assurances où il est employé ont été entendus, expliqua la Kommissar. Mais nous ne trouvons rien, absolument rien. D'après son entourage, il n'a pas montré d'intérêt particulier pour les meurtres. Il va subir une expertise psychiatrique, mais je suis sûre que ce type a une double personnalité. Lors des interrogatoires, j'ai senti qu'il jouait un jeu. À la perfection et avec une constance remarquable, mais j'en suis sûre, il nous narguait. Kolakowski est un dissimulateur virtuose et nous n'avons d'autre moyen de le faire craquer que de multiplier les interrogatoires. Ça ne va pas être facile.

— Pas le moindre petit détail qui cloche ?

— Non. Le seul truc bizarre, c'est le cambriolage qui a eu lieu chez ses parents à Görlitz pendant sa garde à vue. Nous avons pensé à une façon de faire disparaître des preuves, mais un psychopathe qui a des complices, ça ne s'est jamais vu.

— Un membre de sa famille ?

— Possible. Mais pourquoi un cambriolage ? Il est attesté par les caméras de sécurité publique placées dans la rue. Nous avons visionné la vidéo, on y voit deux hommes encagoulés se faufiler par le jardin et en ressortir avec des sacs à dos chargés. On leur a volé leurs bijoux et du matériel informatique. Ce qui nous intéressait, les affaires ayant appartenu au suspect, y était toujours d'après les parents. Pas grand-chose en fait, deux cartons avec des cours de faculté, des photos, des Playmobil, une collection de voitures en modèle réduit. Rien d'intéressant, à moins que les experts en tirent quelque chose.

Adrijana allait quitter la préfecture, pensant que décidément rien n'avançait dans toutes ces enquêtes, lorsqu'elle perçut l'agitation soudaine prenant possession de l'étage. Un policier entra sans frapper dans le bureau où elle se tenait avec la Kommissar, l'air défait.

— On l'a assassiné !

— De qui parlez-vous ? demanda Cornelia Ebstein qui redoutait le pire.

Le pire avait eu lieu. Alors qu'il se trouvait assis dans un fauteuil de la chambre d'hôtel, à proximité d'une fenêtre, Kolakowski avait été touché d'un tir en pleine tête qui l'avait tué sur le coup. L'agent en charge de sa protection, après avoir constaté le décès, s'était rué à l'extérieur, cherchant le tueur ou un indice de sa présence dans l'axe de tir. Mais c'était trop tard, le tireur n'avait pas demandé son reste, il s'était rapidement enfui.

Toute la préfecture était en émoi. C'était un sale coup, un témoin sous protection, abattu alors que nul ne pouvait connaître son lieu de résidence à part les policiers, cela allait faire un beau scandale et mettait un coup d'arrêt brutal à l'enquête sur les meurtres du Tiergarten. La Kommissar se rendit immédiatement sur place. Les policiers allemands tentaient d'imaginer les causes possibles du nouvel assassinat. Tout le monde pensait à l'acte d'un vengeur solitaire, une de ces personnes ayant manifesté devant la demeure du suspect qui se serait muée en justicier.

Adrijana était encore sous le choc lorsqu'elle revint à la Kollwitzplatz pour informer l'équipe de ce dénouement inattendu. Le commandant y était. Sans réfléchir, elle lui demanda une entrevue en tête-à-tête. Elle ne supportait plus son arrogance, ses certitudes, son obstination. Ce ne furent pas les termes qu'elle employa en lui expliquant son besoin de parler avec lui. En phrases vives, contenant à peine la part d'accusation qu'elles portaient, elle lui demanda s'il croyait encore que HDS avait fait exécuter Barbara ou qui que ce soit d'autre.

— Barbara, je ne crois pas, répondit-il calmement. Les autres, oui, plus que jamais.

— Mais nous n'avons rien, explosa-t-elle. Rien à part un livre de comptes qui montre les délits de mafieux attachés comme tous ceux de leur acabit à inventer inlassablement des systèmes pour s'enrichir facilement.

— S'il ne s'agissait que de ça, ce serait déjà une association assez malfaisante pour obliger tout service de police à la combattre. Je vous accorde que nous n'en serions pas saisis. Mais tout nous indique que nous avons affaire à une organisation terroriste, et que nous sommes sur le point d'aboutir.

Son assurance, qui en d'autres temps avait le don de la convaincre, ne fit que jeter de l'huile sur le feu.

— Vous êtes obnubilé par les ultranationalistes ! répliqua-t-elle d'un ton sans appel.

Ce ne fut pas apprécié, le visage du commandant se durcit, il laissa un silence s'imposer.

— Reprenez-vous, commandante. Vous parlez à un supérieur.

Elle hésita à lui présenter ses excuses, mais elle n'avait pas le choix, il était maître du travail du pôle et de l'orientation qui lui avait été donnée. Elle s'excusa. Et, en policière responsable, elle envoya Thomas à Dresde chez le père de Gert qui avait hérité de la BMW de son fils, afin de vérifier qu'aucune balise de localisation n'y avait été fixée. Thomas revint bredouille, ça n'avait rien de surprenant. Si balise il y avait eu, les assassins l'auraient bien entendu retirée une fois leur forfait accompli.

Salvère était occupé à tout autre chose dans la salle insonorisée pour les visiocommunications. À travers la vitre, il lui fit signe de la rejoindre. Elle salua Dragan. Il exposait la manière dont les programmateurs et lui mettaient au point le nouveau logiciel qui permettrait à Europol le tri et l'analyse de millions d'informations quotidiennes sur l'actualité de l'ultranationalisme. Adrijana en était heureuse, mais elle ne se sentait pas vraiment concernée par cette phase du processus. Elle lança un regard interrogateur à Deniz.

— Il faut faire les essais sur une zone géographique et linguistique réduite. Dragan a choisi la Slovaquie. Depuis quinze jours, les réseaux sociaux y sont en ébullition.

— J'ai l'impression d'être à la tête d'un corps de pompiers submergé dans une forêt où les départs de feu se multiplient. Sauf que nous n'éteignons aucun incendie. Nous les contemplons, médusés, expliqua Dragan.

— Voilà, ça a commencé, commenta Deniz sans plus d'explication.

— Ça part de tous les côtés. Nous tentons de donner une cohérence à tout cela, mais ce n'est pas simple.

— De quoi parles-tu ? s'inquiéta Adrijana.

— Je vais résumer l'affaire autour des trois fake news principales, reprit le capitaine Stankovic. Tout part d'une interpellation par les services de police d'un groupe d'immigrés syriens, logés aux frais des contribuables dans une ville proche de la frontière ukrainienne. Ils auraient commandé en ligne d'importants stocks d'explosifs. Leurs avocats les auraient aussitôt fait libérer, invoquant un vice de procédure, et les Syriens se seraient enfuis par l'Ukraine voisine. Les images de l'intervention policière sont dignes d'une série américaine, sauf qu'elles ont été trafiquées à partir d'une autre intervention contre un forcené qui voulait tuer sa femme et ses enfants. Et si bien trafiquées que, si l'on visionne les deux en même temps, la similitude n'est pas évidente.

— Que s'est-il passé en réalité?

— C'est compliqué à restituer. Je fais de mon mieux pour être bref. Sidéré par la fausse information qui tournait en boucle sur les réseaux, le maire de la commune visée a commis la maladresse de nier les faits en bloc avant de reconnaître, face à l'avalanche d'insultes, qu'une vérification avait été effectuée auprès de l'exploitant d'une carrière employant illégalement des migrants, sans lien aucun avec une quelconque histoire de terroristes islamistes. L'affaire a pris une ampleur inédite lorsqu'un fonctionnaire de la répression des fraudes a révélé l'achat par la carrière d'explosifs nécessaires au minage et au forage de l'exploitation sans les autorisations de sécurité requises. Suite à ces cafouillages, le buzz a redoublé.

— Quel rapport avec notre enquête?

— C'est à toi de nous le dire, répondit Dragan. Ce que nous avons pu découvrir, c'est que l'information initiale et les premières réactions ciblées sur les réseaux proviennent probablement d'une fabrique située en Albanie. Le fonctionnaire qui a mis de l'huile sur le feu appartient au syndicat proche du parti d'Anton Slezeck. Mais ce n'est pas tout. L'incendie n'était pas encore éteint que deux autres affaires prenaient le relais.

Il y avait eu le pillage d'une grande surface alimentaire par des Afghans, forçant le gouvernement à un démenti pour cette histoire où, en réalité, trois migrants avaient été arrêtés pour vol à l'étalage. Une semaine après, les réseaux s'enflammaient à nouveau au sujet du viol collectif de deux jeunes filles slovaques, ramené par les pouvoirs publics à une affaire de voisinage ayant tourné en échauffourée.

— Chaque fois, des centaines de milliers de comptes Twitter et Facebook ont été alimentés le même jour de fausses informations : constitution de stocks d'explosifs et de trésorerie pour fomenter un attentat terroriste, traite des blanches en lien avec la mafia ukrainienne qu'aurait couverte un ministre de l'Intérieur recevant sa part du gâteau, photo de sa luxueuse résidence à l'appui. La police a sévi brutalement contre une manifestation dite « spontanée » de citoyens se dirigeant vers un centre de réfugiés pour les déloger.

— Nous y voilà, répéta Salvère. Le travail de la Fabrique porte ses fruits et, comme par hasard, c'est Paula Bokova, candidate au poste de Premier ministre à l'occasion des futures élections législatives, qui est à la manœuvre.

— Nous avons enquêté sur elle après le décès de Mattheus Goulavski, rappela Adrijana. Aucun enrichissement personnel, aucun compte frauduleux, aucun voyage à Dresde. Elle se rend bien à Berlin, mais dans le cadre de ses fonctions au bureau européen de la capitale. Et Janov est sous les verrous.

— Nul besoin de présence physique pour lancer des fake news. Je ne serais pas étonné que la Slovaquie soit leur ballon d'essai, le pays s'y prête admirablement. Il faut la mettre sous surveillance.

— Une élue au Parlement européen ? Nous n'obtiendrons jamais le feu vert de la juge.

Salvère n'avait pas donné suite. Le déroulement de l'enquête d'Elsa avait sans doute happé toute son attention, comme il avait ébranlé Adrijana dans ses doutes. Persuadée que le faux couple Müller avait regagné la région frontalière entre l'Italie et l'Autriche dès son retour de Gênes, la commandante Minetti avait poursuivi ses investigations, réussissant à découvrir leur dernier lieu de résidence entre Dobbiaco et Zell-am-See.

— Il y avait tellement de possibilités… Comment as-tu procédé ? lui demanda Adrijana.

— En fait, je m'étais fixé une limite, histoire que le secrétaire général ne hurle pas après mes notes de frais. Je me suis dit, tentons les sites qui répondent le mieux aux préférences du couple : un hôtel de luxe aménagé dans un ancien château fort à proximité d'un lac. De tels critères ont réduit mes recherches. Et j'ai eu de la chance, le premier essai a été le bon. Le lac de Millstätter est de toute façon le seul d'importance entre mes deux points. J'ai d'abord parcouru le chef-lieu, Spittal-an-der-Drau, mais c'était une ville trop imposante pour Gert. De l'autre côté, au nord, Millstatt était plus séduisante. Jolie station qui s'avance sur un lac aux eaux limpides par lequel on peut fuir en bateau. Un vrai rêve ! Tu verrais ça, le coucher de soleil sur les hautes montagnes qui enserrent le lac… Bref, c'est là que les Müller sont descendus.

Elsa ne s'était pas contentée d'un rapide échange avec l'hôtelier. Avec l'agent germanophone qui l'accompagnait, ils avaient réservé deux chambres, persuadés que Gert et sa compagne avaient été pris en filature par leurs assassins dès cette étape. Sinon comment expliquer qu'ils aient été exécutés le soir même de leur arrivée à Zell-am-See ?

— À moi maintenant d'identifier ce ou ces tueurs. Deniz penche pour au moins deux personnes et sûrement trois afin de réaliser correctement et en un temps record la mise en scène du suicide.

Elsa Minetti et son collaborateur s'apprêtaient donc à éplucher les registres des hôtels voisins, munis des photos de Gert et du visage reconstitué de l'Inconnue du lac, mais aussi de celles de Barbara, d'Ulrich Roeder, du colonel Hassan et du portrait-robot réalisé d'après les souvenirs du restaurateur et des clients de l'établissement où la victime du Tiergarten avait pris son dernier repas.

22

HDS

Dans la chambre de Tom, dont Lina avait pris soin de fermer la porte, les préparatifs allaient bon train. Les derniers cours du soir de l'école d'ingénieurs commençaient à 19 heures, moment où le soleil disparaissait derrière la Haus der Statistik alors que les réverbères n'étaient pas encore allumés. Lina pourrait alors entrer dans le bâtiment. Les familles seraient à table ou devant la télé. Il n'avait pas été difficile de convaincre celle de Tom, il ne pouvait être absent à la première boum organisée pour l'anniversaire d'un de ses copains avec retour au bercail, c'était promis, à 22 heures. De quoi disposer d'un temps amplement suffisant pour pénétrer dans leur Vaisseau amiral. Et de quoi justifier le maquillage inhabituel de Lina.

Dire qu'ils étaient tous deux hautement excités était un euphémisme. Chez Tom, tout était intérieur, il ne faisait pas de bonds comme Lina, ne transpirait même pas. C'était bien la première fois qu'elle trouvait des mérites à sa capacité inconditionnelle de rêver, d'être toujours perché dans quelque nuage invisible pour les autres. Elle, en revanche, était sur des charbons ardents. Elle mangeait des sucreries à s'en dégoûter, passait et repassait son rouge à lèvres, vérifiait une nouvelle fois que la panoplie d'outils empruntés à son père ne tintait pas entre les couches de papier bulle dont elle les avait enveloppés. Ils s'étaient donné rendez-vous bien trop tôt et brûlaient maintenant d'impatience, ne sachant que faire après avoir répété cent fois leur plan. Lorsque l'heure approcha, ils partirent en avance, contraints dès lors à faire les cent pas dans l'allée. Le temps plutôt brumeux leur permit de ne plus attendre et c'est une Lina pas du tout assurée qui se présenta à l'école d'ingénieurs. Elle avait auparavant essayé le double qu'elle avait fait de la clef, mais deux professeurs de l'école s'éternisaient en bavasseries juste devant la cage d'escalier menant à la fameuse porte. Elle accusa ainsi dix minutes de retard, mais pour le reste, tout se passa comme prévu, il n'y avait personne dans l'escalier, la porte s'ouvrit sans résistance. Elle posa le pied dans cette cour si souvent fantasmée, mais elle ne s'y attarda pas. En liaison téléphonique avec Tom qui faisait le guet à l'extérieur, elle avança dans une obscurité complice vers le bâtiment de deux étages dont elle avait imaginé de forcer l'entrée. Ce ne fut pas nécessaire, la serrure n'avait pas été verrouillée.

Elle était maintenant à l'intérieur, transie de peur mais fière de cette audace qui avait manqué aux autres membres de la bande. Aucun d'entre eux n'avait été informé de l'incursion, à part Sebastian, chargé lui aussi de faire le guet mais depuis la fenêtre de sa chambre. Son cœur battait à tout rompre lorsqu'elle se décida enfin à avancer dans le long couloir en allumant sa torche qui éclaira une profondeur vide de tout meuble. Au fond, le couloir tournait sur la gauche. L'ouïe en total éveil, elle le suivit et déboucha sur un vaste hall pourvu d'un escalier menant au réfectoire. À la fois rassurée et inquiétée par le silence, elle visita le réfectoire, les salles de restaurant du second étage, toutes absolument nues, mais sans traîner. L'objectif, c'était l'immense aile de onze étages avec ses rideaux battant au vent, ses coursives extérieures d'où elle aurait une vue imprenable d'un côté sur l'immeuble de Tom, de l'autre sur la Fernsehturm et un bout de l'Alexanderplatz. Lina ne cessait de filmer sa progression avec son téléphone, preuve à produire à cette bande de dégonflés et liaison sécurisante avec Tom et Sebastian. L'heure de la gloire avait sonné, l'amazone était la première de sa génération à occuper la Haus. Elle grimpa les escaliers quatre à quatre vers les coursives, pénétra dans les anciens bureaux, et n'éprouva aucune déception en découvrant le banal immeuble de bureaux abandonné. Tout était dans ce mot « abandonné » qui leur donnait quasi-propriété sur l'ensemble urbain. Par téléphone, Tom ne cessait d'exhorter au silence une Lina qui cherchait l'écho de sa voix dans les longs couloirs, chantait sa joie dans les bureaux vides et, pour peu, aurait mis de la musique et dansé au milieu des toiles d'araignée tissées dans les immenses open spaces.

Elle ne regardait pas l'heure, mais Tom s'en souciait sans cesse, et c'est lui qui donna l'ordre de la retraite lorsque 21 heures s'afficha sur son écran. Il lui fallut dix bonnes minutes pour en convaincre Lina. Elle allait repartir par le même chemin mais elle tenait d'abord à visiter le rez-de-chaussée nord où le passe-muraille avait disparu.

— Eh, lança-t-elle à Tom, je ne vais pas partir sans rendre visite à ton vieux bonhomme.

Tom maugréa. Ils avaient dit 22 heures à leurs parents. Mais Lina descendait déjà les escaliers.

Cette partie était le seul lieu encombré. Constitué principalement d'une salle de réserves, il était empli de cartons vides, à moitié déchirés, déformés, mais aussi d'ustensiles de ménage, de matériel de pompiers qui indiquaient la venue régulière des équipes de maintenance. Lina ne rebroussa pas chemin pour autant, elle avait remarqué une porte en fer qui l'intriguait. Elle était fermée à clef.

— Voilà où il se cache, affirma-t-elle, mais rien ne résiste à Wonderwoman.

Elle sortit alors le matériel conseillé par le tutoriel qu'elle avait étudié. Munie d'une clef passe-partout et d'une petite tige en fer, elle réussit assez rapidement, bien que cela paraisse une éternité à Tom, à faire céder la vieille porte, puis elle avança dans le couloir donnant sur une nouvelle salle. Elle fut saisie d'effroi. La pièce était entièrement équipée de matériel de bureau, on aurait dit que les employés étaient juste sortis boire un café.

~

Cette fois, il avait cédé à Teresa. « Va pour un restaurant italien. » Il est vrai que, comme ils s'ingéniaient à ne jamais dîner deux fois dans le même établissement, et qu'ils choisissaient des salles assez spacieuses pour pouvoir rester à distance des oreilles des voisins, l'offre s'amenuisait de rencontre en rencontre. Gerhardt pensa avoir salué la jeune femme avec sa nonchalance habituelle, mais ça ne devait pas être le cas car, à peine installée, Teresa lui demanda s'il y avait un souci.

— Pas trop grave. Mais tu connais la prudence du Colonel. Nous avons dû déménager dans la nuit son bureau préféré pour une absurdité. Comme, en ce moment, il est sur les dents à cause d'Europol…

Ayant l'autorisation du Colonel, il mit rapidement Teresa au courant des faits troublants qui les inquiétaient. Dans le Tyrol autrichien, un duo d'enquêteurs européens reprenait l'enquête sur la mort de Gert. Il n'y avait rien à découvrir, mais cela confirmait qu'une instruction dont ils ignoraient la teneur avait été ouverte au Luxembourg. Plus ennuyeuse était la présence attestée de policiers d'Europol à Berlin même, à cause de l'assassinat de Barbara. Gerhardt connaissait l'opinion de Teresa sur le sujet, on aurait dû laisser faire la police, mais bon…

— En quoi est-ce ennuyeux ? s'enquit Teresa.

— Tu peux faire toi-même le rapprochement. Gert, Barbara et Milosz. Les antennes du Colonel se sont mises à vibrer : leur point commun est la Fabrique de Dresde. Fabrique où une unité de la police, toujours pas identifiée, est intervenue après l'agression des deux Slovaques. Le Colonel se demande si elle n'était pas sous surveillance.

— Toujours pas de nouvelles du cahier ?

Gerhardt fit non de la tête, et Teresa pesta. À part ce cahier, rien, absolument rien ne pouvait être découvert. Selon les instructions, tous les protagonistes agissaient sous pseudo et, mis à part Dietrich, tous avaient été envoyés à l'étranger.

— Oui, à part Dietrich, répéta Gerhardt, qui s'affiche maintenant sous son vrai nom. Or il semblerait qu'il soit lui aussi sous surveillance. Du BfV.

Teresa se renversa sur sa chaise. Barbara, ç'avait été une

connerie. Elle n'osa pas le dire, mais ça se lisait sur son visage. Elle resta silencieuse un moment, soupesant toutes ces mauvaises informations.

— Avec votre protégée, au moins, ça tourne bien. J'ai lu que la nouvelle présidente montait fort dans les sondages.

— L'équipe fait un bon boulot, Pietro déborde d'imagination. Et le budget est respecté.

Le beau visage de la Slave sourit à ce compliment détourné. Avant de redevenir grave.

— Comment ça s'est passé à Gênes ?

— Aussi bien que possible en de pareilles circonstances. Mais pas au point qu'Erland aille y passer ses vacances. C'est lui qui est tenu pour responsable.

Teresa ne dit rien mais n'en pensa pas moins. Toutes ces histoires de famille à l'italienne lui était trop étrangères. Mais elle rageait au fond d'elle-même, craignant que tout son travail, qu'elle avait la faiblesse de penser remarquable, soit mis en danger par des sicaires aux cerveaux rétrécis. Elle interrogea Gerhardt du regard.

— Risque zéro, répondit-il. On va faire le ménage.

— Et merde ! ne put-elle s'empêcher de jurer.

23

Deniz

Ils avaient enfin convenu de se voir. Remontant la rue des Archives, Deniz n'arrivait pas à maîtriser sa nervosité, son regard errait sans les voir sur les devantures des boutiques, les fringues vintage et les café-librairies de ce coin branché du Marais. Il prit la rue des Blancs-Manteaux, puis celle des Francs-Bourgeois où se trouvait le restaurant où il avait réussi à obtenir un rendez-vous dont il doutait maintenant de la pertinence. Elle aurait préféré un café, il savait bien pourquoi, il est plus aisé de quitter un établissement sans consommer son thé qu'après avoir commandé un pot-au-feu.

Isabella était déjà assise quand il arriva, sa seule vue suffit à le mettre mal à l'aise et lui confirma que cette rencontre était une mauvaise idée. Il avait compté sur le plaisir de se revoir, il n'y avait que douleur. Elle ne se leva pas, tendit sa joue et non ses lèvres, et maintint ce visage contracté qui n'augurait rien de bon. Il comprit à cet instant qu'il n'y avait rien à attendre de ce repas qu'elle avait pourtant accepté. Ils échangèrent les incontournables questions-réponses sur la santé, le moral, le travail et, après ne s'être rien dit, Isabella entra brutalement dans le vif du sujet.

— J'ai rencontré quelqu'un.

Deniz accusa le coup. Il retira sa main qu'il avait posée sur la table comme une possibilité et se tut.

— Deniz, c'est fini et je ne crois pas que nous serons amis. Je ne te demanderai pas d'être le parrain de mes enfants ou de passer dîner à la maison. Tu m'as fait trop mal, je t'ai trop aimé. J'aimerais que la blessure se referme vite, je n'ai pas le goût de la nostalgie.

De ce moment, il ne toucha plus à son plat, ne répondit que par monosyllabes et s'empressa de se lever pour régler l'addition au comptoir. Une partie de son passé venait de se pétrifier dans son esprit, emportée comme un bloc de marbre de Carrare sur une barge en détresse. L'image était singulière, c'était vraiment sa sensation, mais il n'était pas sûr qu'une si lourde charge largue facilement ses amarres. Isabella l'abandonna sur le trottoir d'un adieu difficilement prononcé. Il se contenta d'un simple signe de la tête. Il n'allait pas laisser suppurer la plaie. Son regard prit la froideur de l'animal blessé.

Il n'avait nulle envie de voir leurs amis communs, de jacasser à n'en plus finir sur le comment et le pourquoi. Il songea même à vendre son appartement. Paris lui paraissait lourde, polluée, engluée dans sa nostalgie de capitale mondiale qu'elle n'était plus, dirigée par ces cerveaux formatés de hauts fonctionnaires dont il faisait partie. Paris n'avait plus pour lui d'avenir et l'image de son passé était bien ternie. Il aspirait à plus d'Europe, là où l'Europe pouvait encore se faire. Pourquoi pas Berlin, ville d'avenir où les loyers étaient bloqués alors qu'ils flambaient dans la capitale française, où la jeunesse du monde entier, les artistes, les affamés de vie, affluaient en masse comme ils l'avaient fait jadis à Paris, à Londres, à New York?

Il remit à plus tard sa décision. Il était maintenant attendu à La Haye pour une réunion de direction des plus importantes qui se tiendrait le lendemain. Figurait à l'ordre du jour le budget de l'année suivante. Il n'était pas prêt, mais une détermination froide avait pris possession de tout son être. Il n'était pas question qu'il laisse un pouce d'avance à tous ces mollassons, frères siamois de ceux qui avaient couru applaudir Daladier et Chamberlain de retour de Munich. Rien d'autre ne le mobilisait, rien ne le ferait flancher.

Il trouva son appartement de fonction fade, ennuyeux, trop fonctionnel, trop souvent borné par le ciel gris flirtant avec la mer du Nord. Celui-là aussi, il pensa à l'abandonner. Après tout, pourquoi ne pas diriger son département depuis Berlin? Le télétravail en temps de confinement s'était révélé efficace. Mais, à son niveau de responsabilité, ne pas posséder de pied-à-terre à La Haye, ne pas rouler en voiture de fonction, c'était déjà une insulte à l'institution.

Son téléphone vibra, affichant le nom d'Alice Barrio-Alcon. Il faillit ne pas répondre, sachant à quel point sa voix pouvait être antipathique lorsqu'il se trouvait coincé comme un rat dans l'encoignure d'une cour malpropre. Mais il décrocha et fut tout de suite confirmé dans sa crainte.

— Je te dérange sans doute, je t'appellerai plus tard.

Il la pria de n'en rien faire sans parvenir à adoucir son timbre. Elle eut la présence d'esprit d'éviter les plaisanteries et en vint immédiatement à l'objet de son appel.

— J'ai plus de renseignements sur ce qui s'est passé en

Saxe. Le journaliste allemand qui m'a informée m'a toujours donné des infos fiables, mais il n'est pas très net. Il fraye avec des néonazis sans que je sache exactement sur quel tableau il joue.

— Peu importe. Que t'a-t-il appris ?

— C'est agréable de te rendre service. On se sent bien traitée. Si je t'ennuie, dis-le clairement et…

— Ce n'est pas toi qui m'ennuies, Alice. Désolé, j'ai eu une mauvaise semaine.

— Bon. Je vais être brève. D'après ce journaliste, un extrémiste dont j'ignore le nom a repris contact, après de longs mois sans donner de nouvelles, avec le groupuscule néonazi de Dresde dont il faisait auparavant partie.

Au nom de Dresde, l'oreille de Deniz se fit très attentive.

— Cet homme a offert une somme d'argent assez conséquente pour que ses anciens collègues assurent sa protection. Contrairement à ce que je t'avais d'abord dit, il n'y a pas eu de bastonnade. Ça semble plus grave. L'homme en question était recherché par des gens déterminés, militants d'une autre association, au sujet d'un désaccord de nature politique sur lequel mon informateur ne s'est pas étendu, mais qui était assez grave pour qu'on veuille lui bousiller les genoux. C'est du moins ce qu'il a raconté au militant avec qui le journaliste est en contact.

— Ça s'est passé quand ?

— Il y a plusieurs mois. Le groupuscule a touché l'argent et a prévenu une première attaque contre cet homme, mais ça s'est arrêté là car les assaillants étaient trop dangereux, armés et résolus. L'homme a fui, et ses amis dresdois n'ont plus eu de nouvelles jusqu'à ce que son corps soit rapatrié dans la ville. Il est mort, ils ne savent pas comment.

— Je peux rencontrer ton ami journaliste ?

— Je le lui ai demandé, sans faire état de ta fonction. Mais je te l'ai dit, il n'est pas net. Il ne correspond avec moi que par mail. Il refuse tout contact. C'est la première fois qu'il me rapporte une affaire de « fait divers », si je puis dire. Il n'a pas su m'en dire plus. Il pense que cela est lié aux batailles qui se livrent au sein du grand parti d'extrême droite allemand pour le contrôle de la direction. Pour ma part, j'en suis étonnée. Je n'ai jamais eu vent d'un règlement de compte physique dans ce genre de combat interne. Il faut prendre tout cela avec prudence. Si tu ne m'avais pas fait part de ton intérêt pour ces conflits, je ne t'en aurais même pas parlé. Je ne prendrais pas ce témoignage comme élément de recherche, à moins d'avoir la preuve de sa véracité. Tu pourras peut-être me l'apporter ?

Sans répondre, Deniz se fit répéter toute l'histoire qui pouvait tout à fait correspondre aux ennuis de Gert avec l'organisation. Mais il n'y avait rien de plus. Il remercia Alice, lui promettant de la contacter s'il en apprenait davantage.

Ne dormant presque plus, il n'eut ce matin-là aucun mal à arriver le premier à la réunion du comité de direction. D'avoir été trop absent du siège restreignait malheureusement son appréciation des rapports de force ayant cours à Europol. Il fit une halte dans le bureau de son supérieur hiérarchique et ami, Theos Stefanakis. Le patron de tout l'opérationnel lui confirma la faiblesse de sa position. Deniz ne pouvait afficher que des résultats minimes pour le pôle contre un terrorisme d'extrême droite qui restait à démontrer. Stefanakis lui conseilla d'éviter le mot « organisation », cela avait un côté obsessionnel et complotiste qui produirait le plus mauvais effet.

— Et de quoi je parle alors ? demanda un Deniz irrité, qui persistait à garder pour un meilleur moment les révélations qu'il avait à faire sur la lutte contre les soldats de Daech.

— Tu auras du mal à sauver l'intégralité de ton pôle. La cybercriminalité augmente considérablement et Wolfgang Brenner lorgne sur ton budget. Je ne le démentirai pas, prévint Stefanakis. Tu peux faire comme d'habitude, essayer de gagner du temps. Mais tu indisposes beaucoup la directrice générale. Tu l'ignores, tu joues solo, tu manques les réunions de direction. Nous sommes à Europol, Deniz, pas dans une salle des marchés. On ne tente pas de coup sans en référer à l'autorité.

En bon patron et ami sincère, Stefanakis fut clair. Mais si Deniz avait un genou à terre, il n'en restait pas moins ferme sur ses intuitions. Il existait bien une organisation criminelle terroriste, elle avait un nom, HDS, qu'il ne pouvait encore révéler au comité de direction faute d'éléments judiciaires assez solides. Comme il l'avait toujours soupçonné, elle recueillait frauduleusement des fonds, constituait des bases de données afin d'influer sur le jeu démocratique des nations, et avait tué, n'en déplaise à Kaltbrunner, Brenner et autres Adrijana Hruby. C'était cette association de malfaiteurs qui était à l'œuvre en Slovaquie pour faire pencher les élections dans un sens favorable au parti de Paula

Bokova à coups de campagne de désinformation sur les réseaux sociaux. Le numéro deux d'Europol hocha la tête sans conviction. Il ne s'agissait plus d'argumenter, mais de démontrer.

La réunion le lui confirma au-delà de ses craintes. Stefanakis laissa Brenner réclamer une plus intelligente répartition des fonds hors fonctionnement. Salvader, le secrétaire général, l'approuva, Ulke, chargé des relations extérieures, convint que la lutte contre la cybercriminalité était aujourd'hui la principale demande des États membres et Carpita, responsable du service informatique et jusqu'alors sensible aux vues de Deniz, ne dit mot pour le soutenir. Seul Brady Donohae jugea qu'Europol avait bien les moyens de renforcer considérablement le budget du département de Brenner sans pour autant déshabiller complètement la lutte contre le terrorisme d'extrême droite.

— Les justices nationales sont particulièrement responsables et efficaces en ce domaine, conclut Kaltbrunner. Il n'y a ni actions terroristes d'ampleur de la part de ce milieu, ni résultat du pôle berlinois. Je pense donc raisonnable d'arrêter les frais à la fin de cette année. Le conseil d'administration ne comprendrait pas une autre position.

Deniz fut peu loquace. Il concentra toute son énergie à l'obtention d'un délai jusqu'à la prochaine réunion qu'il mettrait à profit pour terminer son rapport sur les activités du pôle.

— Dur de ne plus être la vedette, lui décocha Brenner à leur sortie. Je t'avais prévenu, tu te mets trop à découvert. Mais si ton rapport ouvre une porte, fût-elle étroite, je plaiderai pour maintenir le pôle.

Deniz l'écouta sans répondre. Il ne savait d'où lui venait cette sympathie soudaine de Brenner. D'ailleurs, à l'heure qu'il était, il ne savait plus grand-chose.

Il avait un sursis, mais cette fois, à l'inverse de l'année précédente où il était certain d'aboutir avec le meurtre de Maryam Binebine, il se demanda si l'ennemi n'était pas trop fort pour lui. Cela avait beau le mettre en rage, il devait peut-être s'avouer vaincu et laisser à de plus jeunes épaules le soin de parfaire son travail. Assis dans un fauteuil fonctionnel de ce salon auquel il avait consciencieusement préservé son atmosphère froide et impersonnelle, loin des beautés et du charme de son appartement parisien, il éteignit la lumière et contempla le formidable orage qui s'abattait sur La Haye, les éclairs puissants comme un destin perdu zébrant à intervalles rapprochés la nuit et sa rétine fatiguée. Il tendit la main vers le buffet où reposait sa boîte à cigares. Sa mémoire était encore bonne, il lui restait un Sancho Panza Sanchos, le plus long des havanes. Il ferma les yeux pour ressentir dans sa chair les éclats du ciel, puis alluma son cigare en songeant à sa grand-mère turque qui lui avait parlé une fois, une fois seulement, quand il venait d'avoir dix-huit ans, de son père à elle, écrivain réputé, fidèle de Mustafa Kemal mais militant acharné contre le parti-État militaire lui ayant succédé. Ils étaient seuls ce jour-là dans leur appartement de Fenerbahçe, elle lui raconta sobrement la prison, les tortures, les fuites, les exils de ce père aimé qui, par la force des choses, l'avait si souvent abandonnée. Passant à la langue turque, elle avait demandé, sans doute plus pour elle que pour Deniz qui maîtrisait mal l'idiome, « Est-ce que ça valait vraiment la peine ? ».

En vieillissant, lui avoua-t-elle, la question venait de temps en temps bousculer le récit familial d'une nécessaire lutte à mort contre l'oppression. Au début, elle l'avait repoussée comme blasphématoire, et puis, à quoi bon ? Le passé ne pouvait pas se réécrire, du moins sur ses impressions de jeune fille. Plus elle sentait son petit-fils se révolter et sourdre de noires colères contre les injustices et les humiliations de ce monde, plus elle se posait ouvertement la question.

Deniz avait horreur de regarder en arrière, mais affaibli comme il l'était, il sentit qu'il ne pouvait y échapper. Il eut du mal, tant il ressentait ses actions passées comme constitutives de sa personne. Les stratégies, les calculs, les mises en scène qu'il avait sans scrupule opérés, avaient toujours servi sa carrière et assuré son rang social. Il était certain de n'avoir agi ni pour l'une, ni pour l'autre, conscient néanmoins d'avoir satisfait son ego qui gagnait en force et en maturité. Cette satisfaction légitimait son parcours mais, en cas d'échec, la perspective pouvait s'inverser et les dégâts subis dans sa vie personnelle prendre le dessus. Sa rupture avec Isabella, qu'il avait acceptée et même décidée en refusant l'alternative où elle l'avait enfermé, ne passait toujours pas. Il lui en voulait à elle, mais ne parvenait pas à s'en vouloir à lui-même d'avoir refusé de changer de vie. Isabella ne lui reprochait rien, il avait fait ses choix, elle en avait pris acte. Point. Sauf qu'il l'aimait, s'avoua-t-il, cerné par les volutes de son cigare trop puissant.

Il était tellement épuisé par tant de nuits difficiles qu'il posa son cigare dans le cendrier et se laissa aller à l'assoupissement qui le gagnait. Luttant contre le sommeil, il tenta de commander encore ses raisonnements alors que les éléments incongrus du rêve, comme l'eau du ruisseau, infiltraient lentement son esprit. Peu à peu, malgré lui, les décors, l'atmosphère, les angoisses et les désirs de l'inconscient s'imposèrent, et c'est ainsi qu'Isabella apparut, princière comme toujours, mais nue sous un lourd manteau d'hiver dont elle parvenait difficilement à maintenir les pans, écartés par le vent glacial et la vitesse de sa course, sa fuite plutôt, à travers les rues d'un quartier sordide, sous les injures et les quolibets de militants extrémistes qui la traitaient d'anomalie sexuelle et de malade mentale. Deniz fit un effort pénible pour repousser le sommeil, entrevit un instant l'orage au-dehors, mais replongea bientôt dans cette rue immonde où Gert, Mattheus et Barbara incitaient la foule déchaînée à maltraiter Isabella. Il parvint à se secouer, à se lever de son fauteuil pour reprendre le contrôle de ses pensées. Encore dans l'angoisse de son cauchemar, il se servit un verre de vodka, ralluma son cigare et veilla ainsi tard dans la nuit, animé d'une hargne dont il ne voulait pas connaître la cause.

L'alarme du téléphone, après le sédatif qu'il avait fini par absorber, le tira brutalement d'un sommeil profond dont il lui fut difficile de s'arracher. Il ne savait plus très bien dans quel état émotionnel il se trouvait, encore sous le choc de ses mauvais rêves. Le téléphone sonna, l'écran afficha le nom d'Elsa et ce fut assez pour qu'il se décide à répondre malgré sa bouche pâteuse et sa conscience diminuée. Elle sut vite le captiver, le submergeant de son accent enthousiaste, car sa quête auprès des hôteliers autrichiens avait porté ses fruits. L'un d'entre eux, à Millstatt où Gert et sa compagne avaient vécu leur dernière nuit, pensait reconnaître dans le portrait-robot de l'homme ayant dîné avec Barbara un de ses clients qui, vérification faite, avait séjourné dans la station à la même époque que le couple Müller. À la tête de son hôtel familial, de la plus pure tradition tyrolienne, ce témoin « béni des dieux », comme l'affirma Elsa, avait une notion de l'hospitalité qui incluait bavardage, conseil touristique et anecdotes sur la région. Mais ce client de nationalité allemande et ses deux acolytes n'en avaient strictement rien à faire et avaient décliné un peu rudement les suggestions. La date de leur départ inscrite sur le registre coïncidait avec celle de Gert. Elsa et José, l'agent qui l'accompagnait, avaient pu rapidement vérifier sur les bases policières allemandes et européennes que leurs patronymes ainsi que les adresses donnés étaient faux.

— Bravo Elsa, dit mollement Deniz. Ce sont sans doute eux. Mais ça ne nous avance guère.

— Attends, avait aussitôt réagi la commandante qui prenait un malin plaisir à raconter une histoire plutôt que de donner abruptement les faits. Il y a mieux.

L'hôtelier obstiné n'avait pas lâché ses trois clients à la première rebuffade. Avisant l'intérêt du portrait-robot pour une arme de collection, un Mauser de 14-18 ayant appartenu à son grand-père suspendu au-dessus de la cheminée, il l'avait décroché, fier de pouvoir enfin dérider ce touriste acariâtre. Celui-ci s'était saisi du fusil à baïonnette pour l'examiner en détail, et le Mauser avait regagné sa place dont personne depuis ne l'avait dérangé, le personnel de ménage se contentant de l'épousseter.

— Des empreintes ! s'exclama Deniz.

— Apparemment, oui. L'hôtelier n'a fait aucune difficulté pour me le confier. José le ramène à notre laboratoire de La Haye. Et moi, si tu en es d'accord, je file à Gênes voir ce qu'il y a à découvrir de ce côté-là.

Deniz s'empressa d'acquiescer, lui assurant qu'il lui envoyait en renfort deux agents du bureau de Rome.

— Un point encore, ajouta Elsa. D'après l'hôtelier, notre homme faisait bien trop de fautes en *Hochdeutsch* pour être natif d'un pays germanophone.

Deniz ne sortit pas de son domicile néerlandais ce jour-là. Il se fit livrer ses repas, qu'il prit face à son ordinateur, et lut et relut le dossier sur Gert en éparpillant les pages imprimées qu'il couvrait de notes, ne s'interrompant que pour appeler Adrijana, Thomas et Dragan à qui il demanda de nouvelles recherches.

Le commandant débarqua à Berlin si ce n'est en pleine forme, du moins avec une pugnacité retrouvée. Il prit un taxi pour se rendre à son nouvel hôtel, face au pôle. Il n'aurait, le lendemain, qu'à traverser la Schönhauser Allee pour gagner les bureaux. Renouant avec sa détestation à prendre un repas seul, il avait invité Thomas Wintersee qui devait lui faire part de ses dernières investigations. Auparavant, il prit l'apéritif avec une Lenka sans doute assez étonnée de cette invitation du grand chef, d'autant qu'il n'avait rien de particulier à lui dire. Il voulait surtout entendre de sa bouche son appréciation de sa situation au pôle. Si ses premières opérations lui avaient plu, si elle se sentait intégrée à l'équipe, si elle avait besoin de quelque aide qu'il puisse lui apporter. Il pensait avoir trop négligé, ces dernières semaines, ces policiers qui l'avaient toujours suivi et à qui il n'avait rien à reprocher malgré la faiblesse des résultats et la colère interne qui le tenaillait. Cela valait particulièrement pour Adrijana. Lui avoir obtenu la promotion au grade de commandant ne comblait pas pour autant les manquements qu'il avait eus envers elle, notamment en complicité professionnelle, et qui n'étaient sans doute pas étrangers aux réserves qu'elle avait formulées à de multiples reprises. Avec elle, il prendrait le temps d'un long déjeuner dans une célèbre brasserie berlinoise, face à la Gendarmenmarkt, plus pour la qualité de la cuisine que pour ce quartier maintenant fréquenté par tous les services gouvernementaux.

En sortant du restaurant où il avait dîné avec un Thomas heureux de son sort mais rageant de ne pouvoir mettre la main sur les patrons de la Fabrique, il consulta son écran et constata qu'Elsa l'avait appelé. Au ton excité de sa voix, il devina qu'elle avait encore marqué un point dans une enquête qui l'avait d'abord mise sur le banc de touche.

— Elle est italienne, hurla Elsa dans l'appareil.

— Forcément, s'amusa Deniz. Mais de qui parles-tu ?

— De l'Inconnue du lac.

Deniz ne put retenir un juron de satisfaction. Depuis le temps qu'il attendait une information sur cette jeune femme dont l'identité l'avait travaillé dès le début de l'enquête, il ne bouda pas son plaisir.

— Je savais que je devais m'installer dans leur hôtel, celui où ils ont passé leurs dernières nuits, et j'ai eu raison. Il y a toujours quelqu'un qui a vu ou entendu quelque chose. J'ai d'abord appris par une serveuse du restaurant que l'Inconnue s'exprimait en anglais, parfois en allemand sans bien le parler, mais qu'elle avait surtout un accent italien prononcé. Ce que la femme de ménage de leur chambre m'a confirmé.

— Et ? demanda Deniz.

— Et pourquoi se souvenait-elle de cette cliente en particulier, plus que de son compagnon qui s'était fait discret ? Parce que cette belle femme d'un mètre quatre-vingts avait tout d'une star. La garde-robe, les parfums, les bijoux, l'allure, l'exhibitionnisme, les caprices, la propension à abuser du champagne et sans doute de substances moins avouables. La serveuse comme la femme de ménage ont pensé que son nom n'était qu'un pseudonyme, habituées qu'elles sont à ces dames célèbres qui veulent se mettre à l'abri des paparazzi et des admirateurs trop collants. Et tout simplement, la femme de chambre lui a posé la question, ce qu'elle m'a révélé après que je l'ai mise en confiance, car sa direction n'aurait guère apprécié cette atteinte à l'anonymat de sa clientèle.

— Et alors ? s'impatienta cette fois Deniz, un peu brutalement.

— Pas actrice, mannequin. La femme de ménage a été déçue, car la cliente avait avoué aussitôt une carrière courte et seulement nationale. Ce qui veut dire que je vais pouvoir découvrir son identité en Italie.

Deniz félicita Elsa chaudement. Avec ce portrait-robot et un tel métier, l'Inconnue ne pouvait plus longtemps échapper à Europol.

Il garda l'information pour lui, passa la matinée du lendemain à éplucher à nouveau les dossiers et se rendit directement à la brasserie où l'attendait Adrijana. Dans ce cadre un peu trop classique à son goût, il la remercia tout d'abord pour le travail accompli par le pôle et l'efficacité de son management, d'autant qu'il n'avait pu être aussi présent qu'il l'aurait souhaité. Il sentit combien de tels compliments la mettaient sur ses gardes.

— Pour l'instant, je ne suis pas parvenu à légitimer la nécessité du pôle auprès de la direction, et je sais que vous-même, vous vous posez la question.

— Nous sommes chargés de lutter contre le terrorisme et, jusqu'à présent, nous avons plutôt agi comme une police criminelle, lui répondit sans détour la commandante.

— Ça en a, en effet, toutes les apparences, admit Deniz. Mais Europol part de zéro en la matière, et ces mois d'enquête sont loin d'avoir été inutiles dans la connaissance de ce milieu.

Il lui déroula ensuite sa façon de voir les choses avec toute la conviction et la froideur d'analyse qu'il savait mettre à ses tirades.

Le département pouvait se retrouver, du jour au lendemain, aussi impréparé face à une action terroriste d'extrême droite qu'il l'avait été aux attentats sanglants de Paris. Le rôle de son département était, si ce n'est de prévenir, au moins de pouvoir immédiatement réagir, fournir des pistes, donner des noms. À cet effet, la base constituée par les informaticiens de Dragan commençait à cerner des activistes qui se jouaient des frontières intérieures comme l'avaient fait les terroristes islamistes du Bataclan. Il lui rappela les résultats de leur travail en Grèce, en Slovaquie et à Dresde d'où les gens de la Fabrique avaient dû fuir.

— Mais depuis, nous sommes au point mort, objecta Adrijana.

— Pour l'instant, répliqua vertement Deniz.

Il vit bien que son assurance ébranlait son équipière et qu'elle devint attentive lorsqu'il proposa d'examiner avec elle l'enquête.

— Notre objectif était de remonter, à partir de la Fabrique, jusqu'à l'association de malfaiteurs à son origine. Et nous y sommes presque, les dernières pièces ne vont pas tarder.

Deniz se lança alors dans une démonstration, nourrie d'éléments nouveaux, qui parvint à renverser l'opinion d'Adrijana.

Il ne disposait que de peu de jours. Il retourna à La Haye certain d'avoir enfin les moyens de passer à l'attaque. Il savait qu'il allait froisser ses collègues pour les avoir tenus à l'écart de son travail des derniers mois. Et qu'il blesserait pour la même raison son ami et supérieur Stefanakis. Il prit le soin de le rencontrer la veille de la réunion pour le ménager.

— Deniz, tu m'emmerdes. Tu aurais dû te douter, poursuivit le numéro deux d'Europol, que l'information fuiterait. Kaltbrunner a reçu avec consternation une note de la Commission européenne sur ces tractations et m'a accusé de la contourner. Je t'ai demandé si tu étais au courant, et tu as nié. Tu n'as pensé qu'à ta carrière. On va invoquer le secret auquel nous étions tenus par Bruxelles, reprit le Grec après un temps de réflexion, mais tu te mets tout le monde à dos. Un jour, cela se paiera. Je suppose qu'en plus tu veux avoir la primeur sur ce coup, et je n'en vois que trop la raison. Je n'ai guère les moyens de t'en empêcher. Ne me fais plus jamais ça.

Le lendemain, Deniz avait toutes les cartes en main. Comme il l'avait prévu depuis de nombreuses semaines, il commença par exposer le beau travail de son département, en lien avec le haut représentant européen pour les affaires étrangères qui lui avait demandé de mener les négociations dans la plus stricte confidentialité. Il s'en excusa auprès des membres de la direction et brandit un volumineux listing. Il contenait une centaine de noms et de références pour lesquels nombre de services de renseignement se seraient voués au diable. Les noms de responsables politiques, de militaires, d'administratifs et de financeurs de l'État islamique. Le visage sidéré de ses collègues hauts fonctionnaires ne fut pas pour lui déplaire.

— Lorsque les Forces démocratiques syriennes sont entrées dans Rakka pour libérer la ville, les YPG kurdes, Unités de protection du peuple, ont dépêché leurs spécialistes informatiques afin de récupérer, avant toute autre fraction, ce qui pouvait l'être dans la capitale anéantie du Califat. Malgré l'affolement de la chute, les vaincus avaient pris soin de détruire tout le matériel compromettant, notamment les ordinateurs et serveurs renfermant l'ensemble des données de leur administration. Il n'en restait pas grand-chose, mais les données récupérées par les Kurdes étaient suffisantes pour être monnayées, d'autant qu'ils prirent le temps de l'enrichir considérablement après les interrogatoires de prisonniers. Ayant trop de fois eu à pâtir des promesses non tenues des chancelleries occidentales, ils ont eu la prudence de s'assurer de parler avec des personnes en qui ils avaient une relative confiance et qui avaient pouvoir de négocier.

— C'est toi, ces personnes ? intervint Wolfgang Brenner.

— Je ne suis qu'un policier, répondit modestement Deniz. Mais j'ai des réseaux et des connaissances suffisamment étendus pour avoir pu jouer le rôle d'intermédiaire sous le contrôle du haut représentant. Vous comprendrez que je ne peux trahir des sources qui m'ont adoubé et comptent encore sur ma discrétion pour mener à bien l'ensemble de la transaction. L'essentiel est qu'Europol soit maintenant en possession de ce listing qui nous permettra d'apporter une assistance essentielle à nos collègues nationaux.

Un silence se fit dans la salle et le visage policé, mais courroucé, de Maria Kaltbrunner dit assez combien elle appréciait peu d'être avoir été tenue à l'écart. Mais elle s'abstint de toute remarque négative et félicita le commandant pour ce travail qui rejaillirait sur tout Europol.

Auréolé de ce succès à double tranchant, Deniz pouvait passer au second point de son intervention, le pôle berlinois. Il avait auparavant fait un détour par Luxembourg pour rencontrer la juge européenne. Il le savait, la partie n'était pas gagnée d'avance. Si la délinquance criminelle et l'association de malfaiteurs ne faisaient aucun doute, le caractère terroriste restait à démontrer. Manon Dufresne signa cependant les mandats d'amener et les avis de recherche que le commandant lui demandait. Mais ce qu'il voulait principalement, c'était la prolongation de l'instruction. Il dut être assez convaincant, car il l'obtint. Fort de ce mandat, il plaida sa cause avec assurance au comité de direction. Une fois encore, il eut le soutien de son ami et supérieur Stefanakis qui emporta l'adhésion des autres membres avec l'accord de Wolfgang Brenner.

— Bravo, bien joué, le félicita ce dernier dans les couloirs. Il y a une semaine, je n'aurais pas parié un euro sur toi. Mais tu as pris un gros risque, tu as froissé beaucoup de monde. À toi de voir.

Theos Stefanakis l'entraîna dans son bureau pour obtenir le détail de toute l'affaire que Deniz lui avait promis sitôt le comité informé.

— J'ai eu de la chance, avoua Deniz. Christophe Bruneschi, le président de la commission des libertés au Parlement européen, que tu connais, a été contacté par un ami commun. Une amitié qui remonte à notre militantisme étudiant. Il s'agit d'un ancien responsable du Parti des travailleurs du Kurdistan, avec qui nous nous étions liés alors qu'il était en délicatesse avec la police française. Nous l'avons aidé, et nous avons maintenu le contact. Cet homme, dont je ne peux te donner le nom, a pris de hautes responsabilités militaires en Syrie. Il nous a fait savoir qu'il était en possession de ce listing qu'il comptait partager avec les services occidentaux. Il demandait en échange des rencontres officielles, prélude à la reconnaissance comme ambassade de l'antenne de leur mouvement qui, dans leur esprit, constituera par la suite la représentation de leur État. Le haut représentant a d'abord tiqué, ses services ne sont guère habitués à des négociations diplomatiques de cette nature, qui peuvent irriter pas mal d'États membres. Il s'est assuré du soutien des grands pays et, avec l'aide de Bruneschi, d'un nombre suffisant de responsables et d'élus européens. Mais personne ne voulait se mouiller et Christophe a pensé qu'Europol serait intéressée par l'affaire et que je présentais les garanties suffisantes pour négocier. Je me suis donc rendu en vacances en Turquie, chose naturelle pour moi et pour tous ceux qui pouvaient surveiller mes trajets. Et de là, je suis passé en Syrie pour rencontrer notre vieil ami. D'où mes congés et mes absences. Je ne pouvais pas t'en informer, et je souhaitais d'autant moins le faire que je n'étais absolument pas assuré du succès de cette médiation.

— Mais une fois entré en possession du listing, tu as gardé ça sous le coude. Tu as attendu d'avancer sur nos affaires berlinoises, n'est-ce pas ?

— J'avoue. J'ai le listing depuis un certain temps. La partie était trop belle pour ne pas en profiter. Tu aurais fait de même, non ? Tu ne m'en veux pas, j'espère.

Stefanakis se contenta de répondre qu'il avait pris un sacré risque. Si, ces dernières semaines, un attentat était survenu et qu'un des noms de son listing ait été identifié, c'en aurait été fait de sa carrière. Deniz repartit le jour même à Berlin, plus que satisfait. Le déploiement du pôle qu'il envisageait pourrait s'opérer dans les meilleures conditions.

24

Adrijana

Dans le miroir, elle regarda moins le trait d'eyeliner qu'elle était en train de dessiner sur ses paupières que l'expression générale de son visage. Elle le trouvait fermé, le regard fixe aussi avenant qu'un VoPo en fonction à Checkpoint Charlie, deux légères boursouflures sous les yeux que l'âge ne ferait qu'accentuer, les lèvres strictement pincées pour qu'aucun sourire ne s'en échappe et ces deux plis qui commençaient à se creuser, droits et secs, de la base du nez aux commissures des lèvres… Il y avait des jours comme ça où ce n'était pas la peine d'insister. Ce n'était pourtant pas un jour ordinaire et ses collègues devaient tous arborer un beau sourire de vainqueur devant leur miroir. Pas elle. Elle pouvait bien sûr le reprocher à sa mère, une éducation où le luthéranisme, quoi qu'elle en dise, finissait toujours par l'emporter. Malgré elle, elle n'appréciait pas ce monde où les coups tordus de Salvère obtenaient de meilleurs résultats qu'un travail mené dans le respect des règles. Il devait avoir raison puisqu'il avait réussi. Bien que contrariée, elle résolut, provisoirement, la contradiction en se disant que là était la richesse d'une équipe composée de personnalités aussi disparates.

Arrivé la veille de La Haye, le commandant allait faire le bilan du pôle avec tous les agents de la Kollwitzplatz. Lors de leur déjeuner à la Gendarmenmarkt, il avait tenu Adrijana au courant de tous les épisodes et elle s'était préparée à sa partie de l'exposé. Elle alla à pied à Prenzlauer Berg puisqu'ils avaient depuis le début décidé d'éviter tout indice pouvant susciter l'attention des voisins, comme un vélo garé dans la cour intérieure.

Ils étaient tous présents, bien sagement assis autour de l'écran géant où s'affichaient Elsa Minetti en direct de Gênes et Dragan Stankovic depuis La Haye. Deniz avait l'air satisfait, on l'aurait été à moins, mais Adrijana le côtoyait depuis suffisamment longtemps pour s'étonner qu'aucune décontraction n'accompagne son succès. Ses traits étaient durcis, son regard fuyait toute empathie, plus aucune pointe d'humour ne semblait l'inspirer.

Il commença par les informer du travail réalisé par le département antiterroriste en Syrie, le listing de membres de Daech était désormais en la possession d'Europol et de nombreuses arrestations ou mises sous surveillance en résulteraient une fois les différentes polices nationales informées. Mise au courant de ce beau résultat lors de son déjeuner avec son patron, Adrijana fut surprise qu'à aucun moment il ne s'en attribue le mérite, préférant mettre en avant Inès da Paz qui l'avait secondé. Puis le commandant en vint au travail du pôle, commençant par rappeler sa mise en place à Berlin et sa mission, prévenant qu'elle était loin d'être achevée. Le temps était venu de faire le point sur une enquête dont tous les policiers présents ne connaissaient que des bouts difficiles à assembler. Il ajouta qu'un brin d'autosatisfaction leur ferait du bien à tous. Et qu'ils le méritaient.

— Nous n'avions que peu d'éléments pour commencer notre enquête, si bien que nombre d'entre nous doutaient même de sa légitimité, dit-il sans s'appesantir sur l'identité des récalcitrants. Qu'il me soit permis, une nouvelle fois, de remercier celle sans qui nous n'aurions même pas eu ce peu d'éléments. Merci Lenka, merci d'avoir continué à travailler avec nous. Je voudrais également remercier à titre posthume celui qui a eu le courage et la clairvoyance de révéler les agissements délictueux de la Fabrique, Milosz Svoboda. Vous savez tous ce que nous lui devons.

Lenka ne put retenir un gémissement douloureux, elle ne s'attendait pas à un tel éloge de la part d'un patron qui en était avare et l'évocation de Milosz la toucha au plus haut point. Adrijana apprécia.

— Commençons donc par les activités de la Fabrique, point de départ de notre enquête. Nous savions que le but principal était de nourrir un gigantesque profilage des citoyens européens à des fins politiques par des moyens réprouvés par la loi. Grâce à des logiciels espions et à une activité de phishing, les pirates de la Fabrique ont réussi un tour de force. Dragan ?

— Une superbe « ferme à trolls », un réseau de hackers employés à constituer de gigantesques fichiers utilisés ensuite pour diffuser massivement des informations fabriquées de toute pièce, des fake news, sur les réseaux sociaux. Cette fabrique n'est pas nécessairement physique, les hackers peuvent travailler de n'importe où, même de chez eux. Mais il est plus sûr de les réunir en un même lieu afin de conserver en sécurité, et sans qu'ils puissent s'en servir à titre privé, les logiciels et les fichiers. Dresde n'était pas la seule fabrique. Milosz savait qu'il en existait au moins une autre en Biélorussie. En remontant l'historique de leurs attaques, en Slovaquie, nous pensons maintenant qu'il en existe également en Macédoine du Nord et en Albanie. Le profilage des citoyens permet d'instiller ces campagnes de désinformation d'une manière quasi individuelle dans la forme ou par le piratage du compte d'un ami Facebook qui, du coup, crédibilise l'information. C'est redoutablement efficace, rapide et réactif, mais cela suppose des moyens industriels. Et donc des investissements financiers considérables.

— C'est sur ce dernier point, reprit Salvère, que le cahier de Gert Schumacher nous a renseignés. Un certain nombre de fonds, nous ne pouvons affirmer à ce stade qu'ils sont les seuls, ont été obtenus par les moyens les plus classiques : la cotisation des membres. À ce détail près que les cotisants ne sont pas des adhérents mais des entreprises, dont certaines ont été « contraintes » par les gros bras de Gert et de Mattheus. Au moment où Gert a cessé de renseigner son cahier, les fonds s'élevaient à plus de soixante millions d'euros. Gert était chargé de la collecte auprès des souscripteurs, mais nul ne dit qu'il n'y a pas plusieurs réseaux. Il a outrepassé sa mission pour ses propres intérêts, comme va vous l'exposer Adrijana.

La commandante, qui avait fini dans la nuit de préparer son exposé, expliqua alors comment Schumacher avait soudoyé quelques informaticiens de la Fabrique pour qu'ils s'adonnent également au *ransomware* de billetteries sportives en ligne. Il avait rapidement été repéré par la cheffe de

Dresde, Barbara von Haselbohm, qui, parce qu'elle était sa maîtresse et qu'elle était très amoureuse et parce qu'il lui en avait rétrocédé une faible part, avait d'abord fermé les yeux. Elle avait ensuite changé d'attitude. Peut-être parce que l'importance des sommes rançonnées, autour de quarante millions d'euros, avait fini par l'effrayer. Ou parce qu'elle n'avait pas apprécié les infidélités de son amant. Ou encore parce que ses convictions politiques, renforcées par l'agression de Lenka et Milosz, inutile et dangereuse pour la cause, avaient pris le dessus. Elle avait dénoncé Gert à l'organisation et la sentence des chefs de l'organisation avait été sans appel. Gert et ses complices devaient payer de leur vie une telle incartade.

— On ne sait pas ce qui est arrivé aux informaticiens complices car ils nous sont inconnus. Mais pour Gert et ses hommes de main, la sentence a été exécutée. Vous pouvez supposer ce qu'il en fut pour Mattheus Goulavski et Till Jagerberg. La commandante Minetti va vous dire ce qu'il en est pour Gert, dont nous savons maintenant qu'il avait échappé à la mort avant de s'enfuir de Dresde.

La commandante ne put répondre immédiatement à l'invitation, ayant sans doute effectué une mauvaise manipulation qui l'effaça de l'écran. Elle revint vite, pas du tout culpabilisée par la digression, en riant même.

— Gert Schumacher a vite compris que ses jours étaient en danger. Mais, ayant anticipé la chose, il ne s'est pas affolé. Il avait d'abord pris la précaution de ne pas dilapider ses fonds et même de les faire fructifier par un montage financier hélas aisé dans les îles offshore. Leur restitution était déjà une base de négociation. Il a cependant jugé prudent de multiplier ses arguments. D'abord en rédigeant un cahier codé portant la liste des cotisants, cahier que, sûr de lui et sans mesurer le changement d'humeur de sa maîtresse, il a jugé opportun de confier à Barbara. Elle aurait dû le détruire. Qu'elle ne l'ait pas fait confirme qu'elle a trempé dans un premier temps dans la combine. Peut-être comptait-elle aussi sur ce cahier pour faire revenir Gert, mais très certainement elle a vu dans cette pièce compromettante une garantie de clémence pour elle-même suite à ses indélicatesses.

Les policiers, impatients, attendaient surtout d'Elsa qu'elle leur raconte la fin de Schumacher, attente que, derrière son écran, elle ne pouvait percevoir. Lorsqu'elle en vint à son enquête dans les Alpes et en Italie, elle précisa qu'elle aborderait dans un second temps le rôle et l'importance de l'Inconnue du lac, qui constituait la troisième précaution de Gert.

— Gert voulait négocier. Il l'a fait par l'intermédiaire de Barbara, ce qui la place au sommet de l'organisation. Pour cette raison, il n'a pas fui sur un autre continent ou dans une île recelant sa richesse. Il est resté à proximité, ce qui montre combien il se sentait sûr de lui, mais il a pris néanmoins la précaution de se déplacer constamment afin que des poursuivants potentiels aient du mal à le localiser. Malheureusement pour lui, ils y sont parvenus à Millstatt, une station autrichienne. Un commando de trois personnes s'y est rendu, sous la direction d'un homme qui apparaît comme un chef, si ce n'est le chef, des opérations de l'organisation. Un ancien militaire danois, très professionnel, qui a pourtant commis une faute, sa passion pour les armes l'ayant conduit à laisser ses empreintes sur le Mauser à baïonnette d'un hôtel où il résidait. Ce tueur est aussi l'homme qui a partagé le dernier repas de Barbara dans un restaurant du Ku'damm, grâce auquel nous avons pu établir son portrait-robot.

Adrijana intervint alors pour révéler que l'homme, à la recherche du cahier de Gert, avait mené la fouille de l'appartement de Barbara après son assassinat. Un cheveu retrouvé par Boris dans le dressing de la victime lui appartenait. Son portrait-robot ayant été remis à la police allemande, l'homme avait été repéré à Berlin et arrêté deux jours auparavant.

— Il s'appelle Lars Andersen. Il a été soupçonné dans une histoire de viol en réunion où la victime a retiré sa plainte sans reconnaître les suspects, mais ses empreintes figurent dans le fichier de la police danoise, ce qui nous a permis de l'identifier. Il avait trente ans, il en a aujourd'hui quarante-huit. Entre ces deux âges, il a eu le temps de poursuivre sa carrière militaire et s'est porté volontaire pour l'Afghanistan. Il a quitté l'armée et le Danemark il y a six ans. La perquisition de son domicile n'a rien donné d'utilisable pour l'instruction, seulement des pièces dans son ordinateur confirmant ses sympathies pour l'ultra-droite et un prénom, Erland, qui est sans doute son surnom dans la clandestinité. En garde à vue, il s'est muré dans le silence et prépare sa défense avec des avocats parmi les plus réputés de Berlin.

Elsa reprit la parole pour préciser que la présence du commando était attestée près de Zell-am-See le jour même de l'assassinat de Gert et de sa compagne, grâce à la vidéo d'une station-service où Lars Andersen avait fait le plein de carburant.

— Venons-en maintenant à l'escapade italienne du couple en cavale. Gert ayant sans doute commencé à douter de la fidélité inconditionnelle de Barbara, il a fait jouer sa carte ultime. L'Inconnue du lac. Cette belle femme était native de Gênes. Son métier, mannequin, nous a permis de facilement l'identifier. Elle s'appelait Monica Guidi, était âgée de trente-huit ans. Sa carrière n'a pas été des plus flamboyantes, à part quelques contrats avec des maisons de confection lorsqu'elle avait dix-neuf ans. Elle a commencé tôt, le mannequinat, la vie dans la jet-set, l'alcool, la drogue et, d'après mes collègues génois, très certainement la prostitution de luxe. Autant d'activités qui ont consommé la rupture des liens avec sa famille. Son père l'avait reniée et ne lui apportait plus aucune aide. C'est important à savoir, car Ettore Guidi n'est pas n'importe qui. C'est un catholique très pratiquant, issu d'une famille d'industriels réputés. Fils cadet, il a préféré faire carrière dans l'armée. Les services secrets, pour être exacte. Il a perdu une jambe dans des circonstances non élucidées, en 1980, à l'époque de l'attentat de la gare de Bologne, qui, je le rappelle pour les plus jeunes d'entre nous, a vu mourir quatre-vingt-cinq personnes et en a blessé deux cents autres lors de l'explosion d'une bombe. Le procès a condamné des membres d'un groupe d'extrême droite, d'une loge maçonnique et deux officiers des services secrets, mais nombre d'autres suspects ont été relaxés en l'absence de preuves. Parmi eux, Ettore Guidi. À sa retraite de l'armée, il a repris une part des activités industrielles de la famille et aujourd'hui, à soixante-douze ans, milite ouvertement pour un parti qui ne cache pas son admiration pour Mussolini.

Selon Dragan sa société apparaît dans le cahier de Gert, avec les codes d'usage, comme cotisante.

Toute l'équipe comprit alors qu'il y avait un lien entre ce Guidi et le voyage impromptu à Gênes de Gert et Monica. Le commandant Salvère le leur confirma, laissant le soin à Elsa de conter la fin de son enquête italienne.

— Voilà l'homme sur lequel comptait Gert pour plaider sa cause. C'est pour cela qu'il a amené avec lui une Monica qui probablement ne se doutait de rien. Ettore Guidi, bien que peu coopératif, a confirmé son entretien avec Gert à Valentina, l'enquêtrice italienne d'Europol qui l'a interrogé, car je préfère pour l'instant rester inconnue de lui. C'est un homme hautain, fier de ses convictions, et peu enclin à les cacher. Selon ses dires, il connaissait à peine Gert, c'était juste un militant avec lequel il avait été amené à travailler dans le cadre du projet européen de son parti. Il a reconnu sans difficulté les liens entre Monica et le Dresdois. Il ne sait pas comment ils sont entrés en contact, mais a reconnu qu'il ne voyait pas d'un mauvais œil cette relation, Gert représentant pour lui la dernière chance de ramener sa fille aînée dans le droit chemin. D'après lui, reprit Elsa, il n'a été question lors de cet entretien que de sa fille qu'il a refusé de voir malgré les prières de Schumacher. Nous avons dû l'informer du meurtre de Monica, mais son absence de réaction laisse à penser qu'il était déjà au courant. Il s'est contenté d'un « ça ne pouvait finir que comme ça » et a refusé de noter les coordonnées de la juge de Salzbourg pour récupérer le corps. Il a nié en revanche avoir connaissance des « activités professionnelles » de Gert et, a fortiori, de ses indélicatesses vis-à-vis de ses amis allemands. Lars Andersen, comme son pseudonyme d'Erland, lui est inconnu, il veut croire que sa fille s'est suicidée et que le reste n'est que baliverne.

Elsa raconta ensuite qu'une jeune femme, qui sans doute écoutait l'échange dans une pièce voisine, s'était à ce moment-là introduite dans la conversation pour demander où, quand et dans quelles circonstances sa sœur était décédée. Elle avait l'air profondément bouleversée et n'avait pas manqué de jeter des regards lourds à son père durant la réponse circonstanciée de Valentina, avant de se retirer rapidement, en pleurs.

Ainsi était élucidé le « suicide » de Gert et de Monica dont le dossier serait transmis aux autorités judiciaires allemandes et autrichiennes, expliqua Adrijana avant d'en venir au meurtre de Barbara. Il était bien le fait, comme l'avait tout de suite établi la Kommissar Ebstein, d'un psychopathe surnommé le « tueur saxon du Tiergarten » par la presse berlinoise. Ce serial killer, Jan Kolakowski, avait ensuite été exécuté par un tireur d'élite alors qu'il se trouvait dans une cache sous protection de la police berlinoise. Il n'était pas irrationnel de penser à une exécution signée là encore par HDS, qui se faisait ainsi justice elle-même. Pour quelle raison ? Impossible à savoir, mais c'était une belle imprudence de la part de l'organisation. Lors de son dernier séjour à Berlin, Deniz Salvère avait rencontré la Kommissar pour l'informer de la partie de leur enquête qui pouvait la concerner. Adrijana ne précisa pas qu'à cette occasion, comme il le lui avait appris, le commandant avait présenté ses excuses à Ebstein pour son attitude, ajoutant qu'elle était due à l'extrême prudence de son équipe en raison des fuites qu'il redoutait. Cela avait d'ailleurs été le cas, rien d'autre ne pouvant expliquer comment l'organisation avait appris l'identité de Kolakowski et le lieu où la police assurait sa protection.

— La commissaire a pris au sérieux les informations fournies par le commandant et a diligenté une enquête interne. Elle a révélé qu'un brigadier de son équipe, perclus de dettes de jeu, avait informé un journaliste contre rémunération. Ce dernier, rédacteur dans un journal populiste, a refusé de reconnaître les faits au nom de la liberté de la presse. Toujours est-il que son journal à grand tirage a publié le lendemain de l'exécution de Jan Kolakowski, le récit de sa mise à l'écart dans un hôtel – qu'ils avaient eu la prudence de ne pas mentionner tout en décrivant la localité où il se trouvait. Il y a tout lieu de croire que l'article ne servait qu'à couvrir le journaliste qui, à l'heure de bouclage de son journal, ne pouvait être au fait du meurtre, commis à 23 heures.

Le commandant pensait que le policier était lui-même l'indicateur de HDS et que le journaliste ne servait qu'à le couvrir. Une instruction qui s'annonçait difficile était ouverte contre le brigadier mis à pied.

Il ne manquait qu'un point à cet exposé, mais Adrijana voulait d'abord entendre de ses propres oreilles l'histoire farfelue que venait de rapporter Thomas. D'après lui, et Deniz avait tout de suite validé le lien, une gamine en mal d'aventure venait de découvrir malgré elle le siège de l'organisation et par là même la signification de l'acronyme HDS.

Sur recommandation d'Adrijana, pour ne pas effrayer l'adolescente qui répondait au nom de Lina, rendez-vous avait été pris avec elle et sa mère à son domicile. Ils avaient donc débarqué à trois pour écouter ce témoignage déjà enregistré par la police berlinoise. La veille, comme il en avait pris l'habitude, Thomas Wintersee était tombé sur le procès-verbal de l'audition en parcourant la liste des affaires rapportées par les différents commissariats de la ville. Sur le listing, les trois lettres HDS lui avaient tout de suite sauté aux yeux.

Adrijana s'attendait à rencontrer une enfant, c'était en fait une jeune fille, d'abord intimidée, mais rapidement assez maîtresse de son élocution pour couper la parole à sa mère qui prétendait raconter à sa place des faits auxquels elle était étrangère.

— Dans notre quartier, dit-elle d'un geste ample censé rendre transparents les murs de l'appartement, impossible d'ignorer la Haus der Statistik. Vous avez vu la place qu'elle prend ? Depuis notre enfance, elle est là, face à nos fenêtres, abandonnée. Par deux fois, avec Tom et Sebastian, des camarades de classe, on a vu des squatteurs se balader sur les coursives. Enfin, on pensait squatteurs, c'étaient en fait des agents d'entretien. Alors on s'est dit, pourquoi pas nous ?

Sans que les policiers aient à poser de questions, Lina avait raconté sa patiente entreprise pour pénétrer dans la Haus der Statistik. Puis le jour J, le seul puisque désormais cela lui était interdit, elle avait déambulé dans les étages du bâtiment principal, à la cantine et à l'étage inférieur où elle avait découvert le secret du grand-père.

— Quel grand-père ? interrogea Adrijana.

Lina poursuivit sur la Polo, le vieil homme assez handicapé, l'entrée secrète, les bureaux du sous-sol.

— Et tu y es allée seule ? demanda Thomas, souriant et admiratif de l'audace de l'adolescente.

— Oui. Mais je suis restée en liaison avec Tom et Sebastian.

— En liaison ? s'exclama Deniz. Par quel moyen ?

— Ben, mon téléphone bien sûr. Je filmais ma progression.

Les enquêteurs du pôle ne mirent pas beaucoup de temps à reconstituer les faits. Lina avait d'abord tu sa découverte, car elle aurait dû expliquer aux adultes sa présence en ce lieu, condamnant ainsi toute possibilité d'y retourner avec ses amis. Craignant que l'existence de ce local clandestin ne cache une affaire sérieuse qui la mettrait en difficulté, elle avait fini par tout dire à sa mère qui l'avait conduite au commissariat sur recommandation de la grand-mère de Tom. La vidéo de son téléphone, bien que de mauvaise qualité, montrait de larges écrans posés sur trois bureaux et des étagères pleines de dossiers bien alignés dont les inscriptions étaient à peine déchiffrables. Les policiers n'avaient pu y lire que quelques noms de pays européens. Et le sigle HDS sur au moins un des classeurs. Immédiatement dépêché sur place, Boris n'avait rien trouvé. Tout avait été soigneusement nettoyé, le lieu vidé du matériel et des empreintes.

Adrijana expliqua lors du débriefing ce que peu de Berlinois savaient. Du temps de sa gloire, cet édifice essentiel à la planification économique chère à la RDA servait également à sa sécurité politique intérieure. La Stasi y trouvait tout naturellement des données indispensables à son fichage des citoyens. Des bureaux lui étaient officiellement dévolus, mais aussi officieusement, dans le rez-de-chaussée et les sous-sols, où se tenait un des cœurs secrets de cette pieuvre d'État. Ces locaux possédaient une entrée à l'intérieur même du bâtiment, sous le réfectoire, interdite aux personnels non accrédités. Mais également une entrée extérieure dissimulée dans un panneau de parement de l'immeuble dont la commande d'ouverture se faisait par carte magnétique.

— Cette entrée fonctionne toujours, à la grande surprise de l'association d'urbanisme qui gère actuellement la Haus der Statistik, elle a été soigneusement et clandestinement entretenue par l'organisation.

— Vous voulez dire que HDS est constituée d'anciens agents de la Stasi ? intervint Mehmet, subjugué par l'information.

— Nous n'en savons rien, mais il n'est pas interdit de penser qu'elle en a recruté quelques-uns. Quant au « grand-père », nous n'avons qu'une description vague fournie par Tom, l'ami de Lina, qui ne l'a vu qu'une fois et du haut de son neuvième étage.

Adrijana communiqua ensuite les résultats récents de la surveillance d'Ulrich Roeder, alias Dietrich pour la Fabrique. C'était un point délicat, car elle ne souhaitait pas faire état de sa relation avec Alex.

— Nous avons réussi, avec l'aide de Dragan, à nous introduire dans l'ordinateur d'Ulrich. Par le biais d'un jeu en ligne, il communique avec un interlocuteur dont nous ne connaissons que le pseudo, Gerhardt. L'interprétation que nous en faisons, il ne s'agit que d'une interprétation j'insiste, poursuivit Adrijana pour qui l'idée du commandant restait à vérifier, est qu'il est en mission à l'intérieur du parti pour lequel il se présente aux élections dans le seul but de prendre du poids et de se faire élire à la direction. Il devra ensuite éliminer les dirigeants actuels, d'obédience néonazie, pour faire place à des dirigeants compatibles avec HDS.

— Et le colonel Hassan ? demanda Lenka.

— Il reste un mystère pour nous. Nous savons qu'il a été un temps recruté par le BfV comme agent informateur. Surveille-t-il son gendre ? Est-il infiltré dans l'organisation ? Est-il agent double ? Ce sont des questions sur lesquelles nous allons nous pencher.

Adrijana eut à nouveau droit à une invitation du commandant à déjeuner avec Thomas Wintersee. Il s'agissait d'envisager la suite de l'enquête, que Deniz exposa. Le travail à Berlin était loin d'être terminé. HDS y avait son siège et tout laissait supposer que ses principaux dirigeants y résidaient. L'arrestation de Lars Andersen, la mise au jour du rôle de Barbara, dont on savait maintenant qu'elle avait passé une partie de son temps de confinement en Macédoine, révélaient déjà le nom de deux des responsables de l'organisation terroriste. Sa vaste campagne de désinformation avait été déjouée en Slovaquie. Salvère avait pris soin d'informer les médias par des réseaux intermédiaires. La presse, preuve à l'appui, avait fait ses choux gras des tentatives de désinformation de la population et était tombée à bras raccourcis sur Paula Bokova la semaine précédant le scrutin. Paula avait perdu les élections de seulement quelques milliers de voix.

— Il va falloir découvrir les relations que madame Bokova entretient avec HDS.

— Et la famille Guidi ? demanda Adrijana.

— Je pressentais que Monica était une clef de l'énigme. Son père a eu une attitude des plus inattendues et, bien qu'il ait renié sa fille, il sait probablement bien plus de choses qu'il n'en a dit. Je tiens pour assuré que Monica est une victime collatérale, un témoin qu'on ne pouvait laisser en vie, et que les tueurs ignoraient tout de son identité. Ils n'auraient pas pris le risque de supprimer une femme dont le père joue sans doute un rôle non négligeable dans l'organisation. C'est une bavure que le patriarche doit avoir d'autant plus de mal à encaisser qu'il lui a refusé son aide à la veille de son exécution. Pourquoi, depuis, s'est-il tu ? Je ne vois d'autre raison que ses liens particuliers avec les commanditaires. Cet homme m'intéresse au plus haut point.

— Nous allons nous installer à Gênes ?

— Tous ceux qui, à La Haye, s'étaient empressés de rayer la ligne de budget du pôle sont revenus sur leur intention. Kaltbrunner a dû reconnaître que notre travail était nécessaire à l'Union européenne. Brenner lui-même, qui ne peut s'empêcher de défendre les vues de la chancelière, mécontente d'une mission d'Europol sur son territoire, m'a transmis ses félicitations. Voilà le pôle reconduit pour trois années. Je ne vois pas l'intérêt de déménager la Kollwitzplatz.

— Et Gênes alors ?

— Vous savez qu'Elsa souhaite rentrer en Italie. Je lui ai proposé de le faire, mais dans le cadre de notre travail. Elle a accepté avec grand plaisir. Mais nous ne jouons plus la même partie. Désormais HDS sait que nous sommes sur sa trace.

DU MÊME AUTEUR

LE RÉVEIL DE LA BÊTE, 2020 (Folio Policier n° 943)

Déjà parus dans la même collection

Jo Nesbø, *Leur domaine*
Chang Kuo-li, *Le sniper, son wok et son fusil*
Deon Meyer, *La femme au manteau bleu*
William Lindsay Gresham, *Nightmare Alley*
Jørn Lier Horst, *Le code de Katharina*
Olivier Barde-Cabuçon, *Le cercle des rêveurs éveillés*
Thomas Cantaloube, *Frakas*
Marin Ledun, *Leur âme au diable*
Jean-Bernard Pouy & Marc Villard, *La mère noire*
Parker Bilal, *Les divinités*
Pierre Pelot, *Les jardins d'Éden*
Dolorès Redondo, *La face nord du cœur*
Sébastien Raizer, *Les nuits rouges*
William R. Burnett, *Good-bye, Chicago 1928*
William R. Burnett, *Little Caesar*
Jacques Moulins, *Le réveil de la bête*
Deon Meyer, *La proie*
Jean-Patrick Manchette, *L'affaire N'Gustro*
Jørn Lier Horst, *Le disparu de Larvik*
J.-P Smith, *Noyade*
Dror Mishani, *Une Deux Trois*
Sébastien Gendron, *Fin de siècle*
Parker Bilal, *La cité des chacals*
Vlad Eisinger, *Du rififi à Wall Stree*t
Danü Danquigny, *Les aigles endormis*
Neely Tucker, *Seules les proies s'enfuient*
Marc Villard, *Barbès Trilogie*
Caryl Férey, *Paz*

Mike Nicol, *L'Agence*
Jo Nesbø, *Le Couteau*
Tom Piccirilli, *Dernier murmure dans le noir*
Bryan Reardon, *Le vrai Michael Swann*
Chantal Pelletier, *Nos derniers festins*
Marin Ledun, *La vie en rose*
Elsa Marpeau, *Son autre mort*
Jørn Lier Horst, *L'usurpateur*
Patrick Hoffman, *Chaque homme, une menace*
Éric Maravélias, *Au nom du père*
Thomas Cantaloube, *Requiem pour une république*

Composition : APS-ie
Achevé d'imprimer
sur Roto-Page
par l'Imprimerie Floch
à Mayenne, le 29 septembre 2021.
Dépôt légal : septembre 2021.
Numéro d'imprimeur : 99083.

ISBN 978-2-07-295061-2 / Imprimé en France.

396905